헤이즐무어 살인사건

애거서 크리스티 추리 문학 64

헤이즐무어 살인사건

장말희 옮김

해문

■ 옮긴이 장말희

경희대학교 영문과 졸업.
번역서 《부머랭 살인사건》, 《어머니의 자랑》, 《나의 사랑을 약속해요》, 《너와 나는 친구》
《우리들의 사랑을 약속해요》, 《우리들의 꿈을 위하여》, 《우리 서로 헤어져 있을 때》 등.

헤이즐무어 살인사건

초판 발행일	1988년 10월 20일
중판 발행일	2009년 05월 20일
지은이	애거서 크리스티
옮긴이	장 말 희
펴낸이	이 경 선
펴낸곳	해문출판사
주 소	서울시 마포구 합정동 392-2 써니힐 202호
TEL/FAX	325-4721~2 / 325-4725
출판등록	1978년 1월 28일 (제3-82호)
가격	6,000원
ISBN	978-89-382-0264-2 04840
	978-89-382-0200-0(세트)

※ 잘못된 책은 바꾸어 드립니다.

•등 장 인 물•

조셉(조) 트레블리언 대령— 시타퍼드 저택을 세를 주고 헤이즐무어 저택에 머무르는 부유한 퇴역 군인.

버너비 소령— 1번 방갈로 거주. 조셉 트레블리언 대령의 오랜 친구로 강인한 성격의 소유자.

윌렛 부인— 키가 크고 날카로운 인상의 부유한 미망인. 딸과 함께 시타퍼드 저택에 세 들어 산다.

바이올렛 윌렛— 윌렛 부인의 딸. 바싹 마른 몸매의 아름다운 아가씨.

라이크로프트— 3번 방갈로 거주. 조류를 연구하는 박물학자.

로널드(로니) 가필드— 퍼스하우스 양의 조카로 그녀의 재산을 관리해준다.

듀크— 6번 방갈로 거주. 몸집이 크고 정원 가꾸기에 몰두하는 조용한 남자.

내러콧 경감— 집요한 끈기와 예리한 주의력을 지닌 유능한 경찰.

에반스— 트레블리언 대령의 요리와 시중드는 일을 하는 해군 출신의 하인.

제임스(짐) 피어슨— 트레블리언 대령을 살해한 혐의를 받는 그의 조카.

실비아 더링— 트레블리언 대령의 조카.

마틴 더링— 실비아 더링의 남편으로 성공한 작가.

브라이언 피어슨— 트레블리언 대령의 조카.

커크우드— 유창한 말씨에 표정이 풍부한 변호사.

찰스 엔더비— 살인사건을 취재하러 온 데일리 와이어 지 기자.

에밀리 트레푸시스— 제임스 피어슨의 약혼자. 진범 추적에 나선다.

퍼스하우스 양— 4번 방갈로 거주. 죽음을 맞으러 6년 전에 온 독신녀.

제니퍼 가드너— 짐의 이모.

와이엇 대령— 2번 방갈로 거주. 인도인 하인과 함께 사는 병든 남자.

데이크리스— 에밀리의 변호사로 짐의 변호를 맡고 있다.

데이비스 간호사— 로버트 가드너를 돌보는 간호사.

차 례

차 례

제1장

시타퍼드 저택

버너비 소령은 고무장화를 신고 외투 단추를 목까지 채운 다음, 문 옆의 선반에서 허리케인 랜턴을 집어들었다. 그러고는 그가 현재 살고 있는 아담한 방갈로(베란다가 있는 간단한 목조 단층집)의 현관문을 조심스레 열고 밖을 내다보았다. 온 천지가 눈에 덮여 있었다. 그저 쌓인 정도가 아니라 완전히 파묻혀 있었다. 지난 4일 동안 영국 전역에 눈이 내렸는데, 이곳 다트무어(영국 남서부의 데번 군에 있는 넓은 황무지 지역으로, 현재는 국립공원이다.) 근교에는 몇 피트나 되는 눈이 내렸던 것이다.

다른 지역과 멀리 떨어져 있고 바깥세상과 완전히 두절된 이곳 시타퍼드의 작은 마을에서는 이러한 겨울의 혹독함은 참으로 절박한 문제였다. 그러나 버너비 소령은 강인한 성격의 소유자였다. 그는 한두 번 콧김을 내불고는 몇 마디 중얼거린 다음, 단호한 태도로 눈 위에 발을 내디뎠다. 그가 향하는 목적지는 그리 멀지 않았다.

꼬불꼬불한 좁은 길을 따라 몇 걸음만 가면 대문에 다다르게 되고, 그 대문을 들어서면 부분적으로 눈을 치운 길이 화강암으로 지은 꽤나 커다란 집에 이르고 있었다. 단정한 옷차림의 가정부가 문을 열었다.

버너비 소령은 따뜻한 고무장화와 낡은 목도리를 벗고, 바깥세상과는 전혀 다른 장면이 갑자기 연출된 것 같은 방으로 들어섰다.

아직 3시 30분밖에 안 된 시각이었는데도 방 안에는 벌써 커튼이 드리워졌고 전등이 밝혀져 있었다. 벽난로에서는 불길이 활활 타오르고 있었다.

오후 드레스 차림의 두 여인이 일어서며 건강한 노(老)군인을 맞이했다.

"이렇게 와주셔서 감사합니다, 버너비 소령님."

나이 든 여인이 인사를 했다.

"천만에요, 월렛 부인. 초대해 주셔서 오히려 감사드립니다."

소령은 두 여인과 악수를 나누었다.

월렛 부인이 말했다.

"가필드 씨와 듀크 씨가 곧 오실 거예요. 라이크로프트 씨도 온다고 하셨지만 그분의 연세로 봐서 이런 날씨에는 오시기 힘들 것 같군요. 정말 대단한 날씨예요. 이런 날에는 기분이 우울해지지 않도록 아무 거라도 하면서 바쁘게 보내는 것이 좋을 거예요. 바이올렛, 난로에 장작을 하나 더 넣는 게 좋을 것 같구나."

그러자 버너비 소령이 자리에서 일어나며 부드럽게 말했다.

"내가 하리다, 바이올렛"

그는 솜씨 좋게 장작을 벽난로에 집어넣고 안주인이 가리킨 안락의자에 다시 앉았다. 그리고 방 안을 슬쩍 둘러보았다. 이 집안의 두 여자가 특별히 눈에 띌 정도의 변화를 주지도 않으면서 방의 전체 분위기를 완전히 바꿔놓는 솜씨는 참으로 감탄할 정도였다.

시타퍼드 저택은 영국 해군이었던 조셉 트레블리언이 퇴역 후를 생각해서 10년 전에 지은 것이었다. 재산이 많은 트레블리언 대령은 다트무어에서 살기를 무척 바라고 있었다. 그래서 그는 시타퍼드의 작은 마을을 살 곳으로 결정했던 것이다. 이곳은 다른 대부분의 마을이나 농장과는 달리 골짜기에 있지 않았고, 시타퍼드 고원의 그림자가 드리워진 황야의 등성이에 있었다.

트레블리언 대령은 이곳에 넓은 땅을 사들이고, 자가발전이 되는 전기시설과 힘들여 펌프질하는 수고를 덜기 위해 자가발전 수도설비까지 갖춘 안락한 집을 지었던 것이다. 그런 다음 한참 생각한 뒤에 4분의 1에이커씩이나 차지하는 작은 방갈로 6채를 길을 따라 양쪽으로 나란히 지었다. 그중에서 안쪽 저택인 시타퍼드 저택의 출입문과 가장 인접해 있는 첫 번째 방갈로를 오랜 친구인 버너비에게 내주었고, 나머지 방갈로들은 자의든 타의든 바깥세상과 떨어져 살고 싶어 하는 사람들에게 하나씩 세놓았다.

이 마을 자체의 풍경은 그림처럼 아름답지만 실제로 살펴보면 초라한 세 채의 시골집과 철공소, 그리고 과자가게를 겸비한 우체국으로 이루어져 있었다. 제일 가까운 도시는 6마일 떨어진 익스햄프턴으로, 다트무어의 거리에서 흔히 볼 수 있는 '운전자는 기어를 최저속으로 넣으시오'라는 푯말이 필요한 완만한 내리받이 길로 이어져 있었다.

트레블리언 대령은 자신의 말마따나 부자였다. 그러나 그런데도(어쩌면 그 사실 때문인지도 모르겠지만), 그는 지나치게 돈에 집착했다. 10월말 경에 익스햄프턴의 어떤 부동산 회사가 그에게 혹시 시타퍼드 저택을 임대할 의향이 있는지를 문의하는 편지를 보내왔다. 어떤 사람이 겨울 동안 그 집에 세 들고 싶어 한다는 것이었다. 트레블리언 대령은 처음에는 거절했다가 얼마 뒤에 그 사람에 대해 더 알고 싶다는 연락을 했다.

세 들고 싶어 한다는 그 사람은 딸 하나를 둔 미망인인 윌렛 부인이었다. 그 부인은 최근 남아프리카에서 돌아왔는데, 다트무어에서 겨울을 지내고 싶다는 것이었다.

"제기랄, 그 여자 돌았군." 대령의 말이었다.

"안 그러나, 버너비?"

버너비 소령도 그렇게 생각하는 터였으므로 그는 친구에게 힘주어 말했다.

"어쨌든 자네는 집을 빌려줄 생각이 없으니까 남아프리카에서 온 그 여자에게 얼어 죽고 싶지 않으면 다른 데 가서 알아보라고나 하게!"

그런데 바로 그 순간 트레블리언 대령의 돈에 대한 이상심리가 발동했다. 이런 한겨울에 집을 빌려주고 집세를 받을 기회는 아마 두 번 다시없을 것이라는 생각이 들었던 것이다.

대령은 그 부인이 집세를 얼마나 낼 것인가를 알아보았다. 일주일에 12기니라는 집세로 일은 결말지어졌다. 대령은 익스햄프턴의 변두리 지역에 있는 작은 집에 일주일에 2기니의 집세를 내고 이사를 가면서, 윌렛 부인에게서 집세의 반을 선물로 받은 다음 시타퍼드 저택을 빌려주었다. 그러면서, "그 여자는 자기가 얼마나 멍청한가를 곧 알게 될 걸세."라고 투덜거렸다.

그러나 이날 오후 윌렛 부인을 곁눈질로 찬찬히 살펴보면서 버너비 소령은 그녀가 그렇게 바보는 아닌 것 같다고 생각했다.

윌렛 부인은 키가 크고 약간 우스꽝스런 태도를 지니긴 했지만, 그녀의 인상은 어리석다기보다는 오히려 날카로워 보였다. 지나친 옷치장을 하는 경향에다 유난스레 식민지풍 억양을 쓰고 있었으며, 잡다한 일들을 만드는 걸 무척 좋아하는 것 같았다. 그녀는 상당히 부유했고, 또 그렇기 때문에 매사를 꽤나 이상하게 만들어놓곤 하는 것을 버너비 소령은 몇 번인가 본 적이 있었다.

그녀는 이런 곳에서 고독한 생활을 즐길 만한 여자는 아니었다. 이웃 사람으로서 그녀는 상대방이 어리둥절해할 만큼 친절했다. 모든 사람들이 시티피드 저택에 초대를 받았다. 트레블리언 대령은 그녀에게서, "내 집처럼 깨끗이 사용하고 있으니 염려마세요." 하는 말을 끊임없이 듣고 있었다.

그런데 트레블리언 대령은 여자를 좋아하지 않는 남자였다. 젊었을 때 여자에게 채인 경험이 있다는 소문도 있었다. 어쨌든 그는 윌렛 부인의 초대를 계속 사양하고 있었다. 윌렛 부인과 그 딸이 이사 온 지도 두 달이 지났고, 이들이 처음 도착했을 때 이곳 사람들이 가졌던 호기심도 이젠 사라지고 있었다.

천성적으로 조용한 성격인 버너비 소령은 뭔가 대화를 나누어야겠다는 것도 잊고서, 계속 안주인을 살피며 멍한 표정으로 앉아 있었다. 윌렛 부인이 어떤 여자인지 알아보는 것도 재미있긴 했지만 정말로 그런 것을 즐기는 것은 아니었다. 그는 시선을 바이올렛 윌렛에게로 옮겼다. 그녀는 바싹 마른 몸매의 아름다운 아가씨였다. 겉으로 보기엔 평범한 처녀였다.

버너비 소령은 뭔가 대화를 해야겠다는 생각이 퍼뜩 들었다.

"우린 처음에 소령님이 오지 못하실까 봐 걱정했어요."

윌렛 부인이 먼저 말했다.

"그렇게 말씀하시지 않으셨어요, 생각나시죠? 하지만 무슨 일이 있어도 오시겠다고 하셨을 때 우리 모녀는 정말 반가웠답니다."

버너비 소령이 명쾌하게 말했다.

"오늘이 금요일이라서 말이죠"

윌렛 부인이 무슨 뜻인지 모르겠다는 듯, "금요일이라뇨?" 하고 물었다.

"금요일마다 트레블리언에게 가거든요. 화요일엔 그 친구가 내게 오죠. 지난 수년 동안 그렇게 해왔답니다."

"아! 무슨 말씀인지 알겠어요. 두 분께선 워낙 가까이 사셨으니까……."

"일종의 습관이라고 할 수 있습니다."

"아직도 서로 방문을 계속하세요? 지금은 대령님이 익스햄프턴에 계시잖아요?"

"습관을 없애기는 참 어려운 일입니다. 물론 가까이 살면서 함께 보냈던 그 저녁시간들이 더 좋았었지만 말이죠."

"소령님은 퀴즈 게임을 좋아하신다면서요?" 바이올렛이 물었다.

"글자 수수께끼나 낱말 맞추기 같은 것들 말이에요."

버너비 소령은 고개를 끄덕이며 말했다.

"트레블리언은 글자 수수께끼를 하고 나는 낱말 맞추기를 한다오. 지난달에는 낱말 맞추기 퀴즈에 당첨이 되어서 책 세 권을 상(賞)으로 받았지."

"어머, 그러세요? 좋으시겠네. 재미있는 책인가요?"

"아직 읽어보지 않아서 모르겠소. 겉으로 보기엔 형편없는 책인 것 같더구먼."

"당첨되었다는 사실이 중요하지 않겠어요?" 윌렛 부인이 덤덤하게 말했다.

바이올렛이 물었다.

"그런데 익스햄프턴까지 뭘 타고 가세요? 자동차를 안 갖고 계시잖아요?"

"걸어서 간다오."

"어머, 정말이세요? 6마일이나 되는 거리인데요?"

"좋은 운동이 된답니다. 왕복 12마일이니 어떻겠소? 건강을 유지하는 좋은 방법이지요."

"굉장하시군요! 12마일이나 걸어 다니시다니. 소령님과 트레블리언 대령은 운동을 무척 즐기셨다죠?"

"아, 우린 함께 스위스에 가곤 했답니다. 겨울에는 겨울 스포츠를 하고 여름에는 등산을 했지. 트레블리언은 스키를 썩 잘 탄답니다. 하지만 이젠 그런 운동을 즐기기에는 너무 나이가 들었어요."

"소령님은 육군에 계셨을 때 테니스 선수권자셨다면서요?"

바이올렛이 다시 물었다.

버너비 소령은 수줍은 소녀처럼 얼굴을 붉히며, "누가 그러던가요?"라고 우물거리며 말했다.

"트레블리언 대령님이 그러셨어요."

"그 친구, 별 쓸데없는 말까지 다했구먼. 조는 말이 많은 친구라오. 지금 바깥 날씨는 어떤지 모르겠는데."

버너비의 쑥스러워하는 태도를 짐짓 못 본 척하며 바이올렛은 버너비와 함께 창가로 다가갔다. 그들은 커튼을 젖히고 밖을 내다보았다.

"눈이 더 많이 내리는데. 엄청난 폭설이야." 버너비 소령이 말했다.

"아! 정말 멋져요." 바이올렛이 낮은 목소리로 외쳤다.

"눈(雪)은 무척 낭만적이에요. 저는 그전엔 눈을 본 적이 없어요."

"수도관이라도 얼어 터져 봐라, 눈은 결코 낭만적인 것이 아니란다."

윌렛 부인이 딸에게 말했다.

"태어나서 계속 남아프리카에서만 살았었소, 윌렛 양?"

버너비 소령이 물었다.

그러자 바이올렛은 갑자기 생기를 잃고 어딘가 부자연스러운 태도로 대답했다.

"예, 남아프리카를 떠난 것은 이번이 처음이에요. 그래서 모든 게 무척 흥미로워요."

'외딴 황무지에 자리 잡은 마을에서 세상과 차단되어 있는 지금 흥미롭다는 말을 하다니 참 우스운 일이군.'

버너비 소령은 이들 모녀를 이해할 수 없는 심정이었다.

그때 문이 열리며, "라이크로프트 씨와 가필드 씨가 오셨어요." 하고 가정부가 말했다. 바싹 마른 몸집에 키가 작고 나이든 남자와 기운찬 젊은 남자가 함께 들어왔다.

젊은이가 먼저 큰소리로 말했다.

"제가 모시고 왔습니다, 윌렛 부인. 눈더미에 파묻히시지 않도록 하겠다고 말씀드리지 않았습니까? 하하! 세상이 온통 멋집니다. 크리스마스이브용 장작이 타고 있군요. 참 좋은데요."

"들으신 대로 이 젊은 친구가 친절하게도 나를 여기까지 인도해 주었답니다."

라이크로프트 씨가 다소 형식적으로 느껴지는 악수를 하며 말했다.

"안녕하시오, 바이올렛? 계절다운 날씨로군. 계절이 너무 어울려서 오히려 걱정이지."

라이크로프트는 윌렛 부인이 있는 벽난로 쪽으로 다가가고, 로널드 가필드는 바이올렛에게 말을 걸었다.

"어디 스케이트를 탈 만한 곳이 없을까요? 이 부근에 연못은 없습니까?"

"눈을 치우는 일이 더 어울리실 것 같은데요."

"오전 내내 눈을 치웠답니다."

"그러세요? 무척 남자다운 일을 하셨네요!"

"놀리지 마세요. 손바닥에 온통 물집이 생겼다고요."

"아주머니는 좀 어떠세요?"

"언제나 마찬가집니다. 어떤 때는 좀 나아졌다고도 하시고 또 어떤 때는 더 나빠졌다고 하시지만, 내가 보기엔 항상 똑같은 것 같아요. 이건 마치 유령 같은 생활이에요. 새해가 시작될 때마다 또 한 해를 어떻게 견디어낼까 하는 생각이 들곤 하지만, 그럭저럭 또 지내곤 합니다. 우리 이모님처럼 인색한 분이 어떻게 고양이에게 그렇게 많은 돈을 낭비하시는지 도무지 알 수가 없다니까요. 무려 다섯 마리나 기르고 있거든요. 난 언제나 그 짐승들을 쓰다듬어 주고 사랑하는 척해야 한답니다."

"전 고양이보다 개를 훨씬 좋아해요."

"나도 그렇습니다. 개는 고양이와는 다른 점이 있죠."

"아주머니는 전부터 고양이를 좋아하셨나요?"

"글쎄요, 잘 모르겠어요. 내가 보기엔 노처녀들이 나이를 먹으면서 갖게 되는 감정들인 것 같아요. 어쨌든 난 그 짐승이 끔찍하게 싫습니다."

"당신의 이모님은 아주 좋은 분이시지만 약간 이상한 분이시기도 해요."

"맞아요. 어떤 때는 별것도 아닌 일로 마구 야단을 친답니다. 나를 마치 사리분별도 없는 사람으로 취급하지 뭡니까?"

"정말인가요?"

"아, 아니에요. 그저 해본 말이에요. 많은 남자들이 겉으론 바보처럼 보여도 사실 속으로는 자신을 그렇게 보는 사람들을 오히려 우습게 보는 거랍니다."

"듀크 씨가 오셨어요." 가정부가 알렸다.

듀크 씨는 가장 최근에 이곳에 온 사람이었다. 그는 지난 9월에 마지막 여섯 번째 방갈로를 빌려서 이곳에 이사 왔는데, 몸집이 크고 정원 가꾸기에 몰두하는 아주 조용한 사람이었다.

조류 연구에 열광적인 취미를 지닌 라이크로프트 씨는 듀크 씨를 가리키며 매우 점잖고 겸손한 사람이긴 하지만, 정말로 조용한 성격인지는 알 수 없다고 했다. 또 혹시 은퇴한 상인일지도 모른다고 덧붙였다.

그러나 아무도 본인에게 물어보지도 않았고, 또 모르는 편이 더 낫다고 생각했다. 왜냐하면 남에 대해 너무 깊이 알게 되면 난처한 경우가 생길 수도 있기 때문에 이처럼 작은 공동체에서는 서로 웬만큼만 아는 것이 상책이었다.

"이런 날씨에 익스햄프턴까지 걸어가실 생각은 아니겠죠?"

듀크 씨가 버너비 소령에게 물었다.

"아, 트레블리언도 내가 오리라고 기대하지는 않을 겁니다."

"무서운 일이에요." 윌렛 부인이 몸서리를 치며 말했다.

"이런 곳에 몇 년 동안이나 파묻혀 있다는 것 말이에요. 생각만 해도 으스스하군요."

듀크 씨가 윌렛 부인에게 잠시 시선을 주었고, 버너비 소령도 그녀에게 호기심 어린 눈초리를 보냈다.

그때 찻쟁반이 날라져 왔다.

제2장

메시지

차를 마신 다음, 윌렛 부인이 브리지 게임을 하자고 제의했다.

"전부 여섯 명이니까 두 사람은 빠져야겠군요."

"네 분이 하십시오. 윌렛 양과 제가 빠지겠습니다."

로니가 눈을 빛내며 말했다. 그러나 듀크 씨가 브리지 게임을 할 줄 모른다고 하자 로니는 낙담한 표정이 되었다.

"라운드 게임을 하는 것이 좋겠어요." 윌렛 부인이 다시 제의했다.

"아니면 테이블 터닝(테이블에 손을 얹으면 테이블이 저절로 들어 올려지거나 기울어지는 심령현상을 본뜬 놀이)을 하죠." 로니가 말했다.

"지금은 으스스한 저녁이니까요. 어제도 그런 말을 한 적이 있었는데, 오늘도 라이크로프트 씨와 저는 이곳으로 오면서 그것에 대해 이야기를 했답니다."

"저는 심령연구회의 회원입니다."

라이크로프트 씨가 로니의 말을 확인하려는 태도로 말했다.

"이 젊은 친구에게 한두 가지 실례를 보여줄 수도 있었지요."

버너비 소령이 분명한 태도로 말했다.

"허튼 장난에 불과해요."

"어머, 그렇지만 무척 재미있잖아요." 바이올렛이 말했다.

"그런 것을 믿지는 않더라도 재미로 할 수는 있으니까요. 그렇죠, 듀크 씨?"

"난 아무것이라도 괜찮아요, 윌렛 양."

"그렇다면 적당한 테이블을 가져오고 전등을 전부 꺼야겠군요. 아니에요, 그것 말고요, 어머니. 너무 무겁거든요."

여러 사람의 의견에 따라 게임을 할 준비가 되었다. 윗면이 반들거리는 작고 둥근 테이블을 옆방에서 옮겨와 벽난로 앞에 놓았고, 전등을 끈 다음 테이블 둘레에 각자 자리를 잡고 앉았다. 버너비 소령은 윌렛 부인과 바이올렛 사이에 앉았고, 바이올렛 곁에는 로니 가필드가 앉았다.

버너비 소령의 입가에는 빈정거리는 미소가 감돌았다.

그는 속으로 '내가 젊었을 때에는 이런 게임을 업젠킨스라고 했었지' 하는 생각과 함께, 그때 테이블 밑으로 팔을 한껏 뻗으 손을 잡았던 부드러운 금발 소녀의 이름을 생각해 내려 애썼다. 그것은 참으로 오래전 일이었으며, 어쨌든 업젠킨스는 재미있는 게임이었다. 으레 그렇듯이 사람들은 웃고 속삭이며 상투적인 말들을 늘어놓았다.

"오래된 영혼들이에요.", "멀리서 오는 겁니다.", "아, 조용히 합시다, 여러분.", "재미있는 일이 일어나지 않잖아요.", "처음엔 항상 그런 겁니다.", "모두 조용히 해야 됩니다."

잠시 뒤, 소곤거리는 말소리가 사라지고 침묵이 흘렀다.

로니 가필드가 실망했다는 듯 말했다.

"이 테이블은 죽어 있어요."

"쉿!"

반들거리는 표면이 약간 떨리더니 테이블이 흔들리기 시작했다.

"질문을 하세요. 누가 하시겠어요? 로니, 당신이 먼저 해요."

"아, 제가, 뭐라고 질문을 하는 겁니까?"

"영혼이 이 자리에 있는지 물어봐요." 바이올렛이 가르쳐 주었다.

"아! 영혼이 있습니까?"

테이블이 세게 흔들렸다.

"그렇다는 뜻이에요." 바이올렛이 말했다.

"아, 그렇다면 누구세요?"

응답이 없었다.

"이름의 철자를 말하라고 해요."

"어떻게 하는 거죠?"

"테이블이 몇 번 흔들리는가를 보고 아는 거예요."

"아! 알겠어요. 당신 이름의 철자를 말해 봐요."

테이블이 세게 흔들리기 시작했다.

"ABCDEFGHI, 아홉 번 흔들린 것 같은데 I인가요, J인가요?"

"물어봐요. I가 맞아요?"

테이블이 한 번 흔들렸다.

"맞았어요. 다음 철자는 뭐죠?"

영혼의 이름은 아이다였다.

"여기 있는 누군가에게 전할 메시지를 가지고 왔나요?"

예.

"누구에게? 월렛 양에게?"

아니오.

"월렛 부인?"

아니오.

"라이크로프트 씨에게?"

아니오.

"나에게?"

예.

"로니, 당신에게 온 거예요. 계속해요. 메시지를 보낸 사람의 이름을 가르쳐 달라고 해요."

테이블은 흔들거리며 다이애너라는 이름을 말했다.

"다이애너가 누구죠? 아는 사람이에요?"

"아니오, 모르는 사람이에요."

"아니에요, 당신은 알고 있어요."

"다이애너라는 여자가 미망인인지 물어봐요."

게임은 흥겹게 계속되었다. 라이크로프트 씨는 만면에 미소를 지었다. 젊은 이들은 그들끼리 통하는 농담이 있기 마련이라는 생각을 하며 그는 벽난로 불빛에 반사된 월렛 부인의 얼굴을 언뜻 보았다. 그녀의 얼굴은 수심에 찬 명한 표정이었고, 깊은 생각에 빠진 듯했다.

버너비 소령은 눈을 생각하고 있었다. 오늘 저녁에 또 눈이 내릴 것이다.

이렇게 눈이 많이 내린 겨울은 난생 처음이었다.

듀크 씨는 무척 심각하게 게임을 하고 있었다. 비록 영혼이 그에게는 거의 관심을 보이지 않았지만, 모든 메시지는 바이올렛과 로니에게 온 것으로 생각되었다. 바이올렛이 이탈리아 여행을 하게 될 것이며, 누군가가 그녀와 함께 갈 것이라고 영혼이 밝혔다.

남자, 레너드란 이름의 남자와 함께 갈 것이라고도 했다. 그 때문에 사람들은 모두 웃음을 터뜨렸다. 테이블은 바이올렛이 여행갈 도시의 이름을 알렸는데, 이탈리아어가 아니라 뒤죽박죽된 러시아어였다.

흔히 그렇듯 테이블을 흔든 사람이 누구라는 말이 오갔다.

"봐요, 바이올렛. 당신이 흔들고 있잖아요."

"아니에요. 보다시피 난 지금 테이블에서 손을 떼고 있어요. 그런데도 테이블은 계속 흔들리고 있잖아요."

"이제부터는 영혼에게 테이블을 두드리라고 해야겠어요. 큰소리로 말이에요."

"두드리게 할 수도 있나요?" 로니는 라이크로프트 씨를 보며 말했다.

"그렇게 할 수 있겠죠, 선생님?"

"이런 상황에서는 그렇게 할 수 없을 게요."

라이크로프트 씨가 무뚝뚝하게 대답했다.

잠시 동안 휴식이 있었고, 테이블도 흔들림이 없이 질문이나 대답도 오가지 않았다.

"아이다는 떠났습니까?"

테이블이 맥없이 한 번 흔들렸다.

"그렇다면 다른 영혼이 들어와 주시겠습니까?"

잠시 아무런 움직임이 없더니 갑자기 테이블이 전율을 하듯 세게 흔들리기 시작했다.

"만세! 당신은 새로운 영혼입니까?"

예.

"누구에게 전할 메시지가 있습니까?"

예.

"저에게?"

아니오.

"바이올렛에게?"

아니오.

"버너비 소령님께?"

예.

"소령님께 전할 메시지랍니다. 철자를 말해 주시겠어요?"

테이블이 천천히 흔들리기 시작했다.

"TREV, V가 맞습니까? 아닐 텐데. TREV, 이건 아무 의미도 없는 낱말인데."

"트레블리언이란 뜻이에요. 트레블리언 대령 말이에요." 윌렛 부인이 말했다.

"트레블리언 대령님을 뜻하는 말입니까?"

예.

"대령님께 전할 메시지를 갖고 있습니까?"

아니오.

"그렇다면?"

테이블은 다시 천천히 율동적으로 흔들리기 시작했다. 아주 느리게 흔들렸기 때문에 철자를 알기가 쉬웠다.

"D—."

잠깐 쉬었다가, "E, A, D."

"Dead, 죽었다."

"누군가가 죽었습니까?"

'예, 아니오'라는 대답 대신에 테이블은 T에 이르기까지 계속 흔들렸다.

"T, 트레블리언입니까?"

예.

"트레블리언이 죽었다는 뜻입니까?"

테이블은 아주 세게 흔들리며 그렇다고 대답했다.

누군가가 숨을 헐떡였고, 테이블 주변에 희미한 동요가 일어났다. 다시 질문을 하는 로니의 목소리는 두려움이 담긴 불안감에 잠겨 있었다.

"트레블리언 대령님이 죽었다는 말입니까?"

예.

방 안에 정적이 흘렀다. 아무도 무슨 말을 해야 할지, 예기치 않은 이 상황을 어떻게 받아들여야 할지 모르는 것 같았다.

그 정적 속에 테이블이 다시 흔들리기 시작했다. 율동적으로 천천히.

로니가 그 흔들림을 철자로 읽었다.

"M, U, R, D, E, R, 살인."

윌렛 부인이 갑자기 비명을 지르며 테이블에서 손을 뗐다.

"그만두겠어요! 무서워요. 싫어요!"

듀크 씨가 맑게 울리는 목소리로 테이블을 향해 물었다.

"트레블리언 대령이 살해당했다는 뜻입니까?"

듀크 씨의 마지막 말과 동시에 응답이 있었다. 테이블은 거의 쓰러질 정도로 강하고 단호하게 흔들렸다. 단 한 번 '예'라고.

"이런……." 로니는 테이블에서 손을 떼며 말했다.

"이건 형편없는 장난이군요."

그의 목소리는 떨리고 있었다.

"불을 켜요." 라이크로프트 씨가 말했다.

버너비 소령이 일어나 불을 켜자, 불안하고 창백한 얼굴들이 갑작스런 불빛 아래 드러났다. 그들은 할 말을 잊은 채 서로의 얼굴을 마주 보았다.

"바보 같은 장난에 불과해요." 로니가 어색하게 웃으며 말했다.

윌렛 부인이 말했다.

"장난치고는 너무 했어요. 그런 장난은 하면 안 되는 거예요. 죽음에 대해 농담을 하다니, 이건, 너무 끔찍해요."

바이올렛이 떨리는 목소리로 말했다.

"전 테이블을 흔들지 않았어요."

로니가 무언의 비난이 자신에게로 향하고 있다고 느끼며 말했다.

"맹세해요. 절대 그러지 않았다고요."

"나도 마찬가집니다." 듀크 씨가 말했다.

"그렇다면, 라이크로프트 씨, 당신은?"

"나도 아닙니다." 라이크로프트 씨가 부드러운 어조로 대답했다.

버너비 소령이 고함치듯 말했다.

"내가 그런 장난을 하리라고 생각하지는 않겠죠? 지독하게 못된 짓이야."

"바이올렛, 네가……."

"아니에요, 어머니. 전 정말 안 그랬어요. 전 그런 짓은 못해요."

바이올렛은 금방 울음을 터뜨릴 것 같았다. 그들은 전부 당황하고 있었다. 흥겨운 파티에 갑작스럽게 어두운 그림자가 덮친 것이었다.

버너비 소령이 의자를 뒤로 밀고 일어나 창가로 가서 커튼을 젖혔다. 그는 등을 돌린 채 창밖을 내다보며 서 있었다.

"5시 25분이군."

라이크로프트 씨가 벽시계를 올려다보며 말했다.

그는 차고 있던 손목시계와 시간을 맞춰보았다. 그의 이런 행동은 방 안에 있는 사람들 모두에게 왠지 중요한 의미가 있는 것처럼 느끼게 했다.

"자, 여러분." 윌렛 부인은 애써 명랑한 어조로 말했다.

"칵테일을 마시는 게 좋을 것 같군요. 가필드 씨, 벨을 눌러주시겠어요?"

로니가 벨을 눌렀다.

술병과 잔이 날라져 오자 로니가 칵테일을 만들었다. 방 안의 분위기가 다소 부드러워졌다.

"자—."

로니가 술잔을 처들며, "건배합시다."라고 말했다.

다른 사람들도 그에 따랐다. 그러나 창가에 있는 한 사람만은 침묵하고 있었다.

"버너비 소령님, 이리 오셔서 칵테일을 드세요."

그러자 소령은 깜짝 놀란 듯 몸을 움찔하며 천천히 몸을 돌렸다.

"감사합니다, 윌렛 부인. 하지만 마시고 싶지 않습니다."

그는 다시 한 번 어두운 창밖을 내다보고는 사람들이 모여 있는 벽난로가로 걸어왔다.

"덕분에 즐거운 시간을 보냈습니다. 그럼 안녕히 계십시오."

"설마 지금 가시려는 건 아니시겠죠?"

"죄송하지만 가야 할 것 같습니다."

"이렇게 빨리 가시다니. 모처럼 모인 이런 날에."

"미안합니다, 윌렛 부인. 하지만 할 일이 있습니다. 전화가 있으면 좋겠습니다만."

"왜요?"

"예, 사실은, 저, 조 트레블리언에게 별일 없는지 알아봐야겠기에. 어리석은 미신에 불과하다는 것은 압니다만. 또, 이런 허튼 장난을 믿지도 않습니다만……."

"그러나 이곳 시타퍼드에는 전화가 없잖아요?"

"예, 그게 문젭니다. 전화 통화를 할 수 없기 때문에 제가 가려고 하는 겁니다."

"가신다고요? 지금은 자동차도 다닐 수 없잖아요! 이런 밤에는 엘머도 차를 몰려고 하지 않을 텐데."

엘머는 이곳에서 유일하게 자동차를 가지고 있는 사람인데, 낡은 포드 자동차로 익스햄프턴까지 꽤 비싼 요금을 받고 사람들을 태워주곤 했다.

"아닙니다. 차는 필요 없습니다. 제 두 발로 걸어갈 작정이니까요."

그 말에 사람들은 모두 합창하듯 반대했다.

"아니, 버너비 소령님! 그건 불가능해요. 소령님도 곧 눈이 내릴 거라고 말씀하셨잖아요."

"한 시간 이내에 그곳에 도착하지는 못할 겁니다. 아마 그 이상 걸리겠죠. 어쨌든 도착은 할 겁니다. 염려 마세요."

"어머! 안 돼요. 우린 소령님을 가시도록 할 수는 없어요."

윌렛 부인은 어쩔 줄 모르고 그를 막으려고 했다.

그러나 버너비 소령은 애원과 반대에도 불구하고 바위처럼 자신의 뜻을 굽히지 않았다. 그는 고집이 센 사람이었다. 한번 마음먹으면 누구도 그를 막지 못했다.

그는 익스햄프턴까지 걸어가서 오랜 친구에게 별일이 없는지 직접 확인하기로 마음먹었다고 수차 그 말만 되풀이할 뿐이었다. 사람들은 그가 결국 그렇게 하고 말리라는 것을 깨닫자 단념하고 말았다. 그는 외투를 입고 랜턴을 켜고는 어두운 밖으로 발을 내딛었다.

"집에 들러 휴대용 술병을 가져가야겠습니다." 그는 명랑하게 말했다.

"그리고 곧바로 가야겠어요. 내가 가면 트레블리언이 묵게 해줄 겁니다. 공연한 소동이라는 건 압니다. 별일 없을 터이니 걱정하지 마십시오, 윌렛 부인. 눈이 오건 안 오건 두 시간 내로 도착할 겁니다. 그럼 안녕히 주무세요."

그는 성큼성큼 걸어갔다. 다른 사람들은 다시 난롯가로 돌아왔다.

라이크로프트 씨는 하늘을 쳐다보며, 듀크 씨에게 중얼거리듯 말했다.

"눈이 오겠군요. 버너비 소령이 익스햄프턴에 도착하기 전에 눈이 내릴 겁니다. 무사히 도착해야 할 텐데."

듀크 씨가 얼굴을 찌푸리며 말했다.

"그럴 것 같군요. 우리들 중 한 사람이라도 동행을 했어야 하는 건데 그랬나 봅니다."

"완전히 기진맥진했어요." 윌렛 부인이 말했다.

"정말 지쳤어요. 바이올렛. 다시는 그런 우스꽝스러운 게임은 안 하겠다. 불쌍한 버너비 소령님은 아마 눈 더미에 파묻히거나 독감에 걸리시고 말 거야. 연세를 생각하셔야지. 이런 밤에 그곳에 가신다니 정말 어리석은 일이야. 트레블리언 대령님은 아무 일도 없을 거야. 분명해."

"그렇고말고요." 모두 합창하듯 말했다.

그런데도 그들은 마음이 편치 못했다. 만일 트레블리언 대령에게 무슨 일이 일어났다면, 만일······.

제3장

5시 25분

두 시간 30분 뒤, 정확하게는 8시 직전에 손에 랜턴을 든 버너비 소령은 몰아치는 눈보라를 맞으며 얼굴을 숙인 채 눈길에 미끄러지면서 트레블리언 대령이 사는 작은 집인 '헤이즐무어' 저택의 현관에 이르는 길을 따라 올라가고 있었다.

약 한 시간 전부터 내리기 시작한 눈은 지금은 한 치 앞도 안 보일 정도로 엄청나게 휘몰아치고 있었다. 버너비 소령은 완전히 지친 듯이 숨을 몰아쉬며 헐떡이고 있었다. 온몸이 꽁꽁 얼어서 발을 구르며 거친 숨을 내뿜고 씨근거리면서 언 손가락으로 초인종을 눌렀다.

초인종 소리가 집 안에 날카롭게 울렸다.

버너비는 문이 열리기를 기다리며 서 있다가 몇 분 뒤에도 아무 반응이 없자 다시 초인종을 눌렀다.

그래도 아무런 인기척이 없었다.

버너비는 다시 세 번째로 눌렀다. 이번에는 아예 초인종을 계속 누르고 서 있었다. 소리는 계속 울렸지만 집 안에서는 인기척이 없이 잠잠할 뿐이었다.

그러자 그는 문에 달린 고리쇠를 잡고 천둥 같은 소리가 울리도록 세차게 두드렸다. 역시 집 안은 죽은 듯 고요했다.

그는 두드리는 것을 단념하고 잠시 망설이며 서 있다가, 대문 쪽으로 천천히 되돌아가서 온 길을 따라 다시 걸어갔다. 백 야드쯤 떨어진 작은 파출소에 이르러서 그는 다시 한 번 망설이다가 이내 마음을 먹은 듯 안으로 들어갔다.

그레이브스 순경은 버너비 소령을 잘 알던 터라 깜짝 놀라며 일어났다.

"아니, 어쩐 일이십니까? 이런 험한 날 밤에 외출을 하시다니요?"

"할 말이 있네." 버너비는 퉁명스레 말을 꺼냈다.

"트레블리언 대령의 현관문을 계속 두드리고 초인종을 눌렀는데도 아무 대답이 없다네."

"오늘은 금요일이잖습니까?"

트레블리언과 버너비의 습관을 잘 알고 있는 그레이브스가 이렇게 말했다.

"하지만 설마 소령님께서 이런 밤에 시타퍼드에서 이곳까지 오신 건 아니시겠죠? 대령님이 소령님이 오시리란 기대를 하지 않고 계실 겁니다."

"트레블리언이 내가 오는 걸 기대하건 안 하건 나는 왔네."

버너비는 다시 퉁명스럽게 말했다.

"그런데 방금 말했듯이 난 그 친구 집에 들어갈 수가 없네. 벨을 누르고 문을 두드려도 응답이 없단 말일세."

경관은 그제야 소령의 태도에서 어떤 불안감을 감지한 듯, "이상하군요."라고 말했다.

"이상하고말고." 버너비가 말했다.

"이런 날 밤에 외출을 하셨을 리는 없을 텐데요."

"당연하지. 외출할 리가 없어."

"정말 이상하군요."

버너비는 그레이브스가 서두르는 기색을 보이지 않자 더 이상 못 참겠다는 듯, "어떻게 해봐야 하지 않겠나?" 하고 소리를 질렀다.

"어떻게 하다니요?"

"어떻게든 말일세."

경관은 잠시 생각하더니, "혹시 어디 편찮으신 것이 아닐까요? 제가 전화를 해보겠습니다."라고 말했다.

그는 팔꿈치 곁에 놓여 있는 전화의 수화기를 들고 다이얼을 돌렸다. 그러나 전화 역시 현관 벨을 눌렀을 때와 마찬가지로 응답이 없었다.

"편찮으신 것 같군요."

수화기를 내려놓으며 그레이브스가 말했다.

"집 안에 혼자 계신 것이 분명합니다. 워렌 의사를 모시고 가는 것이 좋겠군요."

워렌 의사 집은 파출소와 가까운 곳에 있었다. 마침 아내와 저녁식사를 하려던 워렌은 호출이 반갑지 않았으나, 마지못해 그들과의 동행을 수락하고는 털목도리를 두르고 장갑을 낀 다음 고무장화를 신었다.

눈은 계속 내리고 있었다.

"지독한 밤인데." 워렌 의사가 중얼거렸다.

"괜한 일로 헛걸음치는 것이 아니면 좋겠군요. 트레블리언은 무척 강인한 사람입니다. 아무 일도 없을 겁니다."

버너비 소령은 아무 말도 하지 않았다.

헤이즐무어 저택에 도착해서 그들은 다시 한 번 초인종을 누르고 문을 두드렸으나 역시 반응이 없었다.

그러자 워렌 의사는 집 뒤로 돌아가서 창문 쪽으로 가자고 했다.

"현관문보다 쉽게 부수고 들어갈 수 있거든요."

그레이브스 순경도 그 말에 찬성을 하고 그들은 집 뒤로 돌아갔다. 가는 도중에 옆문이 하나 있었지만 그것 역시 잠겨 있었다. 그들은 즉시 뒷창문에 이르는 눈 덮인 잔디밭으로 갔다.

갑자기 워렌 의사가 소리쳤다.

"서재 창문을 보세요. 열려 있습니다."

프랑스식 서재 창문이 약간 열려 있었다. 그들은 걸음을 빨리했다. 이런 날 밤에 창문을 열어놓는 사람은 없을 것이다. 서재에는 불이 켜져 있었고, 창문 사이로 흐릿하게 불빛이 새어 나오고 있었다.

그들 세 사람은 동시에 창가로 가서 먼저 버너비 소령이 들어가고 곧이어 순경이 들어갔다. 방 안에 들어간 그들은 얼어붙은 듯 발을 멈추었다.

버너비 소령의 입에서 분명치 않은 신음소리가 새어나왔다. 잠시 뒤 그들을 뒤따라 들어온 워렌 의사도 앞서 온 두 사람과 같은 광경을 보게 되었다.

트레블리언 대령은 두 팔을 양쪽으로 뻗은 채 얼굴을 바닥에 대고 쓰러져 있었다. 방 안은 온통 수라장이었다. 책상서랍들이 삐져나와 있고 종이들이 바닥 여기저기에 흩어져 있었다. 그 옆에는 창문 고리 부근에서 깨어져 떨어진 유리조각들이 있었고, 트레블리언 대령 곁에는 직경 2인치 정도의 짙은 초록색 천으로 만든 자루가 놓여 있었다.

워렌은 얼른 뛰어가 엎드려 있는 사람 곁에 무릎을 꿇고 앉았다. 1분이면 충분했다.

일어서는 그의 얼굴이 창백했다.

"죽었습니까?" 버너비 소령이 물었다.

워렌 의사가 고개를 끄덕였다. 그러면서 그레이브스를 보았다.

"이제 어떻게 해야 할지 당신이 말하시오. 나는 시체를 조사하는 일밖에 할 수 없으니까. 경감이 올 때까지 시체를 조사하는 일을 미루어야 하는지도 모르겠지만, 사인(死因)은 지금 말할 수 있소. 두개골 아래쪽이 부서졌는데 무엇에 맞았는지 짐작할 수 있소."

그러면서 워렌 의사는 초록색 자루를 가리켰다.

"트레블리언은 바람막이로 문 밑에 저걸 항상 놓아두었었소."

버너비 소령이 말했다. 그의 목소리는 쉰 듯했다.

"예, 그건 아주 훌륭한 모래주머니(옛날에는 몽둥이 끝에 달아 무기로도 사용했고, 요즘은 악한이 흉기로 사용하기도 함)가 될 수 있습니다."

"세상에!"

"그러니까 이건……."

순경은 상황을 이해하겠다는 듯 천천히 말했다.

"그러니까, 이건 살인이라는 말씀이군요."

그리고 그는 전화가 놓인 탁자로 다가갔다.

버너비 소령은 의사에게 다가서며 물었다.

"죽은 지 얼마나 되는지 알 수 있겠소?"

그는 힘겹게 숨을 내쉬었다.

"두 시간쯤 됐습니다. 세 시간쯤 됐다고 말할 수도 있겠군요. 대략 추정해서 그렇다는 겁니다."

버너비 소령은 마른 입술을 축이며 다시 물었다.

"혹시 5시 25분에 살해되었다고 볼 수도 있겠소?"

그러자 워렌 의사는 의아스럽다는 눈초리로 버너비 소령을 쳐다보았다.

"정확한 시각을 말해야 한다면 아마 그 시각일 겁니다."

"이럴 수가!" 버너비 소령이 소리쳤다.

워렌 의사는 소령을 응시했다.

버너비 소령은 비틀거리며 의자로 다가가 털썩 주저앉았다.

눈에 띄는 공포감이 얼굴에 나타나며 그가 중얼거렸다.

"5시 25분―, 아! 이럴 수가, 그렇다면 그건 진실이었군."

제4장

내러콧 경감

그 다음 날, 헤이즐무어 저택의 작은 서재에는 두 남자가 서 있었다.

내러콧 경감은 주위를 둘러보았다. 그는 양미간을 약간 찌푸리며, "그래, 그렇군." 하고 생각에 잠긴 목소리로 말했다.

내러콧 경감은 상당히 유능한 경찰이었다. 그는 다른 사람들에게는 부족한 집요한 끈기와 논리적인 이성, 그리고 세부사항들을 파악하는 예리한 주의력을 지니고 있었다. 그 때문에 이 분야에서 성공을 거두고 있는 인물이었다.

그는 조용한 태도와 약간 멍청한 듯한 회색빛 눈에 느리고도 부드러운 데븐셔(영국 남서부의 군(郡). 수도는 엑시터)의 말씨를 지닌 키가 큰 남자였다. 엑시터에서 호출되어 이 사건을 담당하게 된 그는 이날 아침 첫 기차로 이곳에 도착했다. 모든 길은 체인을 달고도 자동차가 다닐 수 없었다. 그렇지 않았으면 그는 어젯밤에 도착했을 것이다. 다른 방들의 조사를 끝내고 지금 대령의 서재에 서 있는 그의 곁에는 익스햄프턴 경찰서의 폴락 경사가 함께 있었다.

"그렇군." 내러콧 경감이 다시 말했다.

창백한 겨울 햇빛이 창문을 통해 들어오고 있었고, 밖은 설경(雪景)을 이루고 있었다. 창문에서 백 야드쯤 거리를 두고 울타리가 쳐 있었고, 그 밖으로는 구릉으로 올라가는 가파른 비탈길로 이어져 있었다.

내러콧 경감은 조사를 위해 아직 제자리에 놓여 있는 시체를 다시 한 번 몸을 숙여 살펴보았다. 경감 자신이 강건한 스포츠맨이었기에 그는 스포츠맨 타입을 쉽게 알아볼 수 있었다. 벌어진 어깨와 옆으로 날씬한 몸매, 그리고 잘 발달된 근육, 작은 머리가 어깨 위에서 균형을 이루고 있으며, 날카로운 해군식 수염은 잘 다듬어져 있었다. 그가 확인한 바에 의하면 트레블리언 대령의 나이는 60세였으나 겉으로 보기에는 51세 이상으로는 보이지 않았다.

"흥미로운 사건이군." 내러콧 경감의 말이었다.

"그렇습니다." 폴락 경사가 말했다.

경감은 경사를 돌아보며 물었다.

"자네 의견은 어떤가?"

"글쎄요……."

폴락 경사는 머리를 긁적거렸다. 그는 필요 이상의 말은 하지 않는 신중한 사람이었다.

"제가 보기에 범인은 문고리를 부수고 창문을 통해 들어와서 방 안을 샅샅이 뒤진 것 같습니다. 트레블리언 대령은 위층에 있었음이 분명한데 강도는 집이 비어 있다고 생각한 것 같습니다."

"트레블리언 대령의 침실은 어디에 있나?"

"위층에 있습니다. 이 서재 바로 위입니다, 경감님."

"요즘은 4시쯤이면 밖이 어두워지는데, 만일 대령이 침실에서 깨어 있었다면 전등이 켜져 있었을 테니 강도가 이 창문으로 다가왔다면 침실의 불빛을 봤을 걸세."

"그렇다면 밖에서 불이 꺼지기를 기다렸을까요?"

"불 켜진 집을 부수고 들어올 강도가 있겠나? 만일 창문을 부쉈다면, 그건 집에 아무도 없다고 생각했기 때문이지."

폴락 경사는 다시 머리를 긁적였다.

"어딘가 이상하다는 것은 압니다만 그렇지 않고서야……."

"그 문제는 잠시 젖혀놓기로 하고 계속해 보게."

"트레블리언 대령이 아래층에서 나는 무슨 소리를 들었다고 가정하면, 그는 아래층으로 내려왔을 겁니다. 또한 강도는 그가 내려오는 소리를 들었을 겁니다. 그래서 모래주머니를 움켜잡고 문 뒤에 숨었다가 대령이 들어오자 뒤에서 내리친 겁니다."

내러콧 경감이 고개를 끄덕였다.

"그렇지. 그건 맞아. 대령은 창문을 마주 보고 있을 때 얻어맞은 거야. 그렇지만, 폴락, 자네 생각에 찬성할 수는 없네."

"왜 그렇습니까?"

"오후 5시에 창문을 부수고 들어온다는 것은 믿기지 않는 일이거든."

"그러나 강도는 좋은 기회라고 생각했을지도 모릅니다."

"이건 기회의 문제가 아닐세. 창문이 잠겨 있지 않다는 것을 알았기 때문에 좋은 기회라 생각하고 집 안으로 몰래 들어온 것이 아니란 말일세. 강도라면 어디부터 뒤졌겠는가? 은그릇이 있는 식당으로 제일 먼저 갔을 걸세."

"그건 그렇습니다." 경사가 수긍했다.

"그런데 엉망으로 어질러진 이 서재를 보게나. 서랍은 빠져나오고 그 안에 들었던 것들이 사방에 흩어져 있네. 하! 이건 우리의 주의를 끌기 위한 짓에 불과하다네."

"주의를 끌다니요?"

"창문을 잘 살펴보게, 경사. 저 창문은 잠겨 있지 않았기 때문에 힘으로 연 것이 아니네! 창문은 잠기지 않은 채 그냥 닫혀 있었던 것이고, 저 부서진 유리조각들은 창문을 부순 것처럼 위장하려고 밖에서 가져온 것일세."

폴락 경사는 창문의 걸쇠를 자세히 살펴보면서 감탄의 소리를 질렀다.

"경감님 말씀이 옳습니다. 아무도 그 점을 생각하지 못했습니다."

경사의 목소리에는 존경심이 담겨 있었다.

"누군가가 우리의 시야를 흐리게 하려고 한 것이야. 그러나 성공하지 못했네."

폴락 경사는 '우리'라는 경감의 말에 기분이 좋았다. 내러콧 경감은 그런 식의 사소한 말 한마디로 부하들의 사기를 높이고 존경을 받았다.

"그렇다면 외부에서 강도가 침입한 것이 아니라 내부 사람이 저지른 범죄라는 말씀입니까?"

경감은 고개를 끄덕였다.

"그렇다네. 그런데 한 가지 흥미롭게 생각되는 점은 살인범은 실제로 창문을 통해 들어왔다는 것일세. 자네와 그레이브스가 보고했듯이, 또한 내가 직접 확인한 바와 같이 눈이 녹은 곳에 장화를 신은 범인이 밟고 지나간 젖은 얼룩들이 있는데, 그 얼룩들은 이 방에만 있네. 그레이브스 순경의 보고에 의하면 그와 워렌 의사가 홀을 지나갈 때 그런 발자국은 전혀 눈에 띄지 않았다고 확실히 말했네. 그런데 이 방에서는 발자국이 금방 눈에 띄었다는 걸세. 그렇다면 트레블리언 대령은 살인범이 창문을 통해 들어오도록 했다는 점이 분명하네. 그러니까 범인은 트레블리언 대령이 아는 사람이었음이 틀림없지. 경사, 자네는 이 지방 사람이니까 물어보겠는데, 트레블리언 대령이 누구와 쉽게 원한을 살 만한 그런 사람인가?"

"아닙니다, 경감님. 대령은 세상 누구와도 원한을 질 만한 사람은 아니었다고 말씀드릴 수 있습니다. 다소 금전에 집착하고 태만하거나 무례한 것을 참지 못하는 엄격하고 까다로운 사람이긴 했습니다만 그런 점들로 인해 오히려 존경을 받았습니다."

"원한관계에 있는 사람이 없었다." 내러콧 경감이 생각에 잠겨 말했다.

"적어도 이곳에선 그랬습니다."

"대령이 해군 복무 시절에 혹시 누구에게 원한을 산 적이 있는지에 관해서는 우리가 전혀 모르지만, 내 경험에 의하면 한 곳에서 원한을 산 사람은 다른 곳에서도 역시 마찬가지네. 그러나 그렇지 않을 수도 있다는 가능성을 완전히 배제할 수는 없지. 자, 다음 단계는 살해 동기(動機)인데, 모든 범죄에서 가장 흔한 동기는 이해관계일세. 트레블리언 대령은 상당한 부자였다고 알고 있는데?"

"예, 모두들 그렇게 알고 있습니다. 그러나 인색한 편이었죠. 선뜻 기부금을 내놓는 사람은 아니었으니까요."

"아!" 내러콧 경감이 알겠다는 듯이 말했다.

"눈이 많이 와서 참 골치 아프군요." 경사가 말했다.

"하지만 눈이 이렇게 오지 않았더라면 우리는 범인의 발자국을 얻을 수 없었을 겁니다."

"이 집에 다른 사람은 없었나?"

"없었습니다. 지난 5년 동안 트레블리언 대령은 단 한 사람의 하인만을 데리고 있었습니다. 해군 출신의 하인이었죠. 대령이 시타퍼드 저택에서 생활할 때는 가정부가 매일 오가며 일을 했습니다만, 요리와 시중드는 일은 그 하인, 즉 에반스가 도맡아 했지요. 한 달 전쯤에 에반스가 결혼했는데 대령은 그것을 아주 못마땅하게 여겼답니다. 제 생각에 대령이 시타퍼드 저택을 남아프리카에서 온 어떤 부인에게 세를 주게 된 원인 중 하나가 그 결혼이 아닌가 합니다. 대령은 집 안에 여자가 사는 것을 원치 않았거든요. 에반스는 여기서 가까운 포어 가(街)에 아내와 함께 살면서 매일 이곳으로 와서 대령의 시중을 들었습니다. 경감님이 만나보시도록 제가 에반스를 이곳으로 불렀습니다. 에반스는 대령이 가도 된다고 했기 때문에 어제 오후 2시 30분에 이 집을 떠났다고 진술하고 있습니다."

"잘했네. 그를 만나봐야겠군. 혹시 중요한 단서를 말해줄지도 모르니까."

폴락 경사가 상관을 호기심 어린 눈으로 바라보았다. 경감의 어조가 심상치 않게 들렸던 것이다.

"경감님께서는……."

"내가 보기에 이 사건에는 겉으로 드러나지 않은 많은 것들이 내재되어 있는 것 같네."

내러콧 경감이 의미심장하게 말했다.

"어떤 점에서 그렇습니까, 경감님?"

그러나 경감은 경사의 물음에 대답하는 대신, "에반스란 사람이 지금 이곳에 와 있다고 했던가?"라고 물었다.

"예, 거실에서 기다리고 있습니다."

"잘 됐군. 지금 곧 만나보겠네. 그런데 에반스는 어떤 유형의 사람인가?"

폴락 경사는 정확하게 서술하는 것보다는 사실을 보고하는 것에 더 능숙했다.

"그는 해군 출신입니다. 다루기가 약간 곤란한 사람이라고 말씀드릴 수 있습니다."

"술을 많이 마시나?"

"제가 알기론 그는 취한 적이 한 번도 없었습니다."

"그 사람의 아내는 어떤가? 대령이 탐탁지 않게 여길 만한 여자인가?"

"아닙니다. 트레블리언 대령은 그런 것은 상관하지 않는 사람이었습니다. 여자 자체를 혐오하는 사람으로 알려져 있을 뿐이었죠."

"에반스는 주인에게 충직한 하인이었나?"

"모두 그렇게 생각하고 있습니다. 만일 그렇지 않았다면 이곳 사람들이 모를 리가 없죠. 익스햄프턴은 작은 마을이니까요."

내러콧 경감은 다시 고개를 끄덕였다.

"이 방에선 더 이상 조사할 것이 없으니까 에반스를 만나보도록 하세. 그리고 이 집의 다른 곳들을 살펴보고 나서 스리 크라운스 여관으로 가서 버너비 소령을 만나보세. 그가 대령의 사망 시각을 언급했다는 사실이 꽤 흥미로운데 5시 25분이라고 했단 말이지? 그 소령은 뭔가 알고 있는 게 분명하네. 그렇지 않고서야 이렇게 정확한 사망 시각을 물어볼 수 있겠나?"

경감과 경사는 문 쪽으로 걸어갔다.

"참 묘한 사건입니다."

폴락 경사가 어지럽게 흩어진 바닥을 이리저리 둘러보며 말했다.

"도둑질을 한 것처럼 가장한 꼴이라니!"

"내가 이상하게 생각하는 점은 그게 아니라네." 내러콧 경감이 말했다.

"이런 상황에서는 일부러 어질러놓은 게 아마 당연한 것인지도 모르지. 내가 이상하게 여긴 점은 창문이네."

"창문이라뇨?"

"범인은 왜 창문으로 들어와야만 했을까? 범인이 만일 트레블리언 대령이 알고 있는 사람이었다면 왜 현관문으로 들어오지 않았을까? 어젯밤 같은 날씨에 집을 빙 돌아서 창문으로 오자면 눈이 쌓인 높이로 봐서 꽤나 힘들고 귀찮았을 텐데. 거기엔 반드시 무슨 이유가 있을 걸세."

"이 집으로 들어오는 것을 다른 사람들에게 보이고 싶지 않던 게 아닐까요?"

"어제 오후에는 길에 사람들이 많지 않았을 걸세. 집 밖으로 나오기조차 꺼려할 날씨였으니까. 뭔가 다른 이유가 있을 걸세. 차차 밝혀지겠지."

제5장

에반스

두 사람은 식당에서 그들을 기다리는 에반스에게로 갔다. 에반스는 그들이 들어오자 공손한 태도로 일어섰다. 에반스는 팔이 유난히 길어 보이는 땅딸막한 몸에 주먹을 반쯤 쥔 상태로 서 있는 버릇이 있었다. 말끔하게 면도한 얼굴에 다소 고집 센 듯한 작은 눈을 하고 있었으나, 맡은 일을 능숙하게 처리할 것 같은 쾌활한 인상이 고집 센 면을 가려주고 있었다.

내러콧 경감은 에반스를 보며, '똑똑하고 빈틈없는 실제적인 사람으로 보이는군. 그런데 당황하는 것 같은데.' 하고 생각을 했다.

내러콧이 물었다.

"당신이 에반스요?"

"예, 경감님."

"세례명은?"

"로버트 헨리입니다."

"이 사건에 대해 알고 있는 것은 없소?"

"전혀 없습니다, 경감님. 저도 무척 놀랐습니다. 대령님께 이런 일이 생기다니 도저히 믿어지지 않습니다!"

"당신 주인을 마지막으로 본 시각은 언제요?"

"2시였습니다. 점심 설거지를 끝내고 보시다시피 이 식탁에 저녁식사 준비를 해놓았습니다. 대령님은 저녁에 다시 올 필요가 없다고 하시더군요."

"평소에는 어떻게 했소?"

"오후 7시에 다시 와서 두 시간 정도 일을 했지요. 항상 그런 것은 아니었지만 대령님은 이따금 저녁에 오지 않아도 좋다고 말씀하셨습니다."

"그렇다면 대령이 어제 당신에게 저녁에 오지 않아도 된다고 했을 때 당신은 의아해하지 않았다는 게요?"

"예, 경감님. 저는 그제 저녁에도 오지 않았거든요. 날씨 때문이었죠. 대령님은 게으름을 피우지 않는 사람에게는 매우 이해가 깊으셨습니다. 저는 그분의 생각과 성격을 잘 알고 있습니다."

"대령이 당신에게 정확히 뭐라고 말했소?"

"창밖을 내다보시더니, '버너비가 오지 못하겠군. 시타퍼드는 완전히 고립되었을 거야. 이런 겨울은 처음이군.' 하고 말씀하셨습니다. 대령님이 언급하신 분은 시타퍼드에 살고 계시는 버너비 소령님입니다. 소령님은 매주 금요일마다 대령님께 오셔서 체스를 두거나 글자 수수께끼 놀이를 하셨고, 매주 화요일에는 대령님이 버너비 소령님께 가셨습니다. 대령님은 상당히 규칙적인 생활을 하셨습니다. 그리고 대령님은 제게 이렇게 말씀하셨죠. '이젠 가도 되네, 에반스. 그리고 내일 아침까지 오지 않아도 되네.'"

"버너비 소령을 제외하고 오후에 누가 올 것이라는 말씀은 없었소?"

"예, 아무 말씀도 없었습니다."

"대령님의 태도에 평소와 다른 점은 없었소?"

"제가 본 바로는 없었습니다, 경감님."

"이제 생각나는데, 에반스, 당신은 최근에 결혼했다고 들었소만?"

"예, 스리 크라운스 여관을 하는 벨링 부인의 딸과 두 달 전에 결혼했습니다."

"그런데 트레블리언 대령이 당신 결혼을 별로 반기지 않았다고요?"

에반스의 얼굴에 아주 희미한 미소가 순간적으로 스쳐갔다.

"한마디로 표현하자면 그랬습니다. 제 아내 레베카는 요리도 잘하고 아주 좋은 여자입니다, 경감님. 저는 아내와 함께 대령님을 모시고 싶었지만 아마 대령님은 허락하지 않으셨을 겁니다. 대령님은 집 안에 하녀를 두지 않겠다고 말씀하셨거든요. 게다가 남아프리카에서 온 그 부인이 겨울을 지내려고 시타퍼드 저택을 빌리는 바람에 일이 더 어렵게 되고 말았습니다. 대령님은 이 집으로 이사를 오셨고, 저는 매일 와서 시중을 들어 드렸습니다. 이런 말씀을 드려도 괜찮을지 모르지만, 저는 겨울이 다 갈 때쯤에는 대령님도 생각이 바뀌셔서 저와 레베카가 함께 시타퍼드 저택으로 돌아갈 수 있기를 바라고 있었습니다. 왜냐하면 대령님은 제 아내가 집 안에 있는지조차도 모르실 것이기 때문입니다. 아내는 주방에만 있도록 해서 혹시 대령님과 계단에서라도 마주치는 일이 없도록 할 수 있거든요."

"트레블리언 대령님이 여자를 싫어하는 이유를 혹시 알고 있소?"

"특별한 이유가 있다기보다는 일종의 습관이 아닌가 합니다. 그런 남자분들은 전에도 많이 봤습니다만, 그건 수줍음에 불과한 겁니다. 젊었을 때 어떤 아가씨에게 채였기 때문에 그렇게 되는 거지요."

"대령님은 결혼한 적이 없소?"

"예, 경감님."

"대령님의 가족관계를 알고 있소?"

"엑시터에 누이동생이 한 분 살고 있는 것으로 알고 있습니다. 또 조카가 한둘 있다고 들은 적도 있습니다."

"그들 중 대령님을 만나러 온 사람은 없었소?"

"아무도 온 적이 없습니다, 경감님. 제가 보기에 엑시터의 누이동생과는 다툰 것 같았습니다."

"그녀의 이름을 알고 있소?"

"확실히는 모르지만 가드너라고 알고 있습니다."

"주소는?"

"모릅니다."

"그건 대령의 서류를 찾아보면 알 수 있겠지. 그런데, 에반스, 당신은 어제 오후 4시 이후에 어디에서 뭘 하고 있었소?"

"집에 있었습니다."

"당신 집은 어디요?"

"길모퉁이를 돌아 포어 가 85번지입니다."

"외출은 하지 않았소?"

"하지 않았습니다. 눈이 워낙 많이 내리고 있었으니까요."

"알겠소. 당신 진술을 입증할 만한 사람이 있소?"

"무슨 말씀인지……."

"그 시각에 당신이 집에 있었다는 사실을 알고 있는 사람이 있느냐는 뜻이오."

"제 아내가 알고 있습니다."

"집에는 당신과 부인만 있었소?"

"예, 경감님."

"좋소. 그 점에는 의심이 없겠지. 이것으로 되었소, 에반스."

에반스는 어정쩡한 태도로 머뭇거리며 말했다.

"저, 제가 할 일은 없을까요, 집 안을 치운다든가 하는 일 말입니다."

"안 되오. 집 안은 지금 있는 그대로 놓아두어야 해요."

"알겠습니다."

"내가 집 안을 둘러볼 때까지 기다리고 있으시오. 혹시 당신에게 물어볼 일이 있을지도 모르니까." 내러콧 경감이 말했다.

"잘 알았습니다, 경감님."

내러콧 경감은 방 안으로 시선을 돌렸다.

에반스와의 대화는 식당에서 있었다. 식탁에는 어제 저녁식사가 그대로 놓여 있었다. 식어 버린 혓바닥 고기와 오이 절임, 스틸턴 치즈(맛이 진한 고급 치즈의 일종), 비스킷, 그리고 벽난로 옆의 가스난로 위에는 수프 냄비가 올려져 있었다. 식기대 위에는 탄탈로스 스탠드(보통 세 개 한 벌의 술병을 놓는데, 열쇠가 없으면 술병을 꺼낼 수 없음)와 소다수, 그리고 맥주가 두 병 있었다. 또한 훌륭한 은제 컵들이 가지런히 진열되어 있었고 그 옆에는 다른 것들과 어울리지 않게도 아주 새것으로 보이는 소설책이 세 권 놓여 있었다.

내러콧 경감은 컵을 한두 개 집어들고 표면에 새겨진 글씨를 살피면서 말했다.

"트레블리언 대령은 스포츠맨이었군."

"예, 경감님. 일생 동안 운동을 즐기셨지요." 에반스가 말했다.

내러콧 경감은 소설책의 제목을 읽었다.

"《사랑은 잠긴 문을 연다》, 《링컨의 즐거운 남자들》, 《사랑의 포로》"

"흠, 대령님의 문학적 취향은 약간 별난 데가 있었군." 경감이 말했다.

"아, 아닙니다. 그렇지 않습니다." 에반스가 웃으며 말했다.

"그 소설책들은 산 것이 아닙니다. 대령님이 철로 그림 이름 퀴즈에서 상품으로 받으신 겁니다. 대령님은 제 이름까지 포함해서 열 사람의 이름으로 열 장의 정답 엽서를 보냈지요. 포어 가 85번지는 당첨될 것 같은 주소라고 말씀하시면서요! 흔한 이름과 주소일수록 당첨될 가능성이 많다는 것이 대령님의 생각이었거든요. 그런데 제가 정말 당첨되어 상을 받게 되었던 겁니다. 하지만 2천 파운드의 상금이 아니라 겨우 그 세 권의 소설책이었죠. 그런 종류의 소설책은, 제 생각에, 아무도 돈을 주고 사지는 않을 겁니다."

내러콧 경감은 미소를 지으며 다시 한 번 에반스에게 기다리라고 말한 다음 조사를 계속했다.

방의 한쪽 구석에는 작은 방만한 크기의 커다란 선반이 설치되어 있었다. 그 위에는 경주용 보트를 젓는 노 한 쌍과 열두 개쯤 되는 하마의 엄니, 낚싯대와 낚싯줄 등의 낚시도구와 곤충에 관한 책 한 권, 골프 가방, 테니스 라켓 그리고 박제된 코끼리 발과 호랑이 가죽 등이 두서없이 쌓여 있었다. 트레블리언 대령은 시타퍼드 저택을 빌려주면서 여자들을 믿지 못하고 그가 아끼는 이 물건들을 이 집으로 가져 온 것이 분명했다.

"유별난 사람이군. 이것들을 전부 옮겨오다니 말이오." 경감이 말했다.

"그 집은 단지 몇 달만 빌려주는 것이 아니었소?"

"그렇습니다, 경감님."

"이 물건들은 모두 시타퍼드 저택에 보관해 둘 수도 있었을 텐데?"

에반스는 또 한 번 싱글거렸다.

"그렇게 하는 것이 제일 편한 방법이었죠. 시타퍼드 저택에 선반이 많아서 그렇다는 뜻이 아닙니다. 시타퍼드 저택을 지은 건축가와 대령님은 선반을 설비할 방을 함께 설계했습니다. 여자들이 그 방을 본다면 아마 선반이 있는 방의 가치를 알게 될 겁니다. 저 물건들은 그 방에 넣고 잠가 두는 것이 상식이겠죠. 이 집으로 옮겨오는 것은 굉장한 작업이었습니다. 예, 무척 힘들었죠. 하지만 대령님은 자신의 물건에 다른 사람이 손대는 것을 굉장히 싫어하셨거든요. 경감님 말씀대로 물건들을 어딘가에 집어넣고 문을 잠가놓으면 여자들이란 무슨 수를 써서라도 열어보고 만다고 하셨습니다. 호기심 때문이라는 것이죠. 여자들이 손대지 못하게 하려면 차라리 잠그지 않는 편이 낫다고 하시는 겁니다. 어쨌든 대령님이 생각하신 최선의 방법은 저 물건들을 전부 이리로 옮겨오는 것이었습니다. 그래야만 안심할 수 있으셨으니까요. 그래서 이렇게 옮겨왔는데, 힘도 힘이지만 비용도 많이 들었습니다. 하지만 저 물건들은 대령님의 자식들이나 마찬가지였지요."

에반스는 말을 끝내면서 숨을 몰아쉬었다.

내러콧 경감은 생각에 잠긴 채 고개를 끄덕였다. 그가 알고 싶은 것이 또 하나 있었다. 그는 지금이 자연스럽게 그 점을 물어볼 수 있는 좋은 순간이라고 생각하며 에반스에게 말했다.

"월렛 부인 말이오만." 그는 지나가는 투로 물었다.

"그 부인은 대령님과 오랜 친구요, 아니면 그저 아는 사이요?"

"아, 아닙니다. 전혀 모르는 사이입니다."

"확실합니까?" 경감은 날카롭게 물었다.

"글쎄요……."

경감의 물음에 에반스는 약간 주저하는 듯했다.

"대령님이 말씀하신 적은 없습니다만, 그러나, 맞습니다. 확실합니다."

"내가 그 질문을 한 이유는 이런 계절에 집을 빌린다는 것이 이상하기 때문이오. 만일 월렛 부인이 트레블리언 대령님과 아는 사이였다면, 또한 시타퍼드 저택에 관해서도 알고 있었다면 그 부인은 대령님에게 편지해서 집을 빌려달라는 제의를 했을 것이오."

에반스는 고개를 저었다.

"집에 관한 일은 부동산업자를 통해서 연락이 왔습니다. 어떤 부인이 그런 제의를 했다고 알려왔지요."

내러콧 경감은 이마에 주름살을 지었다. 그는 시타퍼드 저택을 빌려준 것에 뭔가 석연치 않은 점이 있다고 느꼈다.

"그렇다면 대령님과 월렛 부인이 만났겠군?"

"예, 물론입니다. 월렛 부인이 시타퍼드 저택으로 찾아왔고, 대령님은 그 집을 빌려주셨습니다."

"그때 당신은 그 두 사람이 전에 만난 적이 없었다는 것을 알았단 말이지요?"

"예, 분명합니다, 경감님."

"그들은, 그러니까……."

경감은 잠시 말을 멈추면서 질문을 좀더 자연스럽게 하려고 애썼다.

"그 이후에 두 사람 사이는 어땠소? 잘 지냈다고 생각하시오?"

"그 부인은 그랬습니다." 에반스는 보일 듯 말 듯 미소를 지었다.

"부인은 대령님께 아주 잘 대했다고 말할 수 있습니다. 시타퍼드 저택을 마음에 들어 했고, 대령님이 손수 설계해서 지었는지 물어보기도 했습니다. 모든 면에서 친숙하게 행동했고 말씀도 많았습니다."

"대령님은?"

에반스가 이번에는 눈에 띄게 미소를 지었다.

"사실 그런 유형의 부인은 대령님과 절대로 친해질 수 없지요. 물론 대령님은 예의는 지켰습니다만 그 이상은 아니었죠. 대령님은 그 부인의 초대를 계속 거절하셨습니다."

"초대라니?"

"예, 그 부인이 대령님을 초대했지요. 집을 빌려 살고 있다는 점 때문에 언제라도 방문해 달라고 했습니다. 그 부인의 표현대로 하자면 잠깐 들러달라는 것이었죠. 그러나 6마일이나 떨어진 곳에 잠깐 들르는 사람은 없을 겁니다."

"그 부인은 아마, 대령님에 대해 뭔가를 무척 알고 싶어 했던 모양이군."

내러콧 경감은 생각에 잠겼다. 그것 때문에 집을 빌린 것일까? 트레블리언 대령과 친해지기 위한 서곡(序曲)에 불과한 것일까? 뭔가 중요한 다른 이유가 있는 것은 아닐까? 대령이 익스햄프턴까지 가서 살리라고는 예상치 못했던 것은 아닐까? 시타퍼드 저택 근처의 방갈로(즉, 버너비 소령과 함께 지낸다던가)로 이사를 할 것이라고 계산했을 수도 있다.

에반스의 대답은 별 도움이 되지 못했다.

"월렛 부인은 여러 가지 면에서 대단히 호의적입니다. 거의 매일 누군가가 그 부인의 집에서 점심이나 저녁식사를 함께 하니까요."

내러콧은 고개를 끄덕이며 더 이상 알아볼 것이 없다고 생각했다. 그는 월렛 부인을 만나보기로 결심했다. 그녀가 갑작스레 이곳에 온 이유를 알아봐야 할 필요가 있었다.

"폴락, 이리 오게. 위층에 올라가 봐야겠네."

그들은 에반스를 식당에 남겨놓고 위층으로 올라갔다.

"저 사람을 어떻게 생각하십니까? 의심스러운 점은 별로 없는 것 같습니다만."

폴락 경사는 어깨너머로 식당 문이 닫히는 곳을 고갯짓으로 가리키며 낮은 목소리로 물었다.

"그런 것 같군. 그러나 모르는 일일세. 에반스란 친구가 어떤 사람인지는 모르지만 적어도 멍청한 사람은 아니네."

"그렇습니다. 영리한 데가 있는 친구입니다."

"그가 한 말은 사실인 것 같네. 상당히 분명하고 확실해. 하지만 내가 말했듯이 모르는 일이야."

이러한 견해와 함께 경감은 매우 조심스럽고 예리한 태도로 위층에 있는 방들을 조사하기 시작했다. 위층에는 세 개의 침실과 욕실이 하나 있었는데, 침실 두 개는 비어 있었고 몇 주 동안 아무도 드나들지 않은 흔적이 뚜렷했다. 세 번째 침실은 트레블리언 대령이 사용하던 것으로 아주 훌륭했고 질서 정연했다. 경감은 그 방에 들어가서 서랍을 열어보고 선반을 살펴보았다.

모든 것이 제자리에 있는 것 같았고, 거의 광적이라 할 정도로 정돈이 잘 된 방이었다. 경감은 옆에 붙은 욕실도 들러 보았다. 역시 질서정연하게 정돈이 되어 있었다.

경감은 고개를 저으며 말했다.

"특별한 점은 없군."

"예, 모든 것이 잘 정돈되어 있습니다."

"서재 책상 위에 놓여 있는 서류들을 살펴보게, 폴락. 그리고 에반스에게 가도 좋다고 말하게. 나중에 그 사람의 집에서 다시 만나봐야겠네."

"알았습니다, 경감님."

"시체는 이제 옮겨도 좋네. 워렌을 만났으면 좋겠는데, 이 부근에 산다지?"

"예."

"스리 크라운스 여관과 같은 방향인가?"

"반대 방향에 있습니다."

"그렇다면 스리 크라운스 여관에 먼저 가야겠군. 계속하게, 경사."

폴락은 에반스에게 가도 좋다고 말하려고 식당으로 갔다. 경감은 현관을 나와 스리 크라운스 방향으로 급히 걸어갔다.

제6장

스리 크라운스 여관에서

내러콧 경감은 스리 크라운스 여관의 주인인 벨링 부인과의 장황한 얘기가 끝날 때까지 소령을 만날 수 없었다. 벨링 부인은 뚱뚱한 몸집에 흥분하기 쉬운 성격의 여자였는데, 얼마나 수다스러운지 폭포처럼 쏟아지는 그녀의 말이 끝날 때까지 그저 꾹 참고 들어줄 수밖에 없었다.

"그런 밤은 이제 다시는 없을 거예요. 그 좋은 신사분께 그런 일이 일어나고 있는 줄 누가 짐작이나 했겠어요. 그런 잔인한 놈들이 어디 있겠어요. 놈들을 생각하면 도저히 참을 수가 없어요. 그놈들은 아무도 막지 못해요. 대령님은 그놈들을 막을 만한 개도 한 마리 안 키웠어요. 개라도 있었다면 놈들이 그렇게까지 못했을 텐데. 정말이지 사람들은 바로 코앞에서 어떤 일이 일어나는지도 모른다니까요."

"예, 내러콧 경감님." 그녀는 경감의 물음에 대답했다.

"소령님은 지금 아침을 들고 계세요. 커피 룸에 계실 겁니다. 자리옷으로 갈아입지도 않은 채 어젯밤을 어떻게 보내셨는지 보시면 아실 겁니다. 나 같은 과부 여인네는 아무 도움도 드릴 수가 없었어요. 무슨 말씀으로 위로를 해 드려야 할지 도무지 알 수가 없더군요. 아무렇지 않다고 하셨지만 완전히 절망하신 나머지 정신이 나간 것 같다니까요. 제일 친한 친구 분이 살해를 당했으니 그러실 수밖에요. 그 두 분은 정말 좋은 신사분들이셨죠. 비록 대령님이 너무 돈을 밝힌다는 평판을 듣긴 했지만요. 전 항상 시타퍼드가 살기에 위험한 곳이라고 생각해 왔죠. 다른 지역과 수 마일이나 떨어진 외딴 곳이라서요. 그런데 생각지도 않게 대령님은 이곳 익스햄프턴을 온통 뒤흔들어놓을 만한 일을 당하신 거예요. 사람은 누구나 앞으로 어떤 일이 일어날지 모르는 법이죠. 안 그렇습니까, 경감님?"

경감은 의심의 여지없이 동감이라고 대답하며 이렇게 물었다.

"어제 이곳에 누가 숙박했습니까? 혹시 낯선 사람은 없었습니까?"

"글쎄요. 모스비 씨와 존스 씨가 있었죠. 두 분은 사업을 하는 사람들이에요. 런던에서 온 젊은이도 있었는데, 그밖엔 아무도 없었어요. 이런 계절에는 손님이 적은 게 당연하죠. 겨울에는 이곳이 무척 조용하니까요. 아 참, 그리고 또 한 젊은이가 있었죠. 어제 마지막 열차편으로 도착했는데, 참견하기 좋아하는 젊은이 같더군요. 그런데 아직 자리에서 안 일어났어요."

"막차로 왔습니까? 막차는 10시에 도착하죠? 그렇다면 그 젊은이에 대해서는 신경 쓰지 않아도 되겠군. 런던에서 왔다는 젊은이는 누굽니까? 알 만한 사람입니까?"

"전혀 본 적이 없어요. 사업하는 사람은 분명히 아니었어요. 이름이 얼른 생각나지 않는군요. 숙박부를 보면 알 거예요. 엑시터행 첫 열차로 오늘 아침에 떠났어요. 6시 10분이죠. 약간 호기심을 끄는 젊은이였는데 무슨 일로 왔었는지는 모르겠어요."

"직업을 말하지 않던가요?"

"아무 말도 없었어요."

"외출을 했습니까?"

"점심때 도착했는데, 4시 30분에 나갔다가 6시 20분쯤에 들어왔어요."

"어디에 갔었던 것 같습니까?"

"모르겠어요. 잠시 산책이라도 했겠죠. 눈이 내리기 전이었으니까. 하지만 산책할 만큼 좋은 날씨는 아니었어요."

"4시 30분에 외출했다가 6시 20분에 돌아왔다면……."

경감은 신중한 태도로 말했다.

"좀 이상하군요. 혹시 트레블리언 대령에 대해서 아무 말도 없었습니까?"

벨링 부인은 단호하게 고개를 저었다.

"아뇨, 경감님. 누구에 대해서도 말하지 않았어요. 전혀 말이 없었거든요. 잘생긴 젊은이였는데, 무슨 걱정거리라도 있는 얼굴이더군요."

경감은 고개를 끄덕이며 숙박부를 보려고 발걸음을 떼어놓았다.

"제임스 피어슨, 런던. 이것으로는 별 도움이 되지 않겠는데. 제임스 피어슨에 대해 몇 가지 조사를 해봐야겠습니다."

경감은 버너비 소령을 만나려고 커피 룸으로 갔다. 소령은 혼자 앉아 있었다. 진한 커피를 마시고 있었고, 앞에는 타임스지가 놓여 있었다.

"버너비 소령님이십니까?"

"그렇소."

"저는 엑시터에서 파견된 내러콧 경감입니다."

"어서 오시오, 경감. 무슨 진전이라도 있소?"

"예, 약간의 진전이 있는 것 같습니다. 확신해도 될 것 같습니다."

"그 말을 들으니 반갑군요."

소령은 무뚝뚝하게 말했다. 그의 태도는 마치 체념한 불신자(不信者) 같았다.

"제가 알고 싶은 점이 한두 가지 있습니다. 그 점에 대해 소령님께서 말씀해 주실 수 있으리라고 생각합니다만."

"내가 할 수 있는 일이면 뭐든지 하겠소."

"혹시 트레블리언 대령님과 원한관계에 있는 사람은 없습니까?"

"전혀 없소." 버너비 소령은 딱 잘라 말했다.

"에반스는 믿을 만한 사람이라고 생각하십니까?"

"그렇다고 생각하오. 트레블리언은 그를 신뢰했소."

"대령님은 에반스의 결혼에 대해 좋지 않은 감정을 갖고 계셨습니까?"

"좋지 않은 감정을 가졌던 것이 아니라, 트레블리언은 자신의 생활이 방해받는 것을 성가시게 생각했을 뿐이오. 알다시피 그는 늙은 독신자였으니까."

"독신이라는 점에 관해서 말씀인데, 트레블리언 대령님은 결혼한 적이 없더군요. 혹시 그분이 유언장을 작성했는지의 여부를 알고 계십니까? 그리고 만일 유언장을 작성하지 않았다면 그분의 유산이 누구에게 상속되리라고 생각하십니까?"

"트레블리언은 유언장을 작성했소." 버너비 소령이 선뜻 대답했다.

"아, 알고 계셨군요."

"그렇소. 나를 유언집행인으로 했다고 말했소."

"그렇다면 유산상속인이 누군지 아십니까?"

"그건 모르오"

"대령님은 매우 안락한 생활을 하셨다고 알고 있습니다만"

"트레블리언은 부자였소 이 부근에 사는 그 누구보다도 편하고 안락하게 살았다고 할 수 있지"

"그분의 친척관계를 아십니까?"

"누이동생과 조카 몇이 있다고 알고 있소 그 친구는 조카를 만난 적도 없고, 그들 중 누구와 다툰 적도 없소"

"유언장을 어디에 보관했는지 아십니까?"

"익스햄프턴에 있는 사무변호사인 월터스 앤드 커크우드 사무소에 보관했소 그들이 유언장을 작성했고"

"그렇다면 소령님께서 유언집행인의 자격으로 지금 저와 함께 그 사무실에 가 주실 수 있습니까? 될 수 있는 한 빨리 유언장의 내용을 알아야 되겠습니다."

버너비 소령은 날카로운 눈빛으로 경감을 보며 말했다.

"무슨 일이오? 유언장이 이 사건과 어떤 관련이라도 있소?"

내러콧 경감은 이 질문에 쉽게 대답하려 들지 않았다.

"이 사건은 우리가 생각했던 것처럼 단순하지 않습니다. 그리고 한 가지 더 여쭙고 싶은데, 소령님께서 워렌 의사에게 대령님의 사망시각이 혹시 5시 25분이 아니냐고 물으셨다죠?"

"그게 어쨌다는 말이오?" 소령은 퉁명스럽게 말했다.

"무엇 때문에 그렇게 정확한 시각을 언급하셨습니까?"

"그러면 안 될 이유라도 있소?"

"그런 시각을 언급하실 이유가 있었을 텐데요, 소령님?"

버너비 소령은 한참 동안 침묵을 지키고 앉아 있었다. 내러콧 경감은 궁금증이 더해갔다. 그리고 그 무엇인가를 숨기려고 애쓰는 소령을 보고 있자니 우스꽝스럽기도 했다.

"왜, 5시 25분이라고 말하면 안 된답니까?" 소령은 거칠게 말했다.

"6시 25분이나 4시 25분이라 말한들 그게 무슨 상관이오?"

"물론 그렇긴 합니다만." 내러콧 경감은 부드러운 태도로 말했다.

경감은 이 순간 소령의 감정을 건드려서는 안 되겠다고 생각했다. 그러면서 한편 오늘 내로 이 사건의 핵심을 밝혀내야겠다고 생각하며 이렇게 말했다.

"제가 관심을 갖고 있는 문제가 한 가지 있습니다."

"무엇이오?"

"시타퍼드 저택의 임대 문제입니다. 소령님 생각은 어떠신지 모르겠습니다만, 제가 보기에는 어쩐지 이상한 것 같습니다."

"그렇게 말하니까 말인데, 그건 꽤나 별난 일이었소."

"소령님의 생각이십니까?"

"모든 사람들의 생각이오."

"시타퍼드에 사는 사람들 말씀입니까?"

"익스햄프턴에 사는 사람들까지 포함해서 말이오. 그 여자는 정신이 나간 것이 분명하오."

"하지만 사람 나름 아닐까요?"

"그런 유형의 여자치고는 어지간히 별난 취향이오."

"그 부인을 아십니까?"

"그렇소. 내가 그 부인의 집에 있을 때 바로……."

"그때 바로?"

내러콧 경감은 소령이 갑자기 말을 중단하자 얼른 물었다.

"아무것도 아니오."

경감은 버너비 소령을 날카로운 눈초리로 바라보았다. 소령의 태도에는 당황하는 빛이 역력히 나타나 있었다. 밝혀내야 할 뭔가 중요한 것을 말하려고 했던 것 같았다. 무엇일까? '무슨 일에나 적절한 시기가 있는 법이지.' 경감은 이렇게 생각했다. '지금은 소령을 재촉할 시기가 아닌 것 같군.'

경감은 아무렇지도 않은 투로 물었다.

"시타퍼드 저택에 갔었다고 하셨는데, 그 부인은 이곳에 온지 얼마나 되었습니까?"

"두 달 가량 되었소"

소령은 자신이 경솔하게 내뱉은 말의 결과로부터 벗어나려고 애쓰면서 평소보다 말이 많아졌다.

"딸과 함께 있는 미망인이죠?"

"맞소"

"그 집을 빌린 이유를 말하던가요?"

"글쎄요……." 소령은 잘 생각이 나지 않는 듯 코를 만졌다.

"그 여자는 말이 많은 편이고, 상당한 미인이라고 할 수 있지만……."

소령은 어떻게 표현해야 좋을지 모르겠다는 듯 말을 끝내지 못했다. 내러콧 경감이 그를 거들면서, "자연스럽게 느껴지지 않는 점이 있다는 그런 말씀이시죠?"라고 말했다.

"이렇게 표현할 수 있을 것 같소. 유행에 민감한 여자로 보이고, 성장(盛裝)을 하고 있고, 그 딸도 아름답고 세련된 아가씨지만, 어쩐지 리츠나 클래리지같은 큰 호텔에 묵어야 어울릴 그런 부류의 사람들이오. 이렇게 말하면 그들이 어떤 사람들인지 아시겠소?"

내러콧은 고개를 끄덕였다.

"그들 모녀가 몸을 사리지는 않습니까? 말하자면, 숨어 지내는 것 같지는 않으냐는 겁니다."

버너비 소령은 단호하게 고개를 저었다.

"아, 천만에요. 그렇지는 않소. 그들은 무척 사교적이오. 지나칠 정도라고 할 수 있지. 그러니까 내 말은, 시타퍼드 같은 작은 마을에선 미리 약속을 한다든지 또는 계속 초대를 받는다든지 하는 게 꽤 이상하게 여겨지는데, 그들 모녀는 변함없이 친절하고 호의적으로 사람들을 초대하는 거요. 그것도 우리의 사고방식으로는 지나치다고 생각될 정도로 호의적이라고 할 수 있소"

"식민지에서 생활한 탓이겠죠." 경감이 말했다.

"그렇소. 나도 그렇게 생각하오."

"그들이 전부터 트레블리언 대령님을 알고 있었다고 생각하지 않으십니까?"

"천만에. 그렇지 않소"

"확실히 장담을 하시는군요."

"만일 그렇다면 조가 내게 말했을 것이오."

"혹시 그들 모녀가 시타퍼드에 온 이유가 대령님과의 친분관계를 갖기 위한 것이라고 생각하지는 않습니까?"

그 견해는 소령에게는 전혀 뜻밖이었다. 그는 잠깐 생각을 한 뒤에 고지식한 군인답게 말했다.

"그런 생각을 해본 적은 없소. 그들 모녀가 내 친구와 사귀려고 무척 애를 쓴 것은 분명하지만. 그러나 조는 요지부동이었소. 하지만 그것은 그들의 일상적인 태도에 불과한 것이었소. 지나치게 가까이 지내려는 식민지 생활에 몸이 밴 그런 태도였지."

"알겠습니다. 그런데 시타퍼드 저택은 트레블리언 대령님이 지은 것이라죠?"

"그렇소."

"전에 누구에게 세를 준 적은 없었습니까?"

"없었소."

"그렇다면 그 집을 꼭 임대할 만한 특별한 매력이 있다고 판단되지는 않는데, 참 알 수가 없군요. 이 사건과 상관이 없기는 한 것 같은데 제게는 이상한 우연이라고 여겨지는군요. 대령님이 세를 들어 살던 헤이즐무어 저택은 누구의 소유입니까?"

"라펜트 양의 것이오. 중년 부인인데, 그 부인은 겨울을 나기 위해 첼튼햄의 하숙집으로 갔소. 매년 그랬으니까. 집을 잠가놓고 떠나곤 했소. 흔한 일은 아니었지만 원하는 사람에게 빌려 줄 때도 있었소."

더 이상 들을 만한 것이 없었다. 경감은 낙담한 태도로 고개를 끄덕이며 물었다.

"시타퍼드 저택의 임대를 주선한 부동산업자가 윌리엄슨이라고 들었습니다만?"

"그렇소."

"사무실은 익스햄프턴에 있습니까?"

"월터스 앤드 커크우드 사무실 바로 옆에 있소."

"아, 잘 됐군요. 괜찮으시다면 저와 함께 가시는 길에 그곳에 잠깐 들러주시겠습니까?"

"그렇게 합시다. 하지만 10시 이전에는 커크우드를 만날 수 없을 게요. 변호사들이란 그렇지 않소?"

"그렇다면 가실까요?"

몇 분 전에 아침식사를 끝낸 버너비 소령은 고개를 끄덕이며 자리에서 일어섰다.

제7장

유언장

윌리엄슨의 사무실에서 민첩해 보이는 젊은이가 그들을 맞이하며 자리에서 일어났다.

"안녕하십니까, 버너비 소령님?"

"잘 있었나?"

"예, 참 끔찍한 일입니다." 젊은이는 수다스레 말했다.

"수년 이래 익스햄프턴에서 이런 일은 없었는데 말입니다."

그가 신이 난 듯 말해 나가자 소령은 주춤하며, "이분은 내러콧 경감이시네." 하고 소개했다.

"아! 그러십니까?" 젊은이는 상당히 흥분해 있었다.

"도움이 될 만한 것이 있으면 말씀드리게."

경감이 말했다.

"당신이 시타퍼드 저택의 임대 문제를 담당했다고 아는데?"

"윌렛 부인에게 말입니까? 예, 그렇습니다."

"어떻게 해서 빌려주게 되었는지 자세히 말해 주시겠소? 부인이 직접 찾아왔었소, 아니면 편지를 보냈었소?"

"편지를 보냈더군요. 그 부인은, 가만있자……."

그는 서랍을 열고 서류철을 찾았다.

"예, 런던의 칼턴 호텔에서 편지를 보냈습니다."

"시타퍼드 저택이란 이름을 언급했었소?"

"아닙니다. 그 부인은 겨울 동안 지낼 집을 구한다고 썼는데, 다트무어에 있는 집으로 침실이 적어도 여덟 개는 있어야 한다고 했습니다. 기차역이나 시내에서 가까워도 상관없다고 했고요."

"시타퍼드 저택이 당신들 임대목록에 수록되어 있었소?"

"아닙니다. 사실 그 부인의 요구사항을 완전히 만족시킬 만한 집은 부근에 그 집밖에 없었습니다. 또 그 부인이 일주일에 12기니를 내겠다고 했기 때문에 그 정도라면 트레블리언 대령님께 서신을 보내 의향을 타진해볼 가치가 있다고 생각했던 겁니다. 대령님이 긍정적인 회신을 보내셨기에, 그래서 계약을 맺어드린 겁니다."

"월렛 부인이 집을 보지도 않은 채로 말이오?"

"예, 부인은 집을 보지 않고 동의했고, 계약에 서명했습니다. 그 뒤에 하루 이곳에 들러 시타퍼드로 가서는 대령님을 만나 식기류와 커튼 등에 대해 상의를 한 다음 집을 둘러보았죠."

"부인은 만족했소?"

"예, 지극히 만족스럽다고 했습니다."

"그때 당신은 어떻게 생각했소?"

경감은 그를 예리한 눈빛으로 보며 말했다.

젊은이는 어깨를 으쓱하고는 대답했다.

"부동산 중개업을 하다 보면 별난 일을 다 겪게 되죠. 그러다 보면 놀랄 일은 없다는 것을 배우게 된답니다."

그들은 젊은이의 그 같은 부동산 사업에 관한 철학을 몇 마디 더 듣고는 자리에서 일어섰다. 경감은 젊은이에게 도움을 주어서 고맙다고 했다.

"천만에요. 오히려 제가 기쁩니다."

젊은이는 그들을 문까지 공손하게 배웅했다.

월터스 앤드 커크우드 사무실은 버너비 소령이 말한 대로 부동산 사무실 바로 옆에 있었다. 그곳으로 간 그들은 커크우드 씨가 방금 도착했다는 말과 함께 그의 방으로 안내되었다.

커크우드는 유창한 말씨에 표정이 풍부한 나이 든 사람이었다. 그는 익스햄프턴 토박이로, 이 분야에서 할아버지와 아버지의 대를 이어 일하고 있었다.

그는 애도의 표정을 지으며 의자에서 일어나 소령과 악수를 나누었다.

"안녕하십니까, 버너비 소령님. 참으로 놀랄 사건입니다. 충격적인 일이에요.

트레블리언이 그렇게 불행하게 가다니 정말 안됐어요."

이렇게 말하며 그는 내러콧 경감을 묻는 듯한 시선으로 바라보았다. 소령이 몇 마디로 간결하게 경감의 출현에 대해 설명했다.

"이 사건을 담당하고 계시군요, 내러콧 경감님?"

"그렇습니다, 커크우드 씨. 이 사건의 조사에 필요한 몇 가지 질문이 있어서 이렇게 찾아왔습니다."

"제가 대답할 수 있는 것이라면 무엇이든지 기꺼이 말씀드리지요."

"트레블리언 대령의 유언장과 관련된 겁니다. 그 유언장이 선생님의 사무실에 보관되어 있다고 들었습니다."

"예, 그렇습니다."

"유언장은 언제 작성되었습니까?"

"5~6년 전입니다. 확실한 날짜는 기억하고 있지 않습니다만."

"아, 그렇습니까? 유언장의 내용을 속히 알았으면 좋겠습니다. 사건과 중대한 관련이 있을 수도 있으니까요."

"아! 그럴 수도 있겠군요! 그 생각을 미처 못했습니다. 경감님이 누구보다 그런 일을 잘 알고 계시겠죠. 그런데……."

그는 버너비 소령에게 눈을 돌리며 말을 이었다.

"버너비 소령님과 제가 유언장의 법정 집행인입니다. 소령님께서 별다른 이의가 없으시다면……."

"없소."

"그렇다면 경감님의 부탁을 거절할 이유가 없지요."

그는 책상 위에 놓인 전화의 수화기를 들고 무어라 말했다. 몇 분 뒤에 한 직원이 방으로 들어와 변호사 앞에 봉해진 봉투를 놓고 나갔다. 그는 봉투를 들고 봉함을 뜯은 다음 중요해 보이는 큰 서류를 꺼냈다. 그리고 헛기침을 하고 나서 읽기 시작했다.

"'데븐셔 시타퍼드에 있는 시타퍼드 저택의 나 조셉 아서 트레블리언은 이 유언장이 나의 마지막 유언장임을 언명하는 바이다.

(1) 나는 시타퍼드의 존 에드워드 버너비와 익스햄프턴의 프레데릭 커크우드

를 내 유언장의 법정 집행인이자 수탁인으로 지명한다.

(2) 나는 오랫동안 성실하게 나에게 봉사해 온 로버트 헨리 에반스에게 상속세를 면제한 백 파운드를 주기로 한다.

(3) 위에서 언급한 존 에드워드 버너비에게 우리의 우정과 나의 애정과 존경의 표시로, 내 소유물 가운데 모든 트로피와 박제된 동물머리와 가죽 수집품, 각 부문의 운동경기에서 받은 우승컵과 상패, 그리고 사냥에서 수집한 모든 것들을 주기로 한다.

(4) 내가 소유한 부동산과 동산은 나의 수탁인이 이 유언장에 의해 처분하거나, 이에 관한 다른 추가조항에 의해 팔거나 회수하여 돈으로 환산한다.

(5) 나의 수탁인은 그 돈으로 동산과 부동산을 팔고 회수하는 데에 필요한 비용과 장례식, 유언집행에 필요한 금액과 부채, 그리고 상속세 등을 지불한다.

(6) 나의 수탁인은 잔여재산을 당분간 보관하고 이를 공평하게 4등분한다.

(7) 이와 같이 나누어진 유산의 4분의 1은 나의 누이동생인 제니퍼 가드너에게 상속한다.

(8) 나머지 유산은 죽은 나의 누이동생인 메리 피어슨의 세 자녀들에게 공평하게 3분의 1씩 상속한다.

유언자 본인인 나 조셉 아서 트레블리언은 증인의 입회하에 위의 내용을 작성하였음을 증명한다.

수탁인인 우리 두 사람의 동시 입회하에 유언자의 마지막 유언장에 유언자가 서명하였음과, 유언자의 입회와 요청에 의해 우리 두 사람이 증인으로 서명하는 바이다.'"

유언장을 전부 읽은 커크우드 씨는 경감에게 서류를 넘겨주었다.

"내 사무실 직원 두 사람이 연서(連署)를 했습니다."

경감은 서류를 자세히 훑어보며 말했다.

"죽은 누이동생 메리 피어슨이라. 이 피어슨 부인에 대해 말씀해 주시겠습니까?"

"그 부인에 대해서는 아는 것이 거의 없습니다. 10년 전쯤에 사망했는데, 증권업자였던 남편은 그녀보다 먼저 사망했습니다. 제가 알기로는 그녀가 트레블리언 대령을 찾아온 적은 한 번도 없었습니다."

"피어슨이라······." 경감은 이렇게 말하며 다시 물었다.

"한 가지 더 있습니다. 트레블리언 대령님의 재산이 전부 얼마나 되는지 언급되어 있지 않은데, 대략 얼마나 된다고 생각하십니까?"

"정확히 말하기는 어렵습니다."

커크우드 씨는 법률가들이 흔히 그러듯 단순한 질문을 어렵게 만들며 즐기는 것 같았다.

"동산이냐 또는 부동산이냐에 따라 다릅니다. 트레블리언 대령은 시타퍼드 저택 외에도 플리머스 부근에 부동산을 가지고 있고, 시세에 따라 변동이 있는 투자도 여러 곳에 했습니다."

"대강 어느 정도인지만 알고 싶은데요." 내러콧 경감이 말했다.

"글쎄요. 혹시나 잘못 말씀드리게 될까 두렵습니다만."

"대략적인 액수만 말씀해 주시면 됩니다. 가령 2만 파운드 정도라든지."

"2만 파운드요? 천만에요! 대령의 재산은 2만 파운드의 네 배는 될 겁니다. 8만이나 9만 파운드 정도에 가까울 겁니다."

"트레블리언이 부자라고 말하지 않았소." 버너비 소령이 말했다.

내러콧 경감은 자리에서 일어서며 말했다.

"도와주셔서 대단히 고맙습니다, 커크우드 씨."

"도움이 되었다니 다행입니다."

변호사는 호기심에 안절부절못했다. 그러나 내러콧 경감은 그의 호기심을 충족시켜 줄 기분이 아니었다.

그는 "이런 사건에서는 가능한 모든 점들을 고려해야 합니다."라고 아무런 언질도 주지 않은 채, "혹시 제니퍼 가드너와 피어슨 일가의 주소나 이름을 알고 계십니까?"라고 물었다.

"피어슨 일가에 대해서는 전혀 아는 바가 없습니다. 가드너 부인의 주소는 엑시터 시(市) 월던 가(街)의 로렐 저택입니다."

경감은 그 주소를 수첩에 적었다. 그리고, "도움이 될 것 같군요."라고 말했다. 그는 수첩을 주머니에 넣고 다시 한 번 변호사에게 고맙다는 인사를 한

다음 자리를 떴다.

거리로 나온 그는 갑자기 몸을 돌려 버너비 소령을 마주 보았다.

"자, 이제 5시 25분에 대한 사실을 알아야겠습니다."

버너비 소령은 언짢은 듯 얼굴이 상기되며 말했다.

"이미 말하지 않았소"

"그건 납득이 안 되는 설명입니다. 소령님은 사실을 말하지 않고 계십니다. 워렌 의사에게 그렇게 정확한 시각을 언급한 이유가 있을 텐데요? 저도 그 이유를 잘 알 것 같기는 합니다만"

"그렇다면 왜 내게 묻소?" 소령은 고함을 치듯 말했다.

"그 이유는 트레블리언 대령님이 그 시각에 어디에서 누군가와 약속이 있다는 사실을 소령님이 알고 계셨다는 것이 아닙니까? 그렇죠?"

버너비 소령은 놀라며 경감을 쳐다보았다.

"그런 것이 아니오." 소령은 으르렁거리며 말했다.

"잠깐만요, 소령님. 제임스 피어슨이 아닙니까?"

"제임스 피어슨? 그게 누구요? 트레블리언의 조카들 중 한 사람이오?"

"그럴 것이라고 생각됩니다. 제임스라는 조카가 있죠?"

"전혀 모르오. 트레블리언에게 조카들이 있다는 건 알지만 이름은 모르니까."

"의문의 젊은이가 어젯밤 스리 크라운스 여관에 묵었습니다. 아마 그곳에서 그를 알아보셨을 텐데요?"

"난 아무도 알아보지 못했소. 트레블리언의 조카들은 만나본 적이 없소"

"하지만 소령님은 트레블리언 대령님이 어제 오후에 조카의 방문을 기다리고 있었다는 사실을 알고 있었잖습니까?"

"몰랐소"

소령은 큰소리로 외쳤다. 길 가던 사람들이 그들을 쳐다보았다.

"이런 젠장 할, 왜 사실을 믿지 않는 게요? 약속에 대해서는 전혀 아는 바 없소. 트레블리언의 조카가 팀북투(아프리카 서부 말리 공화국에 있는 지명)에 있었던 적이 있다는 게 내가 아는 전부요."

내러콧 경감은 약간 놀라는 것 같았다. 소령의 심한 거부반응은 경감으로 하여금 소령의 말이 진실이라고 받아들일 수밖에 없을 정도였다.

"그렇다면 그 5시 25분은 도대체 어떻게 된 겁니까?"

"이것 참! 차라리 말해 버리는 편이 낫겠군."

소령은 난처한 얼굴로 헛기침을 하고는 말을 시작했다.

"그건 우스꽝스러운 바보짓에서 기인된 거요. 토미롯이란 말이오, 경감. 생각 있는 사람이라면 누가 그런 난센스를 믿겠소."

내러콧 경감은 더욱 놀라는 표정이 되었다. 소령 역시 한층 더 난처하고 당황하는 얼굴이 되어가고 있었다.

"경감, 여자들을 위해 그런 짓거리에 할 수 없이 참여해야 하는 기분을 당신도 알 게요. 나야 물론 그런 것에 어떤 의미가 있다고는 전혀 생각하지 않소."

"그런 것이라뇨?"

"테이블 터닝 말이오."

"테이블 터닝?"

내러콧에게는 전혀 뜻밖의 대답이었다. 소령은 자초지종을 설명했다. 말을 더듬거리며, 또한 자신은 그런 것을 절대로 믿지 않는다는 것을 거듭 밝히면서 전날 오후에 일어난 일과 메시지가 전달된 것에 대해 설명을 했다.

"그러니까 트레블리언이란 이름이 테이블의 흔들림으로 써졌고, 그분이 죽었다, 살해되었다고 알렸단 말입니까?"

버너비 소령은 이마를 문지르며 대답했다.

"그렇소. 그런 일이 일어났단 말이오. 난 믿지 않소—절대로 믿지 않지."

소령은 수치스러워하는 것 같았다.

"어쨌든 마침 금요일이었기 때문에 트레블리언에게 가서 별일이 없는지 확인해야겠다고 생각했소."

소령의 말을 들으며 경감은 그 엄청난 폭설과 눈 더미를 뚫고 6마일이나 걸어올 때를 생각하며, 버너비 소령이 그 영혼의 메시지에 상당히 동요되어 있었음을 느꼈다. 내러콧은 이 느낌을 겉으로 드러내지 않은 채 속으로 생각했다.

'참 이상한 일이군. 희한한 일이 일어났어. 그런 것이라면 누구라도 상대방이 만족할 정도로 설명할 수 없겠지. 영혼 어쩌고 하는 이 일의 배후에는 뭔가가 있는 게 틀림없어.' 이것이야말로 그가 이 사건을 맡은 이래 처음 대하는 확실한 것이었다.

그가 감지하는 한 사건 전체는 꽤 괴상한 것이지만, 또한 그것이 소령의 태도를 설명하고 있기도 하지만, 그가 관여하는 범위에서 이 사건은 실제적인 면을 완전히 배제하고 있었다.

그는 심령세계가 아닌 실제세계를 다루어야만 하는 것이다. 즉, 살인자를 찾아내는 것이 그가 할 일이었다. 그러기 위해서는 심령세계로부터는 아무 도움도 필요하지 않았다.

제8장

찰스 엔더비

경감은 손목시계를 보며 서둘러 가면 에시터행 기차를 탈 수 있겠다고 생각했다. 트레블리언 대령의 누이동생을 한시바삐 만나서 다른 친척들의 주소를 가능한 한 빨리 알아내야겠다고 생각했다. 그는 버너비 소령에게 허둥지둥 작별인사를 하고는 기차역으로 떠났다. 소령은 스리 크라운스 여관으로 발걸음을 옮겼다. 출입 계단에 미처 다다르기도 전에 그는 반짝이는 머리칼에 소년같이 동그란 얼굴을 한 젊은이와 마주쳤다.

"버너비 소령이시죠?" 젊은이가 물었다.

"그렇소만."

"시타퍼드 저택 1번지에 살고 계십니까?"

"맞소." 소령이 대답했다.

"저는 데일리 와이어 신문사에서……"

젊은이는 말을 계속하지 못했다. 군인다운 엄격한 태도로 소령이 벽력같이 소리를 쳤기 때문이다.

"더 이상 말하지 마시오. 당신네들이 어떤 사람들인지 너무도 잘 알고 있소. 체면이나 감정도 없이 마치 시체에 몰려드는 독수리처럼 살인사건에 떼 지어 모여드는데, 하지만 젊은이, 나한테서는 아무것도 얻지 못할 거요. 단 한마디도 신문 따위에 해줄 말은 하나도 없소. 뭔가 알고 싶다면 경찰에나 가보시오. 죽은 사람의 친구들쯤은 가만히 내버려둘 줄 아는 체면이나 배우도록 하시오."

그러나 젊은이는 전혀 동요하는 빛이 없어 보였다. 오히려 여유만만하게 미소까지 지어 보였다.

"뭔가 잘못 알고 계신다는 말씀을 드리고 싶군요, 선생님. 저는 살인사건에 관해서는 전혀 아는 바가 없습니다."

사실대로 말하자면 젊은이의 이 말은 거짓이었다. 이 조용한 황무지의 중심부를 뒤흔들어놓은 사건에 대해 모르는 척할 수 있는 사람은 익스햄프턴에 아무도 없었다. 젊은이가 계속했다.

"저는 데일리 와이어 신문을 대표해서 우리 신문사의 축구 퀴즈에 유일한 정답을 보내주신 선생님께 축하와 함께 5천 파운드의 수표를 상금으로 전해드리는 임무를 부여받고 왔습니다."

버너비 소령은 완전히 당황하고 있었다.

"의심의 여지없이 선생님은 이 반가운 소식을 전하는 우리의 편지를 어제 아침에 받으셨으리라고 믿습니다만."

"편지라고?" 소령이 반문했다.

"이봐요, 젊은이. 시타퍼드가 10피트나 되는 눈에 쌓인 것을 알고 있소? 이런 상황에서 지난 며칠 동안 정기적인 우편배달이 어떻게 가능하리라고 생각할 수 있겠소?"

"그러시다면 오늘 아침 데일리 와이어 지에 당첨자로 실린 선생님의 이름은 보셨겠죠?"

"아니오. 오늘 아침에는 신문을 보지 않았소."

"아, 그러셨겠군요! 이 슬픈 사건 때문이겠군요. 살해당한 분이 선생님의 친구 분이라는 건 알고 있습니다만."

"가장 절친한 친구였소."

"불행한 일입니다."

젊은이는 재빨리 눈길을 돌리며 말했다. 그리고 주머니에서 반으로 접힌 연한 자줏빛 종이를 꺼내어 고개를 숙이는 인사와 함께 소령에게 건넸다.

"데일리 와이어의 축하와 함께 드립니다."

버너비 소령은 수표를 받으며 이런 상황에서 할 수 있는 유일한 말을 했다.

"한잔하겠소? 젊은이 이름은?"

"엔더비, 찰스 엔더비라고 합니다. 어젯밤 이곳에 왔습니다. 전 사실 시타퍼드로 가려고 했습니다. 우리는 상금을 당첨자에게 직접 전하고 있거든요. 그리고 짧은 인터뷰도 하고 있죠. 독자들이 흥미로워하니까요. 하지만 눈이 많이 와서 선생님께 직접 전해 드리는 일이 불가능할 것이라고들 했습니다. 그런데 운 좋게도 선생님이 스리 크라운스 여관에 묵고 계시다는 것을 알게 되었죠.”

그는 미소를 지었다.

“선생님을 알아보는 것은 조금도 어렵지 않았습니다. 이곳 사람들은 서로를 잘 알고 있는 것 같더군요.”

“뭘 들겠소?” 소령이 물었다.

“맥주로 하겠습니다.”

버너비 소령은 맥주를 두 잔 주문했다.

“이곳 전체가 온통 그 살인사건에 집중하고 있는 것 같던데요. 상당한 의혹에 싸인 사건인가 봅니다.”

소령은 혼자 무어라 중얼거렸다. 그는 난처한 입장에 처해 있는 것이었다. 신문기자들에 대한 소령의 감정에는 변함이 없었지만, 방금 자신에게 5천 파운드의 거금을 건네준 사람에게는 그 감정을 드러내 보일 수가 없었던 것이다.

“대령님이 생전에 좋지 않은 사이로 지낸 사람이라도 있었습니까?”

“없었소”

“그런데 경찰은 이 사건이 강도의 소행이 아니라고 판단하고 있다는 말을 들었습니다만”

“그걸 어떻게 알았소?” 소령이 물었다.

엔더비는 거기에 대해서는 아무 말도 하지 않았다.

“시체를 발견한 사람이 바로 소령님이시라고요?”

“그렇소”

“무척 충격을 받으셨겠어요?”

두 사람의 대화는 계속되었다. 버너비 소령은 사건에 관련된 말은 하지 말아야겠다고 다짐하고 있었지만, 엔더비의 능란한 솜씨에 대적할 만큼 기민하지는 못했다. 엔더비는 소령으로 하여금 긍정이나 부정의 대답을 하도록 유도하는 질문을 계속하면서 원하는 정보를 얻고 있었다. 그의 태도가 상당히 격의 없고 유쾌했기 때문에 오가는 대화는 막힘이 없었고 소령은 이 재치 있는 젊은이가 좋아지고 있는 자신을 발견했다.

엔더비는 잠시 뒤 우체국으로 가야 한다고 말하며 일어섰다.

"받으신 수표에 대한 영수증을 써주시겠습니까, 소령님."

소령은 책상으로 다가가 영수증을 써서 엔더비에게 건네주었다.

"오늘 런던으로 돌아갑니까?" 소령이 물었다.

"아, 아닙니다. 사진을 몇 장 찍어야 합니다. 선생님이 살고 계신 집과 기르고 계시는 돼지들에게 먹이를 주는 사진이나 민들레를 가꾸는 모습, 혹은 선생님이 좋아하시는 특별한 일을 하는 모습 등을 말입니다. 독자들은 그런 것을 무척 좋아하거든요. 그리고 '5천 파운드로 무엇을 할 것인가'에 대한 선생님의 말씀도 몇 마디 듣고 싶습니다. 군소리에 불과한 것이지만 그런 내용의 기사를 싣지 않으면 독자들이 얼마나 실망하는지 아마 모르실 겁니다."

"좋소. 그러나 이런 날씨에 시타퍼드로 간다는 것은 불가능하오. 눈이 많이 와서 지난 사흘 동안 어떤 장비로도 그곳에 못 가고 있소. 아마 앞으로 사흘 정도 지나야 통행이 가능할 것이오."

"알겠습니다. 굉장한 폭설이군요. 그렇다면 이곳 익스햄프턴에서 죽은 듯이 있을 수밖에 없겠군요. 스리 크라운스 여관이 수지를 맞겠습니다. 자, 그럼 나중에 뵙겠습니다."

엔더비는 익스햄프턴의 큰길로 나아가 우체국에 들러 운 좋게도 익스햄프턴 살인사건에 관해서 독점적인 정보를 얻을 수 있을 것 같다는 내용의 전문을 신문사로 보냈다.

그는 다음 행동을 생각하며, 죽은 트레블리언 대령의 하인이었던 에반스를 만나기로 했다. 에반스란 이름은 버너비 소령이 대화중에 무심히 발설했던 것이다. 몇 사람에게 물어서 그는 포어 가 85번지로 찾아갔다. 살해된 사람의 하인은 오늘 중요한 인물이 되어 있었다. 사람들은 그가 사는 곳을 기꺼이 가리켜주고 싶어 했다.

엔더비는 가볍게 문을 두드렸다. 문을 연 남자는 전형적인 해군 출신으로, 첫눈에 에반스임을 알 수 있었다.

"에반스 씨죠?" 엔더비는 유쾌하게 말을 건넸다.

"방금 버너비 소령님을 만나고 오는 길입니다."

"아, 그러십니까?" 에반스는 순간 머뭇거렸다.

"들어오시죠."

엔더비는 집 안으로 들어섰다. 검은 머리에 빨갛게 상기된 뺨의 통통하고 젊은 여자가 에반스 뒤에서 머뭇거리며 서 있었다. 엔더비는 그녀가 갓 결혼한 에반스의 아내임을 알 수 있었다.

"돌아가신 당신의 주인은 정말 안됐습니다." 엔더비가 먼저 말했다.

"충격적인 일이라고밖에 말할 수 없군요."

"누구 짓이라고 생각합니까?"

뭔가 알아내려는 예리한 어조로 엔더비가 물었다.

"잔인한 떠돌이 부랑자들 중의 한 놈의 짓일 것이라고 생각합니다."

"아, 아닙니다. 그건 분명히 아니라고 밝혀졌어요."

"예?"

"그렇게 보이도록 위장한 것에 불과해요. 경찰은 그 점을 즉시 알아냈죠."

"누가 그러던가요?"

엔더비에게 그 정보를 제공한 사람은 스리 크라운스 여관에서 식모로 일하는 여자로, 그녀의 형부가 바로 그레이브스 순경이었던 것이다. 그러나 엔더비는 이렇게 말했다.

"경찰서에 비밀 정보를 제공해 준 사람이 있습니다. 강도짓이라는 것은 위장에 불과합니다."

"그렇다면 경찰은 누구의 짓이라고 하던가요?"

에반스의 아내가 앞으로 다가서며 물었다. 그녀는 놀라고 있는 것 같았다.

"여보, 레베카. 너무 흥분하지 말아요." 에반스가 말했다.

"경찰은 지독한 멍청이군요. 누구를 범인으로 여기건 상관하지 않겠어요."

그녀는 엔더비를 재빨리 훑어보았다.

"경찰과 관련된 분이신가요?"

"저요? 아, 아닙니다. 전 데일리 와이어라는 신문사에서 왔습니다. 버너비 소령을 만나러 왔죠. 소령님이 우리 신문사의 축구 퀴즈에 당첨되어서 5천 파운드의 상금을 받게 되었거든요."

"예?" 에반스가 소리를 질렀다.

"이런 제장. 이거야말로 정말……."

"예상치 못한 일인가요?"

"글쎄요, 뭐 그렇고 그런 세상이니까요."

에반스는 하지 않았어야 할 말을 했다는 듯 약간 당황한 것 같았다.

"그런 일에는 많은 속임수가 있다고 들었죠. 돌아가신 대령님은 좋은 주소는 당첨되지 않는다고 항상 말씀하셨어요. 그래서 제 주소를 자주 사용하셨죠."

에반스는 잠시 소박한 감정이 되어서 대령이 상품으로 받은 세 권의 소설에 대해 늘어놓았다.

엔더비는 그가 말을 계속하도록 부추기면서, 에반스의 말에서 아주 훌륭한 기삿거리가 만들어지고 있음을 느꼈다. 그것은 해군 출신의 늙고 충직한 하인의 솜씨였다. 그는 에반스의 아내가 몹시 신경이 날카로워져 있는 것에 약간 의심이 갔다. 그러나 한편 그런 계층의 사람들이 갖는 의심과 무지에서 비롯된 것이리라고 생각했다.

"누구 짓인지 알아내겠죠." 에반스가 말했다.

"사람들 말로는 신문사가 범인을 찾아내는 데 많은 역할을 할 수 있다고 하더군요."

"강도짓이에요. 틀림없어요." 에반스의 아내가 다시 말했다.

"물론 강도짓이겠지. 익스햄프턴에는 대령님을 해칠 만한 사람이 아무도 없으니까."

에반스가 아내의 생각에 동의하듯 말했다.

엔더비는 자리에서 일어났다.

"이젠 가봐야겠습니다. 허락하신다면 이따금 들러서 이야기를 나누고 싶군요. 만일 대령님이 우리 신문사의 퀴즈에 당첨되어서 신간 소설 세 권을 타셨다면 우리 신문사는 범인을 추적하는 일을 사적인 문제로 담당했을 겁니다."

"참 좋은 말씀입니다. 정말 고맙습니다."

좋은 하루가 되기를 빈다는 말과 함께 찰스 엔더비는 그들과 헤어졌다.

'정말 어떤 놈의 짓일까?' 엔더비는 혼자 중얼거렸다.

'에반스인 것 같지는 않은데. 어쩌면 진짜 강도의 짓인지도 모르지! 그렇다면 이거 실망이군. 이 사건에 여자가 개입된 것 같지 않다는 점이 유감이야. 사람들을 깜짝 놀라게 할 뭔가를 찾아내지 않으면 이 사건은 하찮은 것으로 잊히고 말 거야. 운이 좋아야 할 텐데. 이런 일을 맡기는 이번이 처음이야. 반드시 좋은 결과를 얻어야 해. 이봐, 찰스. 기회가 온 거야. 잘 이용해야만 해. 그 군인 친구는 내가 넘칠 만큼 존경하는 태도로 계속 "선생님"이라고 부르는 한 내 손아귀에 있을 거야. 혹시 인도폭동(1857~58년의 벵골의 반란)에 참전했을지도 몰라. 아니야, 그럴 리는 없겠어. 나이로 봐서 맞지 않아. 남아프리카 전쟁에는 참전했을 거야. 맞아. 그렇다면 그 전쟁에 대해서 물어봐야겠군. 그렇게 하면 그를 약하게 만들 수 있을 테니까.'

이런 생각을 마음속에 지니고 엔더비는 어슬렁거리며 스리 크라운스 여관으로 돌아왔다.

제9장

로렐 저택

익스햄프턴에서 엑시터까지 기차로 30분이 걸렸다. 12시 5분 전, 내러콧 경감은 로렐 저택의 현관 초인종을 누르고 있었다.

로렐 저택은 다소 황폐하게 버려진 채 새로 단장할 손길이 필요했다. 정원에는 잡초가 멋대로 우거져 있었고 대문은 비스듬히 매달려 있었다.

'돈이 없는 집안이군. 분명 돈에 쪼들리는 집이야.'

경감은 속으로 생각했다.

경감은 이상적이고 공정한 사람이었다. 그가 이제까지 조사한 바로는 대령의 죽음이 어떤 원한을 가진 자의 소행일 가능성은 거의 없는 것 같았다. 그러나 한편 늙은 대령의 죽음으로 상당한 금전적 이익을 얻게 되는 사람이 네 사람 있었다. 그들의 행적을 조사할 필요가 있었다. 호텔 숙박부에 적힌 피어슨이란 이름은 수사에 약간의 도움이 될 수도 있지만, 그 이름은 아주 흔한 것이었다. 내러콧 경감은 성급한 판단을 내리지 않으려고 애쓰면서, 가능한 한 신속하게 예비 단계를 조사하는 동안만은 공정함을 유지하려고 노력했다.

별로 단정치 못한 하녀가 문 앞에 나타났다.

"안녕하십니까? 가드너 부인을 만나고 싶소. 부인의 오빠인 익스햄프턴의 트레블리언 대령의 죽음과 관련된 일이오."

경감은 일부러 신분증을 내보이지 않았다. 경험에 의하면 경찰이라는 단순한 사실만으로도 하녀들이 놀라 겁을 집어먹는다는 것을 알고 있었기 때문이다.

"주인마님께선 오빠의 죽음을 알고 계시겠지요?"

하녀의 안내를 받으며 집 안으로 들어선 경감은 지나가는 투로 무심하게 물었다.

"예, 전보를 받으셨어요. 커크우드 변호사로부터요."

"그랬군요."

하녀는 그를 거실로 안내했다. 거실 역시 집 외부와 마찬가지로 손길이 필요했다. 그러나 경감은 그 거실에서 뭐라 꼬집어 설명할 수 없는 어떤 매력적인 분위기를 느낄 수 있었다.

"부인이 무척 놀라셨겠군요?"

하녀는 그 질문에 별다른 반응을 보이지 않고 단지, "마님께선 그분을 자주 만나지 않으셨어요."라고만 대답했다.

"문을 닫고 이쪽으로 오시죠." 내러콧 경감이 말했다.

그는 상대방을 깜짝 놀라게 한 다음 그 반응을 보고 싶었다.

"그 전보에 그의 죽음이 살인이라고 적혀 있었나요?"

"살인이라고요!"

하녀는 공포와 함께 강한 호기심이 깃든 두 눈을 동그랗게 떴다.

"살해당하셨나요?"

"아!" 내러콧이 아무렇지도 않은 듯 말했다.

"아직 듣지 못했군요. 커크우드 씨는 그 소식을 너무 갑작스레 부인께 알리기를 원치 않았나 보군요. 하지만 아가씨, 그런데 아가씨 이름은?"

"비어트리스예요."

"좋아요, 비어트리스. 오늘 저녁신문에 그 사실이 실릴 겁니다."

"살인이라니 끔찍하군요. 놈들이 그분의 머리를 흉기로 쳤나요? 아니면 총으로 쏘았나요?"

경감은 자세한 설명으로 그녀의 호기심을 만족시켜 준 다음 다시 지나가는 투로 물었다.

"어제 오후에 이 댁 부인이 익스햄프턴에 가실 계획이 있었던 것 같은데, 아마 날씨 때문에 고생하셨겠죠?"

"그런 말씀은 듣지 못했는데요. 잘못 알고 계신 것 같군요. 마님께선 오후에 몇 가지 물건을 사러 나가셨어요. 그리고 영화구경도 하러 가셨죠."

"몇 시에 돌아오셨소?"

"6시쯤이었어요."

'그렇다면 가드너 부인은 제외되는군.'

"가족사항에 대해 잘 모르는데, 부인은 미망인이시오?"

경감은 계속 무심한 태도로 물었다.

"아니에요. 주인어른이 계세요."

"그분은 뭘 하시오?"

"아무것도 안 하세요." 비어트리스가 경감을 응시하며 대답했다.

"사실은 아무 일도 못하세요. 환자시거든요."

"환자시라고? 아, 미안해요. 몰랐어요."

"걷지 못하세요. 침대에만 누워 계시기 때문에 집에 항상 간호사가 있어요. 병원에서 일하는 간호사와는 다르죠. 집에서 하루 종일 있는 간호사에게 저는 음식과 차를 날라야만 한답니다."

"무척 힘들겠군요." 경감은 하녀를 동정하는 투로 말했다.

"자, 이제 부인께 익스햄프턴의 커크우드 씨가 보낸 사람이 왔다고 알려줘요."

비어트리스가 사라지고 몇 분 뒤에 문이 열리며 키가 크고 약간 위풍당당해 보이는 부인이 들어왔다. 그녀는 평범하지 않은 얼굴을 지니고 있었다. 넓은 눈썹에 관자놀이 부분만 하얗게 센 검은 머리를 이마에서 뒤로 빗어 넘기고 있었다. 그녀는 묻는 듯한 시선으로 경감을 쳐다보았다.

"익스햄프턴의 커크우드 씨가 보낸 분이시라고요?"

"정확히 말하자면 그렇지 않습니다, 가드너 부인. 하녀에게 알기 쉽게 그렇게 말했던 겁니다. 부인의 오빠이신 트레블리언 대령께서 어제 오후에 살해당하셨습니다. 저는 이 사건을 담당하는 내러콧 경감입니다."

가드너 부인이 어떤 여자인지는 몰라도 강철 같은 심장을 가진 것은 분명했다. 그녀는 눈을 가늘게 뜨며 한숨을 내쉬었다. 경감에게 자리를 권하는 손짓을 하고 자신도 의자에 앉으면서 말했다.

"살인이라니! 뜻밖이군요. 도대체 누가 오빠를 살해했죠?"

"그 살해범을 찾는 것이 제가 할 일입니다, 부인."

"그러시겠죠. 제가 도움을 드릴 수 있으면 좋을 텐데. 어떨지 모르겠군요.

오빠와 저는 지난 10년 동안 거의 왕래가 없이 지냈어요. 오빠의 친구나 가깝게 지낸 사람들에 관해서는 전혀 아는 바가 없어요."

"이런 질문을 드려서 죄송합니다만, 부인께선 오빠와 다투신 적이 있습니까?"

"아뇨, 다툰 적은 없어요. 하지만 사이가 멀어졌다는 표현이 우리 두 사람 사이를 설명하기에 적합한 단어일 겁니다. 자세한 집안 이야기는 하고 싶지 않지만 오빠는 제 결혼을 못마땅하게 생각했어요. 오빠들이 누이동생이 선택한 결혼을 찬성하는 일은 드물지만, 그래도 대부분의 경우 우리 오빠처럼 드러내놓고 반대하지는 않는다고 생각해요. 아시겠지만 오빠는 친척 아주머니에게서 많은 유산을 물려받았어요. 언니와 저는 가난한 남자와 결혼했고, 제 남편은 전쟁에서 부상을 당해서 불구자가 되었죠. 약간의 금전적 도움만 있었더라면 엄청난 구원이 되었을 거예요. 비용이 많이 드는 치료를 해줄 수 있었을 테니까요. 저는 그때 오빠에게 돈을 빌려 달라고 부탁했지만 오빠는 거절하더군요. 능력이 충분히 있었는데도 말이에요. 그래서 그 이후론 오빠를 거의 만나지 않았고 연락도 없이 지냈죠."

그녀의 말은 분명하고 간결했다.

경감은 그녀가 색다른 성격의 소유자라고 생각했다. 그리고 그녀를 용의자에서 완전히 제외할 수 없다고 판단했다. 그녀는 지나치게 침착했고, 그녀가 처한 현실을 설명하는 데 있어서 조금의 주저함도 없이 완벽했던 것이다. 그는 또한 놀랍게도 그녀가 오빠의 죽음에 대해 상세하게 물어보지 않는다는 점을 주시했다. 그 점이 그의 뇌리에 강하게 부딪쳐 왔다.

"익스햄프턴의 사건에 대해 상세하게 알고 싶으신지 모르겠습니다만."

경감이 말을 꺼냈다.

그러자 그녀는 이맛살을 찌푸리며, "제가 반드시 알아야 하나요? 오빠는 이미 돌아가셨어요. 고통 없이 돌아가셨기를 바랄 뿐이에요."라고 말했다.

"예, 고통은 전혀 없었다고 말씀드릴 수 있습니다."

"그렇다면 불쾌한 세부에 관해서는 말씀하지 말아주세요."

'자연스러운 반응이 아니군.' 경감은 속으로 생각했다.

'전혀 자연스럽지 않아.'

이러한 경감의 생각을 읽기라도 한 듯 그녀가 말했다.

"제 태도가 자연스럽지 않다고 생각하시겠죠, 경감님. 하지만 저는 끔찍한 일들에 대해 많이 들어왔어요. 제 남편이 부상을 당했을 때 얘기를 제게 말해 주었죠."

그녀는 이렇게 말하며 몸을 부르르 떨었다.

"제가 처한 상황을 좀더 아신다면 저를 이해하실 수 있을 거예요."

"아! 물론입니다, 가드너 부인. 제가 온 실제 용건은 몇몇 가족들에 대해서 알고자 하는 겁니다."

"그러세요?"

"부인 외에 오빠의 친척이 몇이나 되는지 아십니까?"

"가까운 친척은 피어슨 가(家)뿐이에요. 제 언니 메리의 아이들이죠."

"누구누굽니까?"

"제임스, 실비아, 그리고 브라이언이에요."

"제임스?"

"그 애가 장남이에요. 보험회사에 근무하고 있죠."

"몇 살입니까?"

"스물여덟 살이에요."

"결혼은 했습니까?"

"아뇨. 하지만 약혼은 했어요. 아주 훌륭한 아가씨인 것 같더군요. 아직 만나보지는 못했지만."

"그 조카의 주소는 어떻게 됩니까?"

"남서 3구 크롬웰 가 21번지예요."

경감은 주소를 수첩에 적었다.

"다른 조카들에 관해서도 말씀해 주시죠."

"그다음이 실비아예요. 그 애는 마틴 더링과 결혼했죠. 경감님께서도 그의 작품을 읽어보셨을 겁니다. 마틴은 성공한 작가라고 할 수 있어요."

"주소는?"

"윔블던 서레이 가의 누크 저택이에요."

"다음 조카는?"

"막내 브라이언인데, 그 애는 오스트레일리아에 있어요. 주소는 잘 모르겠군요. 아마 그 애 형이나 누이가 알고 있을 거예요."

"감사합니다, 가드너 부인. 그리고 또 한 가지, 형식적인 질문입니다만, 어제 오후에 뭘 하셨는지요?"

그녀는 놀라는 것 같았다.

"그러니까 저는 몇 가지 물건을 사러 나갔었어요. 그리고 영화를 보러 갔죠. 6시쯤에 집에 들어와서 저녁식사 때까지 침대에 누워 있었어요. 영화를 보고 나서 골치가 아팠거든요."

"고맙습니다, 부인."

"또 다른 것은 없나요?"

"없습니다. 더 이상 물어볼 필요가 없는 것 같군요. 이제부터 부인의 조카들을 만나봐야겠습니다. 커크우드 씨에게서 들으셨는지 모르겠습니다만, 부인과 피어슨 가의 세 조카들은 트레블리언 대령님의 공동 유산 상속인이 되셨습니다."

가드너 부인의 얼굴에 서서히 화색이 돌기 시작했다.

"많은 도움이 되겠군요." 그녀는 조용히 말했다.

"이제까지 힘들게 살아왔어요. 무척 힘들었죠. 언제나 부족한 것투성이고 그래서 절약하고 소망하면서 살아왔어요."

그때, "제니퍼, 이리 좀 와요." 하고 안달하는 듯한 남자의 목소리가 들려왔다.

"제니퍼, 어디 있소? 얼른 와요, 제니퍼."

경감은 그녀 뒤를 따라가 홀에 서서 그녀가 계단을 뛰어 올라가는 것을 쳐다보았다.

"지금 가요, 여보." 그녀가 소리쳤다.

계단을 내려오던 간호사가 그녀가 올라가도록 옆으로 비켜섰다.

"어서 가보세요. 흥분하셨어요. 아저씨를 진정시킬 분은 부인밖에 없어요."

내러콧 경감은 간호사가 계단을 전부 내려올 때까지 일부러 계단 끝에 서 있었다.

"잠깐 말 좀 나눌 수 있을까요? 가드너 부인과 이야기를 나누던 중이었소만." 경감이 간호사에게 말했다.

간호사는 민첩하게 거실로 들어섰다.

"살인에 관한 소식이 환자를 흥분시켰어요."

그녀는 빳빳하게 풀 먹인 옷소매를 바르게 매만지며 말했다.

"저 멍청한 비어트리스가 위층으로 뛰어 올라와서는 그 사실을 전부 말해 버렸지 뭐예요."

"미안합니다. 내 실수였어요." 경감이 말했다.

"아니에요. 그렇지 않아요. 선생님은 예상치 못하셨을 테니까요."

간호사는 상냥하게 말했다.

"가드너 씨는 많이 편찮으십니까?"

"예, 참 불행한 케이스예요. 다른 곳은 전혀 이상이 없는데 신경 쇼크로 손발이 완전히 마비되고 말았어요. 겉으로 봐서는 아무렇지도 않은 것 같아요."

"혹시 어제 오후에 특별한 기미나 쇼크는 없었습니까?"

"제가 아는 한은 없었는데요." 간호사는 놀란 얼굴로 대답했다.

"어제 오후에 계속 환자 곁에 있었습니까?"

"그러려고 했었는데, 사실은 가드너 씨가 도서관에서 책을 두 권 바꾸어 대출해 달라고 부탁하시더군요. 부인이 외출하시기 전에 부탁하시려다 깜빡 잊으셨다는 거예요. 그래서 제가 책을 갖고 외출을 했지요. 또 부인께 드릴 선물과 몇 가지 물건을 사다 달라면서, 고맙게도 제게 부츠에서 차를 마시라고 돈을 주시더군요. 간호사들은 무슨 일이 있어도 차 마시는 건 절대로 거르지 않는다고 하시면서요. 그분이 자주 하시는 농담이에요. 저는 4시까지는 들어올 수 없었어요. 상점들이 어찌나 붐비던지. 그 외에도 다른 볼일이 있어서 6시나 되어서 돌아왔죠. 그분은 그동안 불편 없이 지내셨다고 하더군요. 대부분 시간을 주무셨대요."

"가드너 부인은 그때 돌아오셨소?"

"예, 누워서 쉬고 있었던 것으로 알고 있어요."

"그 부인은 남편에게 무척 정성을 쏟는 것 같던데?"

"남편을 숭배하는 정도죠. 남편을 위해서라면 무슨 일이라도 할 거예요. 무척 감동적이죠. 제가 본 다른 사람들과는 전혀 다른 분이세요. 지난달에는……"

경감은 노련한 방법으로 그녀의 말을 막았다. 그는 손목시계를 들여다보며 큰소리로 말했다.

"아니, 이럴 수가. 기차를 놓치겠군. 기차역이 이곳에서 가깝습니까?"

"세인트 데이비스 역은 걸어서 3분 거리밖에 안 돼요. 그 역을 말씀하신다면요. 아니면 퀸스트리트 역을 말씀하시나요?"

"달려가야겠군." 경감이 말했다.

"가드너 부인께 작별인사를 드리지 못해 죄송하다고 전해 주시오. 얘기를 나눌 수 있어서 정말 고마웠소, 간호사 아가씨."

간호사는 눈에 띄지 않을 정도로 화를 억누르는 듯 새침해졌다.

'참 잘생긴 남자야.' 그녀는 경감이 나간 뒤 현관문을 닫으며 속으로 말했다. '정말 잘생겼어. 그 다정한 태도하며.'

그녀는 한숨을 내쉬며 환자가 있는 위층으로 올라갔다.

제10장

피어슨 가족

내러콧 경감의 다음 할 일은 그의 상관인 맥스웰 총경에게 보고하는 것이었다. 총경은 경감의 설명을 흥미롭게 들었다.

"큰 사건이 되겠군. 신문이 이 사건을 대서특필하겠어."

그는 생각에 잠겨 말했다.

"저도 그렇게 생각합니다."

"신중을 기해야 하네. 절대로 실수를 범해서는 안 돼. 내가 보기에 자네는 올바른 추적을 하는 것 같네. 될 수 있는 한 속히 이 제임스 피어슨이란 사람의 어제 오후 행적을 조사하게. 자네가 말한 대로 흔한 이름이긴 하지만 세례 명일 수도 있으니까. 그가 자기 이름을 그렇듯 공개적으로 숙박부에 기입했다는 것은 계획적이 아니었다는 점을 보여주는 것이긴 하지만, 그렇게 어리석은 자는 아닐 걸세. 그건 마치 뜻밖의 일격과 같다고 생각되네. 그가 바로 트레블리언 대령의 조카라면, 그는 아마 그날 밤에 외삼촌의 죽음을 들었을 것일세. 그렇다면 왜 아무도 모르게 아침 6시 기차를 타고 그곳을 떠났겠나? 상황은 간단치 않네. 사건 전체를 우연이라 가정할지라도 자네는 가능한 한 빨리 진상을 확실히 밝혀야 하네."

"제 생각도 그렇습니다, 총경님. 1시 45분 기차로 시내에 가야겠습니다. 그리고 또 속히 대령의 집에 세 들어 사는 월렛 부인을 만나봐야겠습니다. 뭔가 석연치 않은 점들이 있다고 판단되거든요. 그러나 현재로선 시타퍼드에 갈 수가 없습니다. 눈이 많이 와서 통행이 불가능해서 말이죠. 어쨌든 그 부인은 사건과 직접적인 연관이 없다고 보입니다. 그 부인과 딸은 실제로 범행이 일어난 시각에 테이블 터닝을 하고 있었는데, 그때 괴상한 일이 일어났다고 합니다."

경감은 총경에게 버너비 소령에게서 들은 이야기를 했다.

"그것참 기묘한 일이군." 총경은 불쑥 소리를 질렀다.

"소령이 사실을 이야기했다고 생각하나? 그건 유령이나 귀신 따위를 믿는 자들이 사건 뒤에 꾸며낸 조작된 이야기일 것일세."

"하지만 제게는 그 이야기가 사실이라고 느껴집니다."

내러콧 경감은 싱긋 웃으며 이렇게 말했다.

"버너비 소령이 거짓말을 한다고 생각하기는 어려웠습니다. 그는 유령 따위를 믿는 사람이 아닙니다. 오히려 그 반대였죠. 그 늙은 군인의 태도가 그랬습니다."

총경은 경감의 말에 고개를 끄덕이며, "어쨌든 괴상한 일이군. 하지만 그렇다고 해서 달라진 사항은 없지."라고 결론지었다.

"전 이제 런던행 1시 45분 기차를 타러 가야겠습니다."

총경은 다시 고개를 끄덕였다.

시내에 도착한 내러콧 경감은 곧바로 크롬웰 가 21번지로 향했다. 거기서 그는 피어슨이 사무실에 있다는 것과 7시쯤 집에 돌아올 것이라는 말을 들었다. 경감은 자신이 별로 중요하지 않은 용무로 왔다는 표정을 짓고는 고개를 끄덕이며, "가능하면 다시 들르겠소. 뭐 중요한 용건은 아니오."라고 말한 다음 이름을 밝히지 않고 재빨리 그곳을 떠났다.

그는 피어슨이 다니는 보험회사에는 가지 않기로 하고, 윔블던으로 가서 미혼 때 이름이 실비아 피어슨이었던 마틴 더링의 부인을 만나보기로 했다.

더링 부인은 집에 있었다. 다소 건방져 보이는 하녀가 지저분하게 어질러진 거실로 경감을 안내했다. 그는 여주인에게 전할 명함을 하녀에게 건네주었다.

그러자 경감의 명함을 손에 든 더링 부인이 즉시 나타났다.

"불쌍한 조셉 외삼촌 일로 오신 것 같군요."라는 말이 그녀의 첫인사였다.

"무척 놀랐어요! 저도 도둑 때문에 얼마나 무서운지 몰라요. 그래서 지난주에는 뒷문에 자물쇠를 두 개나 더 달았답니다. 또 최신형 걸쇠를 창문에다 설치했어요."

가드너 부인에게서 듣기로는 실비아 더링의 나이가 25세라고 했는데, 그녀는 30세가 훨씬 넘어보였다. 금발에 얼굴색이 창백한 작은 몸매의 여자로 표정에는 근심이 어려 있었다. 또한 사람의 목소리가 지닐 수 있는 가장 귀에 거슬리는 소리에 어렴풋이 불만이 깔린 듯한 목소리로 말을 했다.

그녀는 경감에게 말할 기회도 주지 않고 계속 말해 나갔다.

"제가 할 수 있는 일이라면 뭣이든 기꺼이 도와드리겠어요. 그런데 저는 조셉 외삼촌을 만난 적이 거의 없어요. 그분은 결코 좋은 외삼촌은 아니었죠. 골치 아픈 문제에는 절대로 관여를 않는 그런 분이었고, 언제나 트집을 잡고 비난만 하셨어요. 문학에 대한 지식이나 이해도 전혀 없는 분이었고요. 성공, 진정한 의미의 성공이란 돈으로 계산할 수 없는 게 아니겠어요, 경감님."

이렇게 말을 마치고서야 비로소 그녀는 경감에게 말할 기회를 주었다.

"그 불행한 사건에 대한 소식을 무척 빨리 들으셨군요, 더링 부인."

"제니퍼 이모가 전화를 주셨더군요."

"아, 그러셨군요."

"아마 석간신문에 보도가 되겠죠? 참 끔찍한 일이에요."

"지난 수년 동안 외삼촌을 만나지 않으신 것으로 알고 있습니다만."

"결혼 뒤 외삼촌을 만난 건 두 번밖에 안 돼요. 두 번째 만났을 때 외삼촌은 마틴을 무척 거칠게 대하셨어요. 물론 외삼촌은 스포츠나 즐기고 모든 면에서 평범한 실리주의자이시긴 하지만요. 말씀드렸듯이 문학적 취향은 전혀 없는 분이었죠."

'이 여자의 남편이 죽은 대령에게 돈이라도 빌려 달라고 했다가 거절당했나 보군.' 하는 것이 내러콧 경감의 판단이었다.

"더링 부인, 이건 형식적인 겁니다만 어제 오후의 행적에 대해 말씀해 주시겠습니까?"

"행적이라고요? 참 묘한 표현이군요. 저는 어제 오후 내내 브리지 게임을 했어요. 남편이 외출 중이었기 때문에 집에 찾아온 친구와 저녁을 함께 보냈어요."

"남편은 하루 종일 집에 안 계셨습니까?"

"예, 문학인들의 저녁 만찬 모임이 있었어요." 더링 부인이 힘주어 말했다.

"남편은 미국인 출판업자와 점심식사를 했고 저녁식사도 같이 했어요."

"알겠습니다."

그녀의 진술은 의심의 여지가 없는 듯했다. 경감은 질문을 계속했다.

"부인의 남동생은 오스트레일리아에 살고 있다죠?"

"예."

"주소를 알고 계십니까?"

"물론이죠. 원하신다면 찾아서 알려드리죠. 이름이 좀 이상한 지역이었는데, 기억은 나지 않지만 뉴사우스 웨일스의 어디라고 알고 있어요."

"부인의 오빠는 어디서 살고 있습니까?"

"짐을 말씀하시나요?"

"예, 그분도 만났으면 합니다만."

더링 부인은 재빨리 오빠의 주소를 찾아 경감에게 알려주었다. 그것은 가드너 부인이 알려준 주소와 일치했다.

경감은 그녀와 더 이상 이야기할 필요가 없다고 판단하고 대화를 짧게 끝마쳤다. 그는 손목시계를 보며 지금 시내로 들어가면 7시가 되겠다는 생각을 했다. 제임스 피어슨을 집에서 만날 수 있는 시간이었다.

거만한 중년의 가정부가 21번지의 문을 열어주었는데, 피어슨은 집에 돌아와 있었다. 가정부는 경감을 2층 피어슨의 방문으로 안내하고는 중얼거리듯, "어떤 신사분께서 찾아오셨습니다."라고 알렸다.

평상복 차림의 젊은이가 방 한가운데 서 있었다. 그는 약간 우둔해 보이는 입술과 우유부단한 기색이 감도는 눈동자만 아니면 참 잘생긴 남자였다. 여리고 소심한 표정에 밤잠을 설친 듯 피곤한 모습의 그 젊은이가 경감에게 묻는 듯한 시선을 보냈다.

"나는 내러콧 경감이오."

경감이 말을 시작했으나 미처 뒷말을 이을 수가 없었다.

요란한 비명소리와 함께 젊은이는 의자에 쓰러지면서 탁자를 내던지고 머리를 쥐어박으며 소리쳤다.

"아! 하나님! 드디어 올 것이 오고 말았어!"

몇 분 동안 그렇게 몸부림치더니 그는 고개를 들고 말했다.

"말을 계속해 보지 그러세요, 예?"

내러콧 경감은 완전히 멍청해진 표정으로 그를 바라보았다.

"나는 당신의 외삼촌인 조셉 트레블리언 대령의 죽음에 대해 조사하고 있소. 괜찮다면 몇 가지 질문을 해도 되겠소?"

젊은이는 천천히 몸을 일으키며 낮고 긴장된 목소리로 물었다.

"나를, 체포하실 겁니까?"

"아니오. 당신을 체포할 생각이었다면 관례에 따른 경고를 했을 거요. 나는 단지 어제 오후 당신의 행적에 대해 묻고 싶을 뿐이오. 당신의 판단에 따라 질문에 대답을 해도 되고 하지 않아도 되오."

"내가 대답을 하지 않는다면, 그건 곧 내게 해로운 결과를 초래하는 것이겠죠. 예, 나도 압니다. 당신네 수법이 어떤지 말이에요. 당신은 내가 어제 그곳에 갔었다는 사실을 알아냈겠죠?"

"호텔 숙박부에 이름을 기입했더군요."

"그렇다면 부인해 봤자 소용이 없겠군요. 그래요. 난 어제 그곳에 갔었어요. 왜, 그러면 안 될 이유라도 있습니까?"

"왜 그곳에 갔었습니까?" 경감이 부드럽게 물었다.

"외삼촌을 만나러 갔었습니다."

"약속을 미리 했나요?"

"무슨 뜻입니까, 약속이라니?"

"외삼촌이 당신이 그곳에 올 것이라는 사실을 미리 알고 계셨소?"

"아, 아뇨. 모르겠어요. 그, 그건 갑작스런 충동에 의해서였으니까."

"그렇다면 특별한 이유는 없었다는 뜻입니까?"

"이, 이유라고요? 예, 이유는 없었어요. 그러면 안 됩니까? 나, 나는 그저 외삼촌이 보고 싶었을 뿐이에요."

"잘 알았습니다. 그래서 외삼촌을 만났나요?"

침묵이 흘렀다—꽤 긴 침묵이. 젊은이의 얼굴을 스쳐가는 온갖 표정에는 혼란과 망설임이 역력히 나타나고 있었다. 그것을 바라보며 경감은 일종의 연민을 느꼈다.

'저렇듯 뚜렷이 나타나는 갈팡질팡하는 태도가 결국은 사실을 시인하는 것과 마찬가지라는 것을 저 친구는 모른단 말인가?'

짐 피어슨은 마침내 깊은 한숨을 내쉬며 입을 열었다.

"소, 솔직하게 털어놓는 게 낫겠군요. 예, 나는 외삼촌을 만났습니다. 역에서 시타퍼드로 가는 길을 물었더니 전혀 불가능하다고 하더군요. 눈 때문에 길이 막혀 어떤 방법으로도 갈 수 없다면서요. 난 급한 일이라고 말했죠."

"급한 일이라면?" 경감이 나직하게 물었다.

"나, 난 외삼촌이 몹시 보고 싶었거든요."

"그래요?"

"포터가 고개를 저으며 불가능하다고 하더군요. 그런데 내가 외삼촌 이름을 말하니까 그 사람 얼굴이 밝아지며 그분이 익스햄프턴에 계시다고 하는 겁니다. 그리고는 외삼촌이 빌려 사는 집으로 가는 길을 자세히 가르쳐 주었어요."

"그때가 몇 시였소?"

"1시쯤이었다고 생각됩니다. 나는 여관으로 가서(스리 크라운스라는 여관이 었죠) 방 하나를 빌리고서 그곳에서 점심을 먹었습니다. 그러고 나서 나는, 나는 외삼촌을 만나러 나갔습니다."

"점심식사 직후에 나갔소?"

"아뇨, 직후에 나가지는 않았습니다."

"몇 시였소?"

"글쎄요. 확실한 시각은 모르겠어요."

"3시 30분? 4시? 아니면 4시 30분?"

"그, 글쎄요……." 그는 한층 더 말을 더듬었다.

"그 정도로 늦은 시각은 아니었던 것 같은데."

"여관 주인인 벨링 부인의 말로는 당신이 4시 30분에 나갔다는데."

"예? 그, 그 여자 말은 틀린 것 같아요. 그렇게까지 늦은 시각은 아니었을 겁니다."

"그다음엔 뭘 했소?"

"외삼촌을 찾아가서 이야기를 나눈 뒤에 다시 여관으로 돌아왔습니다."

"외삼촌 집에는 어떻게 들어갔소?"

"초인종을 누르니까 외삼촌이 문을 열어주시더군요."

"당신을 보고 놀라시진 않았소?"

"아, 예, 약간 놀라시더군요."

"얼마동안 이야기를 나누었소, 피어슨 씨?"

"15분에서 20분 정도였어요. 하지만, 이보세요, 내가 떠날 때만 해도 외삼촌은 아무렇지도 않았어요. 전혀 이상이 없었다고요. 맹세해요."

"몇 시에 그 집을 나왔소?"

젊은이는 눈을 내리깔았다. 그의 목소리에는 다시 어쩔 줄 모르는 망설임이 깃들어 있었다.

"정확히는 모르겠습니다."

"알 겁니다, 피어슨 씨."

경감의 단호한 어조가 효과를 나타냈다. 젊은이는 낮은 목소리로 말했다.

"5시 15분이었습니다."

"당신은 6시 15분 전에 스리 크라운스 여관에 도착했소. 외삼촌의 집에서 여관까지는 걸어서 기껏해야 7~8분밖에 안 걸리는 거리요."

"곧바로 여관으로 돌아가지는 않았어요. 시내를 돌아다니며 산책을 했으니까요."

"그 추운 날씨에, 눈 속을 말이오?"

"그때는 눈이 내리지 않았어요. 눈은 얼마 지나서 내리기 시작했죠."

"알겠소. 외삼촌과는 무슨 이야기를 했소?"

"아, 뭐 별로 특별한 내용은 아니었어요. 저, 난 그저 외삼촌과 이야기를 좀 하고 싶었을 뿐입니다. 그분을 존경했고, 뭐 그래서 말이죠."

'형편없는 거짓말쟁이군. 나라도 저것보다는 낫게 말할 수 있을 텐데.'

경감은 속으로 딱하다는 생각을 했다. 경감은 소리를 높여 말했다.

"좋소. 그렇다면 외삼촌이 살해되었다는 것을 듣고도 왜 자신이 친척이라는 사실을 알리지도 않은 채 익스햄프턴을 떠난 거요?"

"두려웠으니까요." 젊은이는 솔직히 말했다.

"내가 외삼촌과 헤어진 시각쯤에 외삼촌이 살해되었다고 들었거든요. 생각해보세요. 그럴 경우 누구라도 겁을 먹지 않겠습니까? 난 겁이 덜컥 나서 제일 첫 기차를 타고 그곳을 떠났습니다. 예, 난 정말 어리석었어요. 하지만 혼비백산했을 때 사람들이 어떻게 하는지 잘 아실 겁니다. 그런 상황에서는 어느 누구라도 나처럼 허둥지둥했을 겁니다."

"그게 전부요?"

"예, 예. 물론이죠."

"그렇다면 나와 함께 가서 진술서를 작성하고 읽어본 뒤에 서명하는 것에 이의가 없겠죠?"

"그, 그렇게만 하면 됩니까?"

"피어슨 씨, 검시재판이 끝날 때까지 당신을 구속할 필요가 있을지도 모르겠소."

"아, 하나님!" 짐 피어슨이 소리쳤다.

"날 도와줄 사람은 없습니까?"

그 순간 문이 열리며 젊은 여자가 방으로 들어왔다. 관찰력이 뛰어난 내러콧 경감의 눈에 비친 그녀는 어딘가 예외적인 데가 있어 보였다. 특별한 미인은 아니었지만 한번 보면 잘 잊히지 않을, 드물게 시선을 자극하는 그런 얼굴이었다. 그녀에게서는 분별과 재치와 확고한 결단력과 더불어 야릇한 매력이 풍기고 있었다.

"아니, 짐! 무슨 일이에요?" 그녀가 소리를 질렀다.

"다 끝났어, 에밀리. 이 사람들은 내가 외삼촌을 살해했다고 생각하고 있어."

"누가요?" 에밀리가 다그쳐 물었다.

그러자 젊은이는 몸짓으로 방문객을 가리키며, "이분은 내러콧 경감님이셔." 하고 힘들여 두 사람을 소개시켰다.

"이쪽은 에밀리 트레푸시스요."

"아! 그러세요?" 에밀리 트레푸시스가 말했다.

그녀는 날카로운 엷은 갈색 눈동자로 내러콧 경감을 살폈다. 그러면서, "짐은 지독한 멍청이긴 하지만 사람을 죽일 만한 인물은 아니에요."라고 말했다.

경감은 아무 대꾸도 하지 않고 잠자코 있었다.

에밀리는 짐을 돌아보며 말했다.

"내가 보기에, 당신은 무척 경솔한 행동을 한 것 같군요. 당신이 신문을 조금이라도 잘 살펴서 읽었다면, 당신의 말 한마디 한마디를 검토하고 판단해 주는 유능한 변호사를 곁에 두지 않고는 절대로 경찰과 이야기해서는 안 된다는 것을 알 수 있었을 거예요. 어떻게 되는 거죠? 이이를 체포하실 건가요, 내러콧 경감님?"

경감은 이제까지의 일을 분명하고 확실하고 요령 있게 설명했다.

"에밀리, 당신은 내가 그런 짓을 하지 않았다는 걸 믿지? 그렇지?"

젊은이가 눈물을 흘리며 말했다.

"물론이에요. 물론 당신을 믿어요." 에밀리는 상냥하게 말했다.

그러면서 그녀는 부드럽고도 생각에 잠긴 어조로, "당신은 그럴 용기도 없는 위인이에요."라고 덧붙였다.

"난 이 세상에 친구라곤 한 명도 없는 것 같아." 짐은 신음하듯 말했다.

"아니에요. 당신에겐 친구가 있어요. 내가 있잖아요. 기운을 내요, 짐. 내 왼쪽 셋째손가락에 빛나고 있는 이 다이아몬드를 봐요. 여기 당신에게 충실한 약혼녀가 있잖아요. 자, 경감님을 따라가요. 그리고 뒷일을 전부 내게 맡기세요."

짐 피어슨은 아직도 멍한 얼굴로 일어나서 의자에 걸쳐져 있는 외투를 입었다. 내러콧 경감은 곁의 서랍장 위에 놓인 모자를 그에게 건네주었다. 방문을 나서며 경감이 점잖게 인사를 했다.

"잘 있어요, 트레푸시스 양."

"또 만나요, 경감님." 에밀리가 상냥하게 대답했다.

경감이 에밀리 트레푸시스를 조금이라도 알았다면, 그녀의 이 마지막 두 마디 말에 담긴 도전의 의미를 알았을 것이다.

제11장

에밀리, 일에 착수하다

트레블리언 대령의 검시재판은 월요일 아침에 이루어졌다. 이 사건이 불러일으킨 반응에 비해 그것은 무척 김빠진 일이었다. 왜냐하면 검시재판이 일주일이나 연기되어 많은 사람들을 실망시켰기 때문이다. 하지만 어쨌든 토요일과 일요일에 걸쳐 익스햄프턴은 대대적으로 매스컴에 오르내리게 되었다.

죽은 남자의 조카가 살해혐의로 구속되었다는 보도는 신문 뒷면의 작은 기사에 불과했던 이 사건을 커다란 활자의 제목으로 신문의 앞면을 장식하게 만들었다.

월요일이 되자 엄청난 보도진들이 익스햄프턴으로 몰려들었다. 찰스 엔더비 역시 그들 중 한 사람으로, 순전한 우연에 의해 축구 퀴즈의 상금을 전달하는 기회를 얻어 유리한 고지를 점령한 자신에게 축하를 보내고 있었다.

마치 거머리처럼 버너비 소령에게 접근하려는 것은 신문기자로서 당연한 의도였고, 소령의 방갈로를 사진에 담는다는 구실 하에 시타퍼드 주민들과 죽은 대령의 친척들로부터 독점기사를 취재하려는 것도 당연한 의도였다.

점심식사 때 출입문 가까운 좌석에 앉아 있는 매력적인 여자가 엔더비의 시선을 끌었다. 엔더비는 그녀가 익스햄프턴에서 뭘 하고 있는지 궁금한 생각이 들었다. 그녀는 점잖으면서도 자극적인 스타일로 잘 차려입고 있었는데, 살해된 남자의 친척인 것 같지는 않았고, 그렇다고 이 사건에 한가로운 호기심을 지닌 사람은 더더구나 아닌 것 같았다.

'저 여자가 여기에 얼마나 머물까?' 엔더비는 속으로 그런 생각을 했다.

'이런 날 오후에 시타퍼드에 가야 한다는 것은 좀 유감스럽지만 할 수 없지. 두 마리 토끼를 한꺼번에 잡을 수는 없으니까.'

그러나 점심식사 직후에 엔더비는 기분 좋은 불시의 습격을 당하게 되었다.

그가 스리 크라운스 여관의 현관 계단에 서서 빠르게 녹아내리는 눈을 바라보며 차가운 겨울 햇살을 즐기고 있을 때, 매력적인 목소리가 곁에서 들려왔던 것이다.

"실례합니다만, 혹시 이곳 익스햄프턴에 구경할 만한 곳이 있다면 알려주시겠어요?"

찰스 엔더비는 신속한 임기응변으로 대처했다.

"어떤 성(城)이 있다고 들었는데 잘은 모르지만, 있기는 있습니다. 괜찮으시다면 제가 안내해 드리죠."

"그렇게 해주신다면 정말 고맙겠어요. 별로 바쁘지 않으시다면요."

찰스 엔더비는 조금도 바쁘지 않다고 말하고 두 사람은 즉시 길을 나섰다.

"당신은 엔더비 씨가 맞죠?" 그녀가 물었다.

"예, 그런데 어떻게 알았습니까?"

"벨링 부인이 가르쳐 주더군요."

"아, 그랬군요."

"제 이름은 에밀리 트레푸시스예요. 엔더비 씨, 저는 당신의 도움이 필요해요."

"저의 도움이 필요하시다고요? 아니, 어째서, 도대체 무슨 일로……?"

"전 짐 피어슨의 약혼녀예요."

"아!"

엔더비의 머릿속에는 신문기자의 기질이 살아났다.

"경찰이 짐을 체포하려 해요. 전 경찰이 어떤지 잘 알아요. 엔더비 씨, 짐은 그런 짓을 하지 않았어요. 전 그걸 증명하려고 이곳에 왔어요. 하지만 누군가의 도움이 필요해요. 남자 없이는 아무 일도 할 수가 없거든요. 남자들은 아는 것도 많고 여러 가지 면에서 여자에게는 전혀 불가능한 정보도 알아낼 수 있잖아요."

"글쎄요. 아, 예, 그렇다고 생각됩니다만." 엔더비는 공손하게 말했다.

"저는 오늘 아침 이곳에 모인 기자들을 전부 살펴봤어요. 그런데 대부분이 무척이나 멍청한 얼굴들을 하고 있더군요. 하지만 저는 당신이 그들 중 가장 명석한 사람이라고 판단했어요. 그래서 당신을 선택한 거예요."

"아, 그렇습니까? 그렇지만 그렇지는 않은데요."

엔더비는 더욱 겸손하게 말했다.

"전 말하자면 일종의 공동협력을 말씀드리고 싶군요. 제 생각에 그렇게 하면 우리 두 사람 모두에게 이득이 있다고 봐요. 저는 알아내야 할 것이 몇 가지 있는데, 기자라는 당신의 입장에서 절 도와주실 수 있을 거예요. 그리고 또⋯⋯."

에밀리는 잠시 말을 멈추었다. 사실 그녀가 원하는 것은 엔더비를 일종의 사설탐정으로 만들려는 것이었다. 그녀가 지시하는 장소에 가고, 그녀가 원하는 것을 대신 묻게 하는, 말하자면 계약 노예와 같은 것이었다. 그러나 그녀는 자신이 원하는 바를 상대방의 비위에 맞추어 표현할 필요를 느꼈고, 또 주된 요점은 그녀가 주인이 되는 것이었지만 요령 있게 말해야 할 필요가 있었다.

"저는 당신이라면 의지할 수 있다고 느꼈어요."

그녀의 목소리에는 매혹적인 촉촉함이 깃들어 있었다. 그녀의 마지막 말로 인해 엔더비의 가슴속에는 이 사랑스럽고 가련한 여자를 언제까지라도 도와주어야겠다는 감정이 솟아올랐다.

"그래도 될 겁니다."라고 말하며 엔더비는 에밀리의 손을 정열적으로 꼭 잡았다.

"그러나―." 엔더비는 직업의식을 느끼며 말을 시작했다.

"내 시간은 온전히 내 것이 아닙니다. 상부의 지시에 따라 움직여야 한다는 그런 뜻이죠."

"예, 알고 있어요. 저도 그 점을 염두에 두고 있는데, 그 점이 바로 우리 두 사람의 협력에 이득이 된다고 판단했죠. 저는 바로 당신들이 말하는 '특종감'이 아니겠어요? 당신은 저와 매일 인터뷰를 할 수 있고, 독자들이 좋아하는 기삿거리를 만들어낼 수 있으니까요. 가령 '짐 피어슨의 약혼녀. 그의 결백을 강력하게 주장하는 아가씨. 그녀가 말하는 짐 피어슨의 어린 시절' 뭐 이런 것들 말이에요. 사실 저는 짐의 어린 시절에 대해선 아는 게 별로 없지만 그건 문제가 되지 않아요."

"당신은 대단한 여자군요. 정말 대단합니다." 엔더비는 감동적으로 말했다.

에밀리는 자신의 유리한 역할에 대해 말을 계속했다.

"그리고 저는 짐의 친척들을 만날 수 있어요. 그럴 경우 당신도 제 친구 자격으로 함께 그들을 만나는 거예요. 당신 혼자서라면 틀림없이 문전박대를 당하게 될 그런 사람들을 만날 수 있는 거라고요."

"그건 내가 생각지도 못했던 점들이군요."

엔더비는 과거에 당했던 그 수많은 거절과 퇴짜를 생각하며 감격해서 말했다. 바야흐로 그의 앞길에 찬란한 대로가 열리는 것이었다. 이번 사건에 관련된 일들은 전부 행운의 연속이었다. 우선 축구 퀴즈의 상금 전달이 그러했고, 지금 일 역시 그랬다.

"그럼 우린 계약을 맺은 겁니다." 그는 힘주어 말했다.

"좋아요." 에밀리는 활발하고도 사무적인 태도가 되면서 말했다.

"우리의 첫 번째 행동은 뭐죠?"

"오늘 오후에 시타퍼드에 갈 겁니다."

엔더비는 버너비 소령과 관련해서 자신이 차지하고 있는 유리한 위치를 설명했다.

"그 사람은 신문기자를 마치 독약처럼 싫어하는 노인이죠. 하지만 5천 파운드를 건네준 사람을 막무가내로 밀어내지는 못할 겁니다."

"그것참 난처하겠군요. 어쨌든 당신이 시타퍼드에 간다면 나도 동행하겠어요."

"좋습니다. 그런데 그곳에 숙박할 만한 집이 있는지 모르겠군요. 내가 알기로는 시타퍼드 저택과 버너비 소령이 살고 있는 그런 방갈로만 몇 채 있다고 들었는데."

"지낼 곳은 찾을 수 있을 거예요. 난 항상 뭐든지 찾아내거든요."

엔더비는 그녀의 말이 아주 믿음직스러웠다. 에밀리는 어떤 장애물이라도 뛰어넘을 수 있는 여자인 것 같았기 때문이다.

그들 두 사람은 황폐한 성에 와 있었다. 그러나 구경 같은 건 안중에도 없었다. 그들은 햇빛이 비치는 성벽의 부서진 조각에 걸터앉았고, 에밀리는 자신의 생각을 계속 이야기해 나갔다.

"엔더비 씨, 나는 정말로 냉정하고 사무적인 마음으로 이 일에 임하고 있어요. 당신은 짐이 살인을 저지르지 않았다는 것을 전제로 하고 일을 시작해야 해요. 이렇게 말하는 이유는 내가 짐을 사랑하고 그의 착한 성품을 믿기 때문이 아니에요. 이건 단순한 지식이에요. 나는 열여섯 살 이후로 모든 일을 직접 판단하고 해결해 왔어요. 많은 여자들을 접하지 못해서 여자에 대해 아는 것은 별로 없지만 남자들에 관해서는 많이 안다고 자부해요. 따라서 여자가 한 남자를 완전히 파악하지 못하고서는, 또한 자신이 무슨 일을 하려는지 확실히 알지 못하고서는 결코 이렇게 해나갈 수가 없답니다. 하지만 나는 이미 시작했어요. 나는 루시 패션에서 모델로 일하고 있어요. 그만하면 성공했다고 할 수 있죠. 어쨌든 나는 남자에 대해선 잘 알아요. 짐은 여러 가지 점에서 여린 사람이에요."

에밀리는 강한 남자에 대한 숭배자라는 자신의 역할을 잠시 잊은 채 말을 계속했다.

"바로 그 점이 내가 짐을 좋아하는 이유이기도 하겠지만, 나는 그이를 꼼짝 못하게 만들고 그이가 내 지시에 따라 뭐든지 하도록 할 수 있다고 생각해요. 가령 짐이 어떤 범죄를 저지르게 조종할 수도 있을 거예요. 하지만 살인을 하도록 만들 수는 없어요. 짐은 모래주머니로 노인의 뒤통수를 칠 만한 인물이 못 돼요. 만일 죽이려 했더라도 아마 헛치고 말았을 거예요. 짐은 마음이 약해요. 벌 한 마리도 죽이지 못해요. 벌이 방에 날아 들어오면 행여나 벌이 다칠세라 조심스럽게 잡아서 창밖으로 날려 보내죠. 그러다가 항상 벌에 쏘이고 마는 사람이에요. 이런 얘기는 그만해야겠군요. 어쨌든 당신은 내 말을 믿고 짐이 결백하다는 전제하에 일을 시작해야 해요."

"혹시 누군가가 계획적으로 그에게 죄를 뒤집어씌우려 했다고 생각지는 않습니까?"

엔더비는 직업의식을 나타내며 물었다.

"그런 것 같지는 않아요. 왜냐하면 짐이 외삼촌을 만나러 간다는 사실은 아무도 몰랐으니까요. 물론 확신할 수는 없는 일이지만요. 어쨌든 그건 우연이었고 운이 나빴던 거라고 생각해요. 이제 우리가 알아내야 할 것은 트레블리언 대령을 죽일 만한 동기를 가진 사람이 누군가 하는 거예요. 경찰은 이 사건이 '외부의 소행', 즉 강도의 짓이 아니라고 확신하고 있어요. 깨진 창문은 눈가림에 불과하다는 거죠."

"경찰이 당신에게 상세하게 말해 주던가요?"

"그런 것이나 다름없어요." 에밀리가 대답했다.

"그런 거나 다름없다니 무슨 뜻이죠?"

"하녀가 말해 주더군요. 그 하녀의 언니가 그레이브스 순경과 결혼했거든요. 그래서 경찰의 생각을 잘 알고 있어요."

"그렇게 된 거로구먼. 맞아요. 이건 외부의 소행이 아닌 내부의 소행이 분명해요." 엔더비가 말했다.

"경찰은, 그러니까 내러콧 경감은 무척 철두철미한 사람인 것 같아요. 트레블리언 대령의 죽음으로 누가 이득을 보는가를 조사하다가 지금 짐을 집중적으로 조사하는 거죠. 그러면서 다른 점들에 대해서는 수사를 거의 하지 않고 있어요. 우리가 할 일이 바로 그것이에요."

"당신과 내가 진짜 살인범을 찾아낸다면 정말 기가 막힌 특종이 되겠습니다. 나는 데일리 와이어 지의 살인범 전문기자로 알려질 겁니다. 하지만 그렇게까지 될 리가 있으려고요. 그건 책에서나 볼 수 있는 일이죠."

엔더비는 풀죽은 목소리로 말했다.

"천만에요. 우린 그렇게 될 거예요." 에밀리가 자신 있게 말했다.

"당신은 정말 굉장한 여자요."

에밀리는 수첩을 꺼내며 말했다.

"자, 이제부터 차근차근 정리를 해봐요. 짐과 누이동생, 그리고 남동생, 제니퍼 이모가 트레블리언 대령의 죽음으로 똑같이 이득이 있는 사람들이에요. 짐의 누이동생인 실비아도 짐처럼 파리 한 마리 못 죽이는 여자이긴 하지만, 그녀의 남편을 생각한다면 용의선상에서 제외할 수 없어요. 그 남자는 메스꺼울 정도로 비인간적인 사람이거든요. 문학을 한답시고 여자들과 온갖 추문을 일으키는 역겨운 인간들 말이에요. 아마 경제적으로도 형편없는 무능력자일 거예요. 유산을 받는다면 그 돈은 실비아의 것이지만, 결국 그는 아내의 돈을 빼내고 말 거예요."

"꽤 기분 나쁜 인간인 것 같군요."

"맞아요. 뻔뻔스럽게 생긴 얼굴에 음침한 곳에서 여자들과 추한 얘기나 하고 다니죠. 진짜 남자들은 그를 혐오해요."

"그렇다면 그가 첫 번째 용의자가 되겠군요."

엔더비도 수첩을 꺼내 적으며 말했다.

"금요일의 그의 행적을 조사해야겠습니다. 유명한 소설가와의 인터뷰라면 쉽게 할 수 있겠는데. 그러면 되겠죠?"

"훌륭해요." 에밀리의 대답이었다.

"그다음엔 짐의 동생이 브라이언이에요. 그는 오스트레일리아에 살고 있다는데 귀국했을지도 몰라요. 사람들은 때때로 아무런 사전 연락 없이 행동하기도 하니까요."

"전보를 쳐보면 알겠군."

"그렇게 하죠. 내 생각에 제니퍼 이모는 용의자에서 제외해도 될 것 같아요. 이제까지 들은 것들을 종합해 볼 때 그분은 무척 좋은 분에다 인격도 갖춘 분이라고 보여요. 그러나 완전히 제외할 수는 없겠죠. 왜냐하면 익스햄프턴에서 가까운 엑시터에 살고 있으니까요. 오빠를 만나러 갔었을 지도 모르고, 또 그때 오빠에게서 자신이 존경하는 남편에 대한 험담을 들었을 지도 모르죠. 그래서 흥분한 끝에 모래주머니를 집어들고 내리쳤는지도 모르는 일이에요."

"정말 그렇게 생각합니까?"

"아니에요. 사실 그렇게는 생각지 않지만 누가 알겠어요? 그다음은 하인이에요. 유언에 의해 그가 받는 유산은 백 파운드 밖에 안 되니까 제외될 수도 있겠지만 그것 또한 누가 알겠어요? 그 사람의 아내는 벨링 부인의 딸이에요. 스리 크라운스 여관을 하는 벨링 부인 말이에요. 이제 돌아가서 그 부인에게 울면서 신세한탄을 해야겠어요. 혹시 제 약혼자가 감옥에 가게 된다는 것 때문에 저를 동정하고 위로하면서 뭔가 정보가 될 말을 무심코 할지도 모르니까요. 그다음에는 시타퍼드 저택이에요. 잠깐, 지금 갑자기 내 뇌리를 스친 것이 있어요."

"뭡니까?"

"그 월렛 가족 말이에요. 한겨울에 트레블리언 대령의 집을 빌린 사람들 있잖아요. 어딘가 이상한 일이라고 생각되는데요."

"맞아요, 이상해요." 엔더비도 동의했다.

"거기엔 뭔가가 숨겨져 있을 겁니다. 트레블리언 대령의 과거와 관련된 일이 있을지도 모르지요. 그 강신술(降神術)이란 것도 괴상하더군요. 그것에 대해 기사를 써볼까 생각중입니다."

"강신술이라뇨?"

엔더비는 그 일에 대해 신이 나서 이야기를 했다. 그는 살인과 관련된 것을 주로 말했다.

"좀 괴상하지 않습니까? 당신도 관심이 쏠릴 겁니다. 거기에 뭔가가 있을지도 모릅니다. 이 사건에서 그토록 근거 없는 비현실적인 이야기를 듣게 된 건 처음이에요."

에밀리는 소름이 끼치는 듯 몸을 떨었다.

"난 초자연적인 것들은 싫어해요. 거기엔 뭔가가 숨겨져 있는 것 같긴 하지만 어쨌든 그런 얘기는, 정말 소름끼쳐요!"

"강신술은 결코 실제적인 것은 아니라고 생각해요. 대령이 죽었다는 사실을 알렸다면 왜 누가 죽였는지는 알리지 못했겠어요?"

"시타퍼드 저택에 실마리가 있다고 느껴져요."

에밀리가 생각에 잠겨 말했다.

"맞습니다. 그 집을 샅샅이 조사해야 될 겁니다. 자동차를 빌려두었어요. 30분 안에 그곳으로 떠날 텐데 당신도 함께 가십시다."

"그러죠. 그런데 버너비 소령님은?"

"그는 걸어가고 있을 겁니다. 검시재판이 끝나자마자 출발했죠. 그 사람은 나하고 함께 가는 것을 원치 않는답니다. 사실 이런 날씨에 그곳까지 터벅터벅 걸어가려고 하는 사람도 아마 없을 겁니다."

"자동차로 갈 수 있을까요?"

"아, 물론이죠. 오늘부터 통행할 수 있게 됐어요."

"자—." 에밀리가 일어서며 말했다.

"이제 스리 크라운스 여관으로 돌아가서 짐을 싸야겠군요. 그리고 벨링 부인의 어깨에 얼굴을 파묻고 눈물을 흘리는 연극을 잠시 해야죠."

"걱정하지 말아요." 엔더비는 좀 머쓱한 태도로 말했다.

"모든 걸 나한테 맡겨요."

"저도 그럴 참이에요." 에밀리는 진심을 가장한 태도로 말했다.

"진정으로 의지할 사람이 있다는 건 정말 다행스런 일이지요."

에밀리 트레푸시스는 확실히 능수능란한 아가씨였다.

제12장

체포

스리 크라운스 여관으로 돌아온 에밀리는 운 좋게도 금방 벨링 부인을 만나게 되었다. 그녀는 복도에 서 있었다.

"아! 벨링 부인." 에밀리가 반갑게 소리쳤다.

"전 오늘 오후에 떠나요."

"아, 그래요? 엑시터행 4시 10분 기차로 떠나나요?"

"아니에요. 시타퍼드로 가요."

"시타퍼드?" 벨링 부인의 표정에 호기심이 되살아났다.

"예. 시타퍼드에 제가 머물 만한 곳을 아시면 가르쳐 주시겠어요?"

"그곳에 머문다고요?"

벨링 부인의 호기심이 극에 달한 것 같았다.

"예. 그런데, 저, 벨링 부인. 잠시 조용히 이야기할 만한 곳이 없을까요?"

벨링 부인은 민첩한 동작으로 에밀리를 그녀의 방으로 데리고 들어갔다. 커다란 벽난로가 있는 작고 아늑한 방이었다.

"우선 아무에게도 말하지 않겠다고 약속해 주세요."

에밀리는 벨링 부인이 누구보다도 흥미와 동정에 자극받기 쉬운 여자임을 알아차리고서 말을 시작했다.

"절대로 말하지 않겠어요."라고 대답하는 벨링 부인의 검은 눈동자는 벌써 흥미로 가득 차서 반짝거리고 있었다.

"피어슨 씨를 아시죠, 예?"

"금요일에 우리 여관에 묵었던 남자분 말인가요? 경찰에 체포된 그 사람 말이에요?"

"체포라뇨? 정말 체포되었나요?"

"그래요, 아가씨. 30분도 못 됐어요."

에밀리의 얼굴이 창백해졌다.

"정말이에요?"

"그럼요! 경사에게서 들었다고 우리 에이미가 그러더군요."

"이럴 수가!" 에밀리가 소리쳤다.

예측을 못했던 것은 아니었지만 너무 갑작스러운 일이었다.

"벨링 부인, 사실 저는, 저는 그의 약혼녀에요. 그 사람은 그런 짓을 하지 않았어요. 아, 너무 무서워요!"

여기서 에밀리는 울기 시작했다. 그녀는 찰스 엔더비에게는 눈물을 흘리며 연극을 해야겠다고 말했지만, 이렇게 쉽게 눈물이 쏟아지자 오히려 어처구니 없는 생각이 들었다. 억지로 운다는 것은 결코 쉬운 일이 아니다.

그녀의 눈물 속에는 연극이 아닌 진정한 의미가 담겨 있었던 것이다. 그 때문에 그녀 자신도 놀라고 있었다. '절대로 슬퍼해서는 안 돼. 슬퍼한다고 짐에게 도움이 되는 건 결코 아니야. 두 눈을 크게 뜨고 확고하고 논리적인 마음으로 헤쳐 나가야만 해. 감상적인 눈물은 누구에게도 이롭지 않아.'

그러나 울고 싶을 때 실컷 우는 것도 하나의 위안이었다. 어쨌든 울기로 했으니까. 또한 눈물은 벨링 부인의 동정과 도움을 구할 수 있는 최선의 지름길이었다. '그러니 마음 놓고 실컷 울어보는 거야. 그러면 잠시나마 근심 걱정, 그리고 알 수 없는 두려움까지 모두 눈물에 씻겨 사라질 테지.'

"자, 자, 그만 울어요."

벨링 부인은 에밀리의 어깨를 팔로 푸근하게 감싸고 토닥거리며 위로했다.

"나는 처음부터 그 청년이 그러지 않았다는 걸 알고 있었어요. 정말 훌륭한 젊은이였거든. 바보 같은 경찰이나 그렇게 생각하는 거예요. 떠돌이 강도의 짓이 분명해요. 자, 그러니까 괴로워하지 말아요. 잘 될 거예요. 두고 봐요."

"전 그이를 정말 사랑해요." 에밀리는 훌쩍이며 말했다.

'사랑하는 짐, 친절하고 상냥하고 어린애처럼 여리고 세상 물정에 어두운 짐, 운수가 좋지 않아 엉뚱한 사건에 휘말리고 있는 불쌍한 짐. 지극히 침착하고 냉정한 내러콧 경감을 상대로 어떻게 해낼 수 있을까?'

"우린 반드시 그이를 구해야 해요." 에밀리는 계속 울먹이며 말했다.

"그렇고말고. 물론이죠."

벨링 부인도 계속 에밀리를 위로했다.

에밀리는 눈두덩을 꾹 문지르며 마지막으로 한 번 더 코를 훌쩍이고는 눈물을 삼켰다. 그러고는 고개를 번쩍 쳐들며, "시타퍼드에 제가 머물 만한 곳이 어디예요?"라고 물었다.

"정말 시타퍼드로 갈 거예요?"

"예." 에밀리는 결연한 태도로 고개를 끄덕였다.

"그렇다면 가만있자……." 벨링 부인은 한참 생각한 뒤에 말했다.

"단 한군데밖에 없어요. 시타퍼드엔 지낼 만한 곳이 거의 없거든요. 제일 큰 집은 트레블리언 대령님이 지은 시타퍼드 저택인데, 지금은 남아프리카에서 온 부인이 세를 들어 살고 있어요. 그리고 그 대령이 지은 방갈로가 여섯 채 있는데 그중 다섯 번째 방갈로에 커티스 부부가 살고 있죠. 커티스 씨는 시타퍼드 저택의 정원사로 있었는데, 아내는 대령의 허락을 받고 여름철에는 방을 세놓곤 합니다. 다른 곳에서는 지낼 데가 없어요. 시타퍼드에는 철공소와 우체국이 있는데, 메리 히버트는 아이가 여섯 명인데다 시누이와 같이 살고, 철공소집 아내는 곧 여덟 번째 아이를 낳을 예정이니까 빈 방이 없을 거예요. 그런데 시타퍼드까지는 어떻게 갈 거예요? 자동차를 빌렸나요?"

"엔더비 씨가 빌린 차를 타고 갈 거예요."

"아, 그러면 그분은 어디서 지낼 건가?"

"아마 그분도 커티스 씨 집에 머물러야 할 텐데. 우리 둘이 지낼 방이 있을까요?"

"글쎄. 당신처럼 젊은 아가씨 한 사람은 지낼 수 있겠지만 잘 모르겠군요."

"그분은 제 사촌이에요."

벨링 부인에게 의심을 살 만한 방해거리가 없어야 한다고 느끼며 에밀리가 얼른 말했다. 그러자 벨링 부인의 표정이 밝아졌다.

"그렇다면 잘 됐군요. 만일 커티스 부인 집에서 지내기가 어려워지면 큰 집에서 묵도록 해줄 거예요."

"제가 너무 바보같이 굴어서 죄송해요."

에밀리는 다시 한 번 눈물을 닦으며 말했다.

"천만에요. 당연한 일이죠. 이젠 기분이 좀 나아졌수?"

"예, 훨씬 나아졌어요." 에밀리는 진심으로 말했다.

"마음껏 울고 나서 차 한잔 마시는 것보다 더 좋은 건 없어요. 자, 이제 맛있는 차를 한 잔 마시도록 해줄게요. 추운 날씨에 떠나기 전에 말이에요."

"정말 감사합니다. 하지만 전 지금 별로 마시고 싶지가 않아요."

"마시고 싶건 아니건 상관없어요. 마셔야 하는 거니까."

벨링 부인은 단호하게 말하고서 몸을 일으켜 문 쪽으로 갔다.

"애밀리아 커티스에겐 내가 소개했다고 해요. 그러면 잘 보살펴줄 거예요."

"아주머닌 정말 친절하세요."

"나는 이곳에서 일어난 일들을 빠짐없이 보고 듣고 하겠어요."

벨링 부인은 자신이 즐기는 흥밋거리에 빠져들며 말했다.

"경찰조차 모르는 사소한 것까지도 난 전부 알 수 있다오. 내가 듣고 본 것은 전부 전해 줄게요."

"정말이세요?"

"그럼. 그러니까 걱정하지 말아요. 아가씨의 약혼자는 즉시 풀려나게 될 거예요."

"고마워요. 전 가서 짐을 싸야겠어요."

"차는 위층으로 보내줄게요."

위층으로 올라온 에밀리는 몇 가지 소지품을 가방에 넣고, 찬물로 눈을 씻은 다음 파우더를 잔뜩 발랐다.

"아주 잘해냈어."

그녀는 거울에 비친 자신을 보며 말했다. 그리고 파우더를 더 바르고 립스틱을 칠했다.

"이상한 일이야. 울고 나서 기분이 훨씬 좋아졌으니. 눈이 퉁퉁 부은 것처럼 하는 게 좋겠지."

에밀리가 벨을 누르자 하녀(그레이브스 순경의 동정심 많은 처제)가 즉시 달려왔다. 에밀리는 그녀에게 1파운드 지폐를 쥐여주며 경찰에게서 들을 수 있는 정보를 전부 알려달라고 애절하게 부탁했다.

하녀는 기꺼이 약속을 했다.

"시타퍼드의 커티스 부인에게 가신다면서요? 제가 도와드릴 수 있는 일이면 뭐든지 하겠어요. 아가씨가 정말 안됐어요. 뭐라 위로를 드려야 할지 모르겠군요. 전 항상 이렇게 말해요. '만일 이런 일이 나와 프레드에게 생긴다면 어떻게 할까?'라고요. 전 아마 미칠 거예요. 아가씨, 제가 들은 건 하나도 빠짐없이 알려드릴게요."

"정말 고마워요."

"지난번 울워스에서 산 소설책 내용과 아주 비슷해요. '관목 살인'이란 제목인데, 거기서 진짜 살인범을 어떻게 찾아냈는지 아세요? 그 흔한 봉랍조각이 단서였어요. 아가씨의 약혼자는 미남이시더군요. 신문에 난 사진은 아주 잘못된 것 같아요. 뭐든지 도와드릴게요. 아가씨와 그분을 위해서요."

에밀리는 벨링 부인이 만들어준 차를 맛있게 음미한 뒤, 동정 어린 시선을 한몸에 받으며 스리 크라운스를 떠났다.

낡은 포드 자동차가 앞으로 나아갈 때 에밀리는 엔더비에게 말했다.

"이제부터 당신은 제 사촌이에요. 잊지 마세요."

"아니 왜요?"

"순박한 시골사람들에게는 그렇게 말하는 게 좋겠어요."

"좋아요. 그렇다면 나도 당신을 에밀리라고 부르는 게 좋겠군."

엔더비는 의기양양하게 말했다.

"좋아요 사촌, 당신 이름은 뭐죠?"

"찰스."

"알았어요, 찰스."

차는 시타퍼드로 향했다.

제13장

시타퍼드

시타퍼드의 경치는 에밀리를 매료시켰다. 익스햄프턴에서 2마일 가량 달려서 대로에서 꺾어져 황무지 가장자리에 있는 마을 어귀에 도착할 때까지 그들은 거친 황무지를 달렸다. 마을은 철공소와 과자가게를 겸한 우체국으로 이루어져 있었다. 그곳에서 그들은 좁은 길을 따라 화강암으로 새로 지은 작은 방갈로들이 일렬로 서 있는 곳에 도착했다.

두 번째 방갈로 앞에서 차가 멈추더니, 운전사가 이 집이 커티스 부인의 집이라고 알려주었다. 커티스 부인은 작고 날씬한 몸매에 회색 머리칼을 지닌 정열적이고 몸이 잰 여자였다. 그녀는 오늘 아침에야 이곳에 전해진 살인사건을 듣고는 온통 야단법석이었다.

"예, 물론이죠. 아가씨와 사촌이 머물 수 있고말고요. 방을 치울 때까지 잠시 기다리시기만 한다면요. 우리 식구와 함께 식사를 해도 상관없겠죠? 그건 그렇고, 아니 도대체 누가 이런 일을 믿을 수 있겠어요! 트레블리언 대령님이 살해되고 검시재판까지 했다니! 금요일 아침부터 우린 바깥세상과 단절되어 있었어요. 오늘 아침 그 소식을 들었을 때 누가 날 손가락 하나만으로 밀었더라도 아마 쓰러졌을 거예요. '대령님이 살해당하셨대요.' 나는 남편에게 이렇게 말했답니다. '이게 바로 요즘 세상이 얼마나 사악한지를 보여주는 증거지 뭐예요.' 어머, 여기 서서 이야기하고 있네. 자, 들어와요. 신사분도 같이요. 주전자를 올려놓을게요. 곧 따끈한 차를 마시게 될 거예요. 추운 날씨에 차를 타고 왔으니까. 물론 오늘은 날씨가 많이 풀렸지만요. 눈이 무려 8피트에서 10피트까지 쌓여 있었다니까요."

그녀의 입에서 홍수처럼 쏟아지는 말을 들으며, 에밀리와 찰스 엔더비는 그들의 새로운 거처로 안내되었다. 에밀리는 시타퍼드 고원에 이르는 경사면이 내다보이는 깨끗하게 치워진 작은 방에 묵게 되었고, 찰스의 방은 집의 앞쪽 작은 길에 접한 길고 좁은 방으로, 아주 작은 옷장과 침대, 그리고 세면기가 있었다.

운전사가 그의 가방을 내려놓고 요금을 받은 다음 인사를 하고 나가자 엔더비는 혼자 중얼거렸다.

"무엇보다 중요한 것은 우리가 이곳에 왔다는 사실이야. 이곳 사람들에 관해서는 앞으로 15분 뒤면 전부 알게 되겠지. 만일 그렇게 되지 않는다면 내 목을 내놓겠다."

10분 뒤 그들은 아래층의 안락한 주방에 앉아 커티스 씨와 인사를 나누었다. 그는 흰머리에 다소 퉁명스러워 보이는 노인이었다. 그들은 함께 진한 차를 곁들여 버터 바른 빵과 데본셔 크림, 그리고 삶은 달걀을 맛있게 먹었다.

식사하는 동안 에밀리와 찰스는 커티스 부인의 수다를 귀 기울여 듣고 있었다. 30분이 채 안 되어서 그들은 이 작은 마을에 사는 사람들에 대해 전부 알게 되었다. 우선 4번 방갈로에는 퍼스하우스 양이 살고 있었다. 커티스 부인의 말에 의하면 그녀는 죽음이 임박하자 이곳에서 죽음을 맞으려고 6년 전에 이곳에 온 독신녀로 성격이나 나이가 분명치 않았다.

"그런데 이곳 시타퍼드의 공기가 몸에 좋아서 그녀는 이곳에 온 첫날부터 건강이 좋아지기 시작했지 뭡니까. 폐에 좋은 맑은 공기니까요. 퍼스하우스 양에게는 이따금 찾아오는 조카가 있었는데, 지금은 아주 눌러앉아 함께 지내고 있어요. 그녀의 재산이 집안의 다른 사람들에게 새어나가지 않도록 관리하는 것이 그 조카가 하는 일이라는데, 요즘 세상의 젊은이에게는 참 따분한 일일 거예요. 한 가지 재미있는 일은 시타퍼드 저택에 사는 젊은 아가씨에게는 그 남자가 이곳에 있는 게 참 다행이라고 하더군요. 젊은 아가씨를 이 겨울에 그런 집에서 지내게 하는 엄마들은 이기적이라고 할 수 있을 거예요. 아주 젊고 아름다운 아가씨예요. 로널드 가필드라는 그 젊은이는 퍼스하우스 양이 뭐라 하든 상관 않고 틈만 나면 시타퍼드 저택에 가곤 한답니다."

찰스 엔더비와 에밀리는 서로 눈짓을 교환했다. 찰스는 테이블 터닝에 관한 이야기에서 로널드 가필드라는 이름을 들은 기억이 났던 것이다.

"6번 방갈로에는 바로 얼마 전에 세를 든 듀크라는 이름의 신사가 살고 있어요. 신사라고 해도 될지 모르겠지만. 물론 신사일 수도 있고 아닐 수도 있겠죠. 요즘 세상엔 별 사람이 다 있으니까. 집 안을 온통 엉망으로 해놓고 산답니다. 사람을 좀 가리는 성격인 것 같아요. 겉으로 봐서는 군인 출신인 것 같기도 한데, 도무지 예의라곤 없는 남자예요. 버너비 소령님과는 비교도 안 되죠. 소령님은 첫눈에 군인 출신의 신사분이란 걸 알 수 있거든요.

다음에 3번 방갈로에는 라이크로프트라는 약간 나이 든 신사가 살고 있는데, 사람들 말로는 그분이 영국 박물관과 관련해서 조류를 연구한다고 하더군요. 박물학자라나 봐요. 날씨가 좋은 날이며 어김없이 황무지를 돌아다니곤 해요. 그분은 책을 무척 많이 갖고 있어요. 집을 책장이라 불러도 될 정도랍니다. 2번 방갈로에는 몸이 편찮으신 와이엇 대령이 인도인 하인과 함께 살고 있어요. 그 사람은 추위를 몹시 탄답니다. 대령이 아니라 그 하인 말이에요. 따뜻한 나라에서 왔으니 그럴 수밖에요. 집 안을 얼마나 덥게 해놓고 지내는지 마치 오븐 속을 걷는 것 같답니다.

첫 번째 방갈로는 버너비 소령님의 집이에요. 그분은 혼자 지내시는데, 내가 아침 일찍 집안일을 해 드리러 가죠. 무척 깔끔한 신사분이세요. 아주 꼼꼼하시고요. 트레블리언 대령님과는 떼려야 뗄 수 없이 절친한 사이셨어요. 평생 친구셨죠. 두 분이 똑같이 야생동물의 박제 머리를 벽에다 걸어놓으셨지요.

윌렛 부인과 그 딸에 대해서 확실히 아는 사람이 없답니다. 돈은 무척 많은 것 같더군요. 그들이 알고 지내는 익스햄프턴의 에이모스 파커가 그러는데, 일주일에 구독하는 잡지의 양이 무려 8~9파운드나 된답니다. 그 집에 배달되는 달걀이 얼마나 많은지 아마 놀랄 거예요. 엑시터에서 하인들을 데려왔는데, 하인들은 그 집에서 지내고 싶어 하지 않아요. 떠나려고 해요. 그럴 만도 하죠. 그들 잘못이 아니에요. 윌렛 부인은 일주일에 두 번씩 하인들을 그녀 차에 태워서 엑시터로 보내주고 대접도 잘해 주지만 그래도 하인들은 떠나고 싶어 하는 모양이에요. 생각해 봐요. 세련된 도시의 하인들이 이런 시골구석에 파묻혀 살아야 하니 얼마나 지겹겠어요? 어머, 이젠 설거지를 해야겠네."

커티스 부인이 이렇게 말하고 한숨을 돌리자, 찰스와 에밀리도 따라서 한숨을 내쉬었다. 막힘없이 쏟아진 이야기의 홍수 속에 그들 두 사람은 완전히 압도되어 있었던 것이다. 찰스가 용기를 내어 물었다.

"버너비 소령님은 돌아오셨을까요?"

커티스 부인은 쟁반을 손에 든 채 일손을 멈추고 대답했다.

"그럼요. 두 분이 도착하기 30분 전에 언제나처럼 변함없이 걸어서 돌아오셨답니다. '소령님.' 하고 내가 불렀죠. '설마 익스햄프턴에서부터 걸어오신 건 아니겠죠?' 그랬더니 그분은 무뚝뚝하게 대답하시더군요. '왜, 그러면 안 됩니까? 두 다리가 성할 때는 차바퀴 네 개가 필요 없는 법이오. 아시다시피 난 언제나 일주일에 한 번씩은 걸어서 그곳까지 다녀오지 않습니까, 커티스 부인.' '예, 알고 있어요. 하지만 지금은 다르잖아요. 소령님이 받으신 충격에다 살인이니 검시재판이니 그런 일들을 겪으시고도 그렇게 꿋꿋하시다니 정말 대단하세요.' 그래도 그분은 그저 말없이 걸어가시더군요. 안색이 안 좋아 보였어요. 금요일 밤을 어떻게 지내셨는지 그 연세에 정말이지 대단한 정신력을 지니셨지 뭐예요. 눈보라 속을 3마일이나 걸어가셨답니다.

두 분에겐 어떻게 들릴지 모르지만, 요즘 젊은이들은 늙은 사람보다 훨씬 못해요. 로널드 가필드 씨라면 도저히 그렇게 하지 못했을 거예요. 이건 내 생각이기도 하고 우체국의 히버트 부인 생각이기도 해요. 그리고 철공소의 파운드 씨도 그렇게 생각한답니다. 가필드 씨는 소령님을 그렇게 혼자 가시도록 해서는 안 되는 거였어요. 소령님과 동행했어야 해요. 만일 버너비 소령님이 휘몰아치는 눈보라 속에서 길을 잃기라도 했다면 사람들은 모두 가필드 씨를 욕했을 거예요. 정말이에요."

커티스 부인은 달그락거리는 찻잔을 들고 의기양양하게 부엌으로 사라졌다.

커티스 씨는 입에 물고 있던 낡은 파이프를 오른쪽에서 왼쪽으로 고쳐 물고는, "여자들은 말이 너무 많아." 하더니 잠시 뒤 다시, "게다가 자기들이 하는 말의 반 이상은 무슨 말인지조차 모르고 한다니까."라고 중얼거렸다.

에밀리와 찰스는 잠자코 그의 말을 듣고 있었다. 그가 더 이상 아무 말도 하지 않을 것 같자 찰스도 동감이란 듯이, "예, 사실입니다." 하고 중얼거렸다.

"그렇지!"

커티스 씨는 찰스의 동의를 얻자 기분 좋게 생각에 잠기듯 침묵 속에 가라앉았다. 찰스는 자리에서 일어나며 말했다.

"난 가서 버너비 소령님을 만나봐야겠어. 내일 아침에 사진을 몇 장 찍어야겠다는 말씀을 드려야 하니까."

"나도 같이 가겠어요." 에밀리가 말했다.

"소령님이 짐에 대해서 어떻게 생각하고 계신지, 또 보편적인 범죄에 대해 어떤 생각을 갖고 계신지 알고 싶어요."

"고무장화 같은 게 있어야 할 텐데. 길이 꽤나 질척거려서."

"익스햄프턴에서 한 켤레 샀어요."

"준비성이 대단한 아기씨로군. 빈틈이 없어."

"하지만 불행하게도 그건 살인범을 찾는 데는 도움이 되지 않아요. 살인을 하는 데는 도움이 되겠지만." 에밀리는 생각에 잠겨 말했다.

"그렇다고 날 죽이진 마." 엔더비가 웃으며 말했다.

그들이 함께 밖으로 나가자 커티스 부인이 재빨리 식당으로 돌아왔다.

"두 사람은 소령님을 만나러 갔소." 커티스 씨가 아내에게 말했다.

"그래요? 당신은 어떻게 생각해요? 두 사람이 연인인 것 같지 않아요? 사촌끼리 결혼하면 무척 위험하다고 하던데. 벙어리나 장님, 아니면 바보천치 같은 아이가 태어난대요. 그 젊은이는 아가씨를 좋아하는 게 분명해요. 겉으로도 금방 알 수 있잖아요? 하지만 그 아가씨는 생각이 깊은 듯한 것이 대고모이신 새러 벨린다 같아요. 똑똑하고도 남자를 다룰 줄 알아요. 여기 와서 뭘 찾고 있는지 궁금해요. 내 생각이 어떤지 아세요, 여보?"

커티스 씨는 입만 우물거렸다.

"그 아가씨는 경찰이 살인혐의로 구속한 젊은이를 사랑하는 것 같아요. 그래서 이곳에 와서 자세히 살피면서 뭔가를 알아내려는 게 분명해요. 내가 장담하건대—" 커티스 부인은 접시를 달그락거리며 말했다.

"뭔가 찾아낼 것이 있다면 그 아가씨는 찾아내고 말 거예요!"

제14장

윌렛 모녀

찰스와 에밀리가 버너비 소령을 찾아가려고 출발했을 무렵, 내러콧 경감은 시타퍼드 저택의 거실에 앉아 윌렛 부인의 정체를 알아내려고 애쓰고 있었다.

이날 아침까지 통행이 불가능했기 때문에 경감은 윌렛 부인을 빨리 만날 수가 없었다. 그는 자신이 무엇을 찾아내려고 하는지도 도무지 알 수가 없었다. 그러나 이제까지 찾아낸 것은 분명 아니라는 것만은 알고 있었다. 그것은 경감 자신이 아니라 윌렛 부인에게 달린 문제였다.

윌렛 부인은 극히 사무적이고 민첩한 태도로 거실로 들어섰다. 키가 크고 야윈 얼굴에 날카로운 눈을 가진 여자였다. 그녀는 꽤 세련된 실크 점퍼드레스를 입고 있었는데, 시골 옷차림으로는 약간 사치스러워 보였다. 그리고 값비싼 반지를 여러 개 끼고, 알이 굵은 인조 진주목걸이를 하고 있었다.

"내러콧 경감님이라고요?" 그녀가 물었다.

"경감님은 당연히 이 집을 조사하고 싶으시겠지요. 얼마나 끔찍한 일인지! 전 도저히 믿을 수가 없어요. 우린 오늘 아침에야 그 소식을 전해 들었지 뭡니까. 굉장히 충격을 받았어요. 앉으시죠, 경감님. 얘는 제 딸 바이올렛이에요."

경감은 그제야 윌렛 부인을 따라온 아가씨를 눈여겨보았다. 무척 아름다운 아가씨로, 키가 크고 하얀 얼굴에 커다란 푸른 눈동자를 가지고 있었다.

윌렛 부인도 자리에 앉았다.

"제가 도울 일이 없을까요, 경감님? 불행한 트레블리언 대령님에 대해서는 아는 바가 거의 없지만, 혹시 제가 도움이 된다면……."

경감은 천천히 입을 열었다.

"감사합니다, 부인. 사실 무엇이 도움이 되는지도 모르고 있는 중입니다만."

"그렇겠군요. 이 불행한 사건에 단서가 될 만한 것이 이 집 안에 있을지도 모르겠지만, 전 그렇게는 생각되지 않는군요. 왜냐하면 트레블리언 대령님은 자신의 소지품들을 전부 가져가셨거든요. 그분은 제가 낚싯대에 행여나 손이라도 댈까 봐 불안해하셨으니까요. 불쌍한 분이셨어요."

그녀는 약간 웃어 보였다.

"대령님과는 아는 사이였습니까?"

"이 집에 오기 전에요? 아뇨, 천만에요! 저는 이사 온 뒤에 그분을 여러 번 초대했지만 한 번도 안 오시는군요. 무척이나 수줍음을 타는 분이었죠. 그 섬이 바로 그분의 문제였죠. 전 그런 사람들을 많이 알고 있어요. 그런 사람들은 여성혐오자니 그 밖에 이상한 이름으로 부르고 있지만, 사실은 그게 전부 수줍음 때문이에요. 대령님과 가까이 지낼 수 있었더라면, 그런 것쯤은 극복하시도록 도와드렸을 텐데. 그런 사람들에겐 자신을 드러내게 하는 일이 필요하답니다." 월렛 부인은 확신하듯 말했다.

내러콧 경감은 트레블리언 대령이 세 들어 있는 사람들에게 무척 방어적인 태도를 지녔다는 사실을 알게 되었다.

"우리 모녀는 그분을 초대했었어요." 월렛 부인은 이야기를 계속했다.

"그렇지, 바이올렛?"

"아, 예, 엄마."

"사실 대령님은 마음이 단순한 해군이셨죠. 여자들은 해군을 좋아한답니다, 경감님."

이 순간 내러콧 경감은 지금까지의 대화가 죄다 월렛 부인에 의해 진행되어 왔다는 생각이 들었다. 그는 월렛 부인이 상당히 똑똑한 여자라고 확신했다. 그녀는 겉보기처럼 결백한지도 모른다. 그러나 한편 그렇지 않을 수도 있다.

"제가 알고 싶은 것은 바로 이 점입니다." 경감은 잠시 말을 멈추었다.

"예, 경감님?"

"부인도 잘 알고 계시듯이 대령님의 시체를 처음 발견한 사람은 버너비 소령입니다. 그런데 그분은 이 집에서 일어난 어떤 일로 인해서 발견하게 됐죠."

"무슨 뜻이죠?"

"테이블 터닝 말입니다. 그것에 대해……."라고 말하면서 경감은 갑자기 날카롭게 시선을 돌렸다.

희미한 신음소리가 바이올렛에게서 들렸던 것이다.

"가여운 바이올렛. 이 아이는 심한 충격을 받았답니다―사실 우리 모두가 그렇죠! 정말 알 수가 없어요. 저는 미신을 믿지 않지만 그건 뭐라 설명할 수 없는 불가사의한 일이었어요."

"정말로 그런 일이 일어났다는 말입니까?"

월렛 부인이 눈을 동그랗게 뜨고 대답했다.

"정말이냐고요? 물론 정말로 일어났죠. 그때는 장난이라고 생각했어요. 가장 불쾌한 장난이고 못된 악취미라고요. 전 로널드 가필드를 의심 했었죠."

"아, 아니에요, 엄마! 저는 그 사람이 아니라고 확신해요. 절대로 그러지 않았다고 그 사람이 맹세했어요."

"나는 그때는 그렇다고 생각했었다고 말하는 것뿐이다, 바이올렛. 그때는 모두 누군가가 장난을 쳤다고 생각했었잖니?"

"그것참 흥미롭군요." 경감은 천천히 말했다.

"무척 놀라셨겠군요, 월렛 부인."

"우리 모두가 그랬죠. 그때까지만 해도 그저 가벼운 마음으로 시작한 심심풀이였거든요. 겨울 저녁을 즐기는 게임 같은 것 말이에요. 그런데 갑자기, 그런 일이! 전 무척 화가 났어요."

"화가 나셨다니요?"

"예, 그래요. 전 누군가가 고의로 그런 짓을 했다고 생각했으니까요. 말씀드렸듯이 장난을 쳤다고 생각했죠."

"그런데 지금은요?"

"지금?"

"예, 지금은 그 일을 어떻게 생각하십니까?"

월렛 부인은 의미 있게 두 손을 펼쳐 보였다.

"어떻게 생각해야 할지 모르겠어요. 그건, 그건 섬뜩한 일이에요."

"아가씨는, 월렛 양?"

"저요?" 바이올렛이 말했다.

"저, 저는 모르겠어요. 전 그 일을 결코 잊지 못할 거예요. 아직도 악몽을 꾸고 있는 것 같아요. 다시는 테이블 터닝을 못할 거예요."

"라이크로프트 씨는 그것이 진짜라고 할 거예요." 윌렛 부인이 말했다.

"그 사람은 그런 일들을 믿고 있으니까요. 사실 저도 그 일이 정말 일어났다고 믿게 되는군요. 영혼의 메시지가 아니라면 달리 어떻게 설명할 수 있겠어요?"

경감은 고개를 내저었다. 테이블 디닝은 계속 그에겐 수수께끼였다. 그는 지나가는 투로 다음 말을 시작했다.

"이곳 겨울이 음산하다고 생각하지 않습니까, 윌렛 부인?"

"아, 우린 그걸 좋아해요. 어떤 변화를 주거든요. 우린 남아프리카에서 살았어요."

그녀의 목소리는 평소와 다름없는 듯했고 아주 쾌활했다.

"그러세요? 남아프리카의 어딥니까?"

"아! 케이프타운이에요. 영국에 와본 적이 한 번도 없답니다. 눈 내리는 것이 낭만적이어서 이곳 경치에 완전히 반했답니다. 이 집은 정말 안락해요."

"어떻게 이곳으로 오시게 되셨습니까?"

경감의 어조는 점잖은 호기심이 나타나 있었다.

"우린 데번셔에 관한 책을 많이 읽었어요. 특히 다트무어에 관해서요. 항해를 하면서 위디콤 축제에 대해 자세히 쓰여 있는 책을 읽었답니다. 그래서 다트무어에 대해 동경하게 되었죠."

"어떻게 해서 익스햄프턴으로 정하셨습니까? 잘 알려지지 않은 작은 고장인데."

"그러니까, 우리는, 말씀드렸다시피 그런 책들을 읽고 있었는데, 항해 중에 익스햄프턴에 대해 이야기를 해준 청년을 만나게 되었어요. 아주 열성적으로 말해 주더군요."

"그 청년의 이름이 뭐였습니까? 이 지역 출신이었습니까?" 경감이 물었다.

"글쎄요. 이름이 뭐였더라! 컬렌이었나? 아니, 스미디였어요. 이렇게 멍청하긴, 잘 생각이 나지 않는군요. 배 위에서 어떤 일이 일어나는지 아시잖아요,

경감님. 사람들을 쉽게 사귀고는 다시 만나자는 약속을 하죠. 그러나 항해가 끝나고 일주일쯤 지나면 이름조차도 기억이 나지 않는 법이랍니다!"

그녀는 웃었다.

"어쨌든 그 청년은 참 괜찮은 사람이었어요. 빨간 머리에, 잘생기지는 않았지만 호감을 주는 미소를 짓곤 했죠."

"그래서 이곳에 집을 구하기로 결정하셨단 말입니까?"

경감은 미소를 띠며 물었다.

"예, 우리가 정신이 나갔었나 봐요."

'영리하군. 무척 영리한 여자야.' 경감은 속으로 이렇게 생각했다.

그는 윌렛 부인의 술수를 알게 되었다. 그녀는 항상 상대방에게 역습을 가하는 전략을 쓰는 것이었다.

"그래서 부동산업자에게 편지를 써서 집에 대해 문의를 하셨군요?"

"예, 그 사람들이 시타퍼드에 대해 자세히 알려주더군요. 우리가 찾던 바로 그런 곳이었죠."

"일 년 중 이 시기의 분위기는 제 기호에는 맞지 않을 것 같군요."

경감은 웃으며 말했다.

"우리가 영국에 살고 있었더라면 물론 이런 집에 오게 되지는 않았을 거예요." 윌렛 부인이 밝은 목소리로 말했다.

경감은 자리에서 일어났다.

"익스햄프턴의 중개업자 이름은 어떻게 아셨습니까? 쉽지 않은 일이었을 텐데요."

잠시 침묵이 흘렀다. 처음으로 대화가 끊어진 순간이었다. 경감은 윌렛 부인의 눈빛에서 난처함 이상의 분노의 빛이 스쳐 지나갔다고 느꼈다. 그는 윌렛 부인이 미처 답변을 생각하지 못한 질문으로 그녀의 급소를 찔렀던 것이다.

그녀는 바이올렛 쪽으로 고개를 돌리며 말했다.

"어떻게 했지, 바이올렛? 생각이 나지 않는구나."

바이올렛의 눈빛에는 엄마와는 다른 표정이 나타났다. 그녀는 두려움을 느끼는 것 같았다.

"아, 그렇군요." 윌렛 부인이 말했다.

"델프리지예요. 그곳 정보실이죠. 참 훌륭하답니다. 전 언제나 그곳에 가서 뭐든지 문의를 했죠. 그곳에 가서 이곳에서 제일 좋은 중개업자를 알려달라고 했더니 가르쳐 주더군요."

'빠르군, 무척 빨라.' 경감은 속으로 생각했다.

'하지만 충분히 빠르진 못했어. 난 당신을 이겼소, 부인.'

경감은 집 안을 대충 조사했다. 그러나 아무것도 없었다. 서류도, 잠긴 서랍이나 옷장도 없었다. 윌렛 부인은 쾌활하게 이야기를 하며 경감을 따라다녔다.

그는 정중하게 감사를 표시하고 작별인사를 했다. 떠나기 전에 경감은 윌렛 부인의 어깨너머로 바이올렛의 표정을 슬쩍 보았다. 의심의 여지없이 그녀의 얼굴에는 공포가 나타나 있었다. 타인의 시선이 자신을 떠나 있다고 생각하는 그 순간에 숨김없이 드러난 공포였다.

윌렛 부인은 계속 이야기를 하고 있었다.

"아, 우린 지금 큰 문제에 부딪쳐 있답니다. 집안일이죠, 경감님. 하인들이 이곳을 견뎌낼 것 같지가 않아요. 언제라도 우리를 떠날 것 같았는데, 살인사건에 대한 소식이 그들을 완전히 동요시킨 것 같아요. 어떻게 해야 될지 모르겠어요. 아마 남자 하인들은 이렇게 말하겠죠. 엑시터의 직업소개소에서 충고했던 대로라고 말이에요."

경감은 건성으로 대답을 했다. 그는 윌렛 부인이 쏟아놓는 말을 듣고 있지 않았다. 그는 자신을 놀라게 한 바이올렛의 얼굴에 나타났던 표정을 생각하고 있었다. 윌렛 모녀가 트레블리언 대령의 죽음과 상관이 없다면, 바이올렛은 왜 겁에 질려 있을까?

그는 마지막 일격을 가했다. 현관 문턱을 넘으면서 그는 돌아섰다.

"그런데 부인은 피어슨이란 청년을 아시죠?"

침묵이 흘렀다. 죽음 같은 침묵이.

윌렛 부인이 입을 열었다.

"피어슨? 잘 모르겠는……."

윌렛 부인이 말을 끝내기도 전에 그녀 뒤의 방에서 여린 신음소리와 함께 뭔가가 쓰러지는 소리가 들렸다. 경감은 다시 문턱을 넘어 순식간에 방 안으로 뛰어 들어갔다. 바이올렛이 기절해서 쓰러져 있었다.

"가여운 것." 윌렛 부인이 소리쳤다.

"이 끔찍한 긴장과 충격 때문이에요. 그 소름끼치는 테이블 터닝에다가 살인까지. 얘는 마음이 강하지가 못하답니다. 고마워요, 경감님. 예, 소파 위에 뉘어주세요. 벨을 눌러주시겠어요? 아, 아니에요. 됐어요. 정말 감사합니다."

경감은 입술을 굳게 다물고 대문에 이르는 길을 내려갔다. 그가 알기로 짐 피어슨은 런던에서 본 상당히 매력적인 그 아가씨와 약혼했다. 그런데 왜 바이올렛은 그의 이름을 듣는 순간에 기절했을까? 짐 피어슨과 윌렛 모녀 사이에는 어떤 관련이 있는 것일까?

대문을 나선 경감은 마음을 정하지 못한 채 걸음을 멈추고 서 있다가 주머니에서 작은 수첩을 꺼냈다. 거기에는 트레블리언 대령이 지은 여섯 채의 방갈로에 사는 사람들의 명단이 짤막한 메모와 함께 적혀 있었다. 내러콧 경감의 뭉뚝한 집게손가락은 여섯 번째 방갈로 거주자의 이름을 가리켰다.

'좋아. 이 사람을 만나야겠군.' 그는 혼자 중얼거렸다.

경감은 좁은 길을 성큼성큼 내려가서 여섯 번째 방갈로의 현관문 쇠고리를 두드렸다. 듀크 씨가 살고 있는 곳이었다.

제15장

버너비 소령을 찾아가다

소령이 사는 방갈로의 현관문에 다다른 엔더비는 기운차게 문을 두드렸다. 문이 즉시 열리며, 얼굴이 상기된 버너비 소령이 문턱에 나타났다.

"당신이오?"라고 말하는 그의 목소리에는 별로 반갑지 않은 기색이 엿보이더니, 에밀리를 발견하자 갑자기 표정이 바뀌었다.

"트레퓨시스 양입니다." 찰스는 의기양양한 태도로 에밀리를 소개했다.

"소령님을 무척 만나고 싶어 했습니다."

"들어가도 될까요?" 에밀리는 상냥하게 웃으며 말했다.

"아, 그럼요! 물론이지, 예, 그럼요"

소령은 말을 더듬거리며 거실로 들어가서 의자를 내놓고 테이블을 한쪽으로 치우기 시작했다.

에밀리는 자신의 방식대로 곧장 본론으로 들어갔다.

"소령님, 전 짐의 약혼녀예요, 짐 피어슨 말이에요. 그이가 무척 걱정이 돼요"

테이블을 치우던 손을 멈추고 소령이 입을 열었다.

"아, 그렇군요. 정말 안됐어요. 아가씨, 뭐라 위로의 말을 해야 할지 모르겠군요"

"버너비 소령님, 제게 솔직하게 말씀해 주세요. 그이가 저질렀다고 믿으세요? 그렇게 믿고 계신다면 그렇다고 말씀해 주세요. 거짓말을 하시는 것보다는 그 편이 훨씬 나으니까요"

"아니오. 난 절대로 그 사람이 그랬다고 생각지 않아요"

소령은 커다란 목소리로 단호하게 말하고는, 쿠션을 한두 번 세게 두드리고 나서 에밀리의 맞은편에 앉았다.

"그 사람은 좋은 청년이더군요. 그러나 마음이 좀 약한 것도 같더군요. 이렇게 말하면 화를 낼지 모르겠지만, 그 같은 젊은이는 유혹을 받으면 쉽게 나쁜 길로 빠질 수도 있어요. 그러나 살인은, 살인만은 절대로 아니지요. 이런 말을 해 드리고 싶군요. 내가 군에 있는 동안 많은 장교들이 내 손을 거쳐 갔어요. 요즘은 퇴역군인들을 놀려대는 풍조가 있긴 하지만, 사람을 판단하는 일쯤은 나로선 능히 할 수 있다는 말이죠, 트레푸시스 양."

"당연히 그러시리라 믿어요." 에밀리가 말했다.

"그렇게 말씀해 주셔서 정말 감사합니다."

"위스키 소다라도 한잔하겠소? 다른 마실 것이 없어서 미안하군요."

소령은 미안한 듯 말했다.

"아뇨, 괜찮아요, 소령님."

"그럼 그냥 소다수라도?"

"아뇨, 됐어요." 에밀리가 말했다.

"집에 차(茶)라도 있어야 하는 건데." 소령은 아쉽다는 듯이 말했다.

"차는 마셨습니다. 커티스 부인 댁에서." 찰스가 대답했다.

"버너비 소령님, 누가 범인이라고 생각하세요? 짚이는 데가 전혀 없으세요?"

에밀리가 물었다.

"전혀 없어요. 젠장, 글쎄, 조금이라도 알 수 있다면 좋겠는데. 난 당연히 강도가 침입했다고 생각했는데, 경찰은 아니라고 하더구먼. 그건 그 사람들 일이니까 그들이 제일 잘 안다고 볼 수밖에 없겠죠. 경찰이 누가 외부에서 침입한 것이 아니라고 하니까 나도 그렇게 생각은 하지만, 어쩐지 석연치가 않아요, 트레푸시스 양. 트레블리언은 내가 아는 한 원한을 품을 사람이 전혀 없단 말입니다."

"원한을 품은 사람이 만일 있다면 소령님은 누군지 아시겠군요?"

"그렇소. 난 트레블리언의 친척보다 그를 더 잘 알고 있다고 생각해요."

"그런데도 아무것도 짚이는 게 없으세요. 도움이 될 만한 단서라든가 뭐라도 말이에요?" 에밀리가 물었다.

소령은 짧은 콧수염을 잡아당기며 말했다.

"아가씨가 무슨 생각을 하는지 알아요. 책에서 보듯이 실마리가 될 사소한 것이라도 내 기억 속에 있을 거라는 말이겠지요. 그러나 유감스럽게도 그런 것은 없어요. 트레블리언은 평범하고 정상적인 생활을 했지요. 누구와 편지왕래도 거의 없었고, 여자문제도 전혀 없었어요. 확신할 수 있어요. 도대체 짚이는 게 없군요."

세 사람은 모두 아무 말이 없었다.

"대령님의 하인은 어떻습니까?" 찰스가 물었다.

"그와 여러 해 같이 있었소. 아주 충실한 사람이지."

"최근에 결혼했더군요."

"무척 단정하고 훌륭한 아가씨와 결혼했지."

"버너비 소령님—." 에밀리가 말했다.

"이렇게 말씀을 드려서 죄송합니다만, 소령님은 트레블리언 대령님에 대한 메시지를 듣고 무척 놀라셨다고요?"

소령은 테이블 터닝에 관한 말이 나올 때마다 그랬듯이 난처한 표정으로 코를 만지작거렸다.

"그래요. 그 점을 부인하지는 않겠소. 난 그런 것이 우스꽝스러운 짓이란 걸 알고는 있었지만 그런데도……."

"바보짓만은 아니라고 느끼셨던 거죠?" 에밀리가 말을 거들었다.

소령은 고개를 끄덕였다.

"그 점이 바로 제가 이상하다고 느끼는 이유예요." 에밀리가 말했다.

두 남자는 그녀를 바라보았다.

"제가 하고 싶은 말을 어떻게 표현해야 할지 모르겠군요. 그러니까 제 말은 소령님은 그 테이블 터닝이라는 것을 믿지 않는다고 하셨어요. 그러나 그렇게 험한 날씨에도 불구하고, 또한 그것이 터무니없는 것이라고 생각하셨으면서도 —소령님은 마음이 놓이지 않아서 그 날씨에도 불구하고 트레블리언 대령님께 아무 일도 없는지 직접 보러 가야겠다고 결심하셨어요. 그렇다면 뭔가 심상치 않다고, 무슨 일이 일어났을지도 모른다고 생각하셨던 게 아닌가요?"

에밀리는 소령의 얼굴에 무슨 뜻인지 알겠다는 표정이 보이지 않자 필사적으로 이야기를 계속했다.

"제 말은 소령님뿐만 아니라 다른 사람들도 뭔가를 느꼈다는 거예요. 아니, 적어도 소령님만은 그걸 느끼셨던 거예요."

"글쎄요. 잘 모르겠군요." 소령은 다시 코를 만지며 말했다.

"물론 여자들은 이런 종류의 일들을 심각하게 받아들이지만."

"여자들이라고요!" 에밀리가 소리쳤다.

'하긴 그렇지.' 그녀는 혼자 중얼거렸다.

'나도 그렇게 믿고 있으니까.' 그녀는 버너비 소령을 갑자기 돌아보았다.

"윌렛 모녀는 어떤 사람들인가요?"

"아, 글쎄⋯⋯."

다른 사람을 평하거나 표현하는데 무척 서툰 그는 할 말을 찾아 우물거렸다.

"그러니까, 그 사람들은 무척 친절하고, 또, 남을 잘 도와주고 뭐 그런 사람들이지요."

"그들 모녀는 왜 이런 계절에 시타퍼드 같은 집을 구했을까요?"

"모르지. 아무도 모르는 일이지요."

"이상하다고 생각지 않으세요?" 에밀리는 집요하게 물었다.

"물론 이상하긴 하지만 사람마다 기호가 다르니까. 경감도 그렇게 말하더구면."

"그건 말도 안 돼요. 사람들은 이유 없이 행동하지는 않으니까요."

에밀리가 말했다.

"글쎄요. 잘 모르겠소." 소령은 조심스레 말했다.

"어떤 사람들은 그렇지 않지요. 트레푸시스 양이라면 그럴 테지만. 그러나 어떤 사람들은⋯⋯."

소령은 말을 끝내지 못하고 한숨을 쉬며 고개를 내저었다.

"윌렛 모녀가 트레블리언 대령님을 전에 만난 적이 없다는 걸 확신하세요?"

소령은 터무니없는 얘기라는 듯 잘라 말했다. 만일 그렇다면 대령은 자신에게 뭔가 얘기를 했을 것이다. 그는 다른 사람들이 그런 생각을 한다는 것에 놀라고 있었다.

"그렇다면 대령님 역시 그 점을 이상하게 생각하셨나요?"

"물론이오. 이곳 사람들 모두가 그렇게 생각했다고 말하지 않았소?"

"대령님을 대하는 월렛 부인의 태도는 어땠나요? 그분을 피하려고 했었나요?"

소령은 희미하게 웃으며 대답했다.

"아니, 천만에. 오히려 그를 못살게 했어요. 기회가 있을 때마다 그를 초대하려고 애썼으니까."

"아!" 에밀리는 뭔가 생각하는 듯하더니 잠시 뒤에 말했다.

"그렇다면 혹시, 트레블리언 대령님을 사귀려는 목적으로 시타퍼드 저택을 구했는지도 모르겠군요."

"글쎄……." 소령도 그 점을 깊이 생각하는 것 같았다.

"예, 그랬을지도 모르지요. 돈이 많이 드는 방법이긴 하지만."

"대령님은 쉽게 친근해질 수 있는 분이 아니었을 것 같은데요."

"맞아요. 그런 사람이었다오."

죽은 대령의 친구인 버너비 소령이 동감을 표시했다.

"좀더 확실히 알고 싶군요." 에밀리가 말했다.

"경감도 그런 생각을 하고 있더구먼." 버너비 소령이 말했다.

에밀리는 갑자기 내려콧 경감에 대해 신경질이 났다. 그녀가 생각하는 것은 전부 경감이 앞질러 생각한 것이다. 자신이 다른 사람들보다 명석하다고 자부하는 젊은 여자에게는 그 점이 비위를 거스르는 것이었다.

그녀는 자리에서 일어나며 악수를 청했다.

"정말 감사합니다." 그녀는 짧게 말했다.

"내가 좀더 도울 수 있었으면 좋았을 텐데." 소령이 말했다.

"나는 단순한 사람이오—항상 그렇지. 내가 명석한 사람이라면 단서가 될 만한 것을 생각해낼 수 있었을 텐데. 어쨌든 원하는 것이 있다면 뭐든지 의논해 드리겠소"

"감사합니다. 그렇게 하겠어요."

"안녕히 계십시오, 소령님. 내일 아침에 카메라를 갖고 오겠습니다."

엔더비가 말했다. 소령은 뭐라 중얼거렸다.

에밀리와 찰스는 커티스 부인 집으로 돌아왔다.

"내 방으로 가요. 할 얘기가 있어요." 에밀리가 말했다.

그녀는 의자에 앉고 찰스는 침대에 걸터앉았다. 에밀리는 모자를 벗어 방 한구석에 휙 내던졌다.

"들어봐요. 난 어디서부터 일을 시작해야 할지 알았어요. 틀릴 수도 있고 옳을 수도 있겠지만 어쨌든 이것도 한 가지 방법이에요. 나는 테이블 터닝에 많은 것이 달려 있다고 생각해요. 테이블 터닝을 해본 적이 있죠?"

"아, 가끔 하죠. 장난으로."

"물론 그렇죠. 비 오는 날 오후에나 즐기는 게임이죠. 사람들은 서로 자기가 테이블을 흔들지 않았다고 말하죠. 그 게임을 해봤다면 당신도 어떤 일이 일어나는지 알 거예요. 테이블이 철자를 알리기 시작하죠. 말하자면 이름을. 그것도 누군가가 잘 아는 이름을요. 사람들은 그 이름을 즉시 알아차리고는 그것이 자기가 아는 사람의 이름이 아니기를 바라면서도 대부분은 무의식적으로 테이블을 흔들게 되는 법이에요. 그 이름이 누군지 알게 되면 다음 철자가 시작되었다가 끝나려고 할 때 자신도 모르게 갑자기 테이블을 흔들게 된다는 거예요. 그렇게 하지 않으려고 하면 할수록 더 그렇게 되는 법이죠."

"그건 그렇습니다만."

"나는 영혼 같은 건 믿지 않아요. 한번 이렇게 가정해 보세요. 게임을 즐기던 사람들 중에 하나가 그 순간에 트레블리언 대령이 살해되고 있다는 것을 알았다고 가정하는 거예요."

"아, 잠깐. 그건 지나친 억지요."

찰스가 에밀리의 말을 가로채며 말했다.

"글쎄요 뭐 내가 말한 그대로일 필요는 없겠죠. 그래요, 우린 단순히 가정을 하는 거예요. 그뿐이에요. 대령이 죽었다는 사실을 누군가가 알고 있었는데, 그걸 숨기지 못했다고 생각해 보는 거예요. 테이블 터닝을 하면서 무심코 누설하고 말았다고 생각하는 거죠."

"굉장한 솜씨로군. 그렇지만 난 그렇다고는 절대 믿지 않아요."

"그렇게 되었다고 가정을 해보는 것뿐이에요." 에밀리는 단호하게 말했다. "범죄 수사에 있어서 가정을 피할 필요는 없다고 생각해요."

"아, 그 점에는 동감이오. 그렇다고 가정해 봅시다—당신 말대로."

"그렇다면 우리가 할 일은 테이블 터닝을 했던 사람들을 주의 깊게 살펴보는 거예요. 우선 버너비 소령과 라이크로프트 씨가 있는데, 두 사람 모두 살인을 할 공범이 있을 것 같지 않아요. 다음은 듀크 씨인데, 지금으로서 그에 대해 아는 바가 전혀 없어요. 그는 최근에 이곳에 왔는데, 불길한 이방인이거나 아니면 갱단의 일원인지도 모르죠. 그를 이름 대신 X라고 부르기로 해요. 그리고 윌렛 모녀가 있는데, 찰스, 그들 모녀에게는 무척 의심스러운 데가 있어요."

"그들이 대령의 죽음으로 얻는 게 도대체 뭘까?"

"글쎄요. 겉으로 보기엔 아무것도 없어요. 그러나 내 판단이 맞는다면 어딘가 관련이 있을 거예요. 우린 그걸 찾아야 해요."

"좋아요. 하지만 그 모두가 기대에 어긋나는 것이라면?"

"그렇다면 처음부터 다시 시작해야겠죠." 에밀리가 대답했다.

"저 소리!"

찰스는 갑자기 소리를 지르며 손을 번쩍 들었다. 그리고 창문으로 뛰어가 문을 활짝 열었다. 에밀리도 그의 주의를 끈 소리를 들었다.

멀리서 커다란 사이렌 소리가 들려왔다. 그들 두 사람이 서서 그 소리를 듣고 있을 때, 커티스 부인의 흥분한 목소리가 아래층에서 들려왔다.

"듣고 있어요, 아가씨, 들려요?"

에밀리는 문을 열었다.

"듣고 있어요? 분명하게 들리죠? 세상에, 이런 일이 일어나다니!"

"무슨 소리예요?" 에밀리가 물었다.

"프린스타운에서 울리는 사이렌 소리예요, 아가씨. 여기서 12마일쯤 떨어진 곳인데 죄수가 탈옥했을 때 울리는 소리예요. 조지, 조지, 당신 어디 있어요? 듣고 계세요? 죄수가 탈옥했어요."

그녀의 목소리는 부엌 쪽으로 사라졌다.

찰스는 창문을 닫고 다시 침대에 앉았다.

"하필이면 지금 이런 일이 일어나다니 유감이군."

그는 실망한 듯 말했다.

"저 죄수가 금요일에만 탈옥했더라도 살인범을 쉽게 찾을 수 있는 건데. 더볼 것도 없이. 굶주린 흉악범이 침입했다. 트레블리언은 자신의 성(城)을 지키려 했고, 흉악범은 그를 내리쳤다. 이렇게 간단해지는 건데."

"그랬을지도 모르죠." 에밀리는 한숨을 쉬었다.

"그러나 죄수는 3일이나 늦게 도망쳤고, 별 볼일 없게 되고 말았군."

그는 낙담한 표정으로 고개를 흔들었다.

제16장

라이크로프트 씨

다음 날 아침, 에밀리는 일찍 눈이 떠졌다. 날이 완전히 밝았을 무렵 그녀는 엔더비가 자신에게 큰 도움이 되지 못한다는 판단을 하기에 이르렀다. 쉬기도 그렇고 계속 누워 있기도 불편해져서 그녀는 자리를 털고 일어나 어젯밤 그들이 왔던 반대 방향의 길을 기운차게 걸어 올라갔다.

오른쪽으로 시타퍼드 저택의 출입문을 지나자 길은 오른쪽으로 급히 꺾여져 가파른 언덕으로 이어져 있고, 탁 트인 황무지에 다다르자 잠시 풀밭으로 연결되다가 곧 길이 사라졌다. 서늘하지만 상쾌한 아침이었고 경치는 아름다웠다. 에밀리는 시타퍼드 바위산의 맨 꼭대기로 올라갔다.

회색의 암석들로 이루어진 환상적인 산이었다. 그녀는 꼭대기에서 광활한 황무지를 내려다보았다. 그녀의 시야에는 집도 길도 없이 펼쳐진 대지만이 보였다. 바위산의 저 아래 반대편은 회색의 화강암과 돌무더기로 이루어져 있었다. 그렇게 서서 잠시 경치를 바라본 다음, 그녀는 돌아서서 자신이 온 북쪽을 바라보았다. 발아래 산중턱에 떼 지어 있는 시타퍼드가 보였고, 네모난 회색빛 시타퍼드 저택과 그 아래 점점이 방갈로들이 박혀 있었다. 계곡 아래로는 익스햄프턴이 보였다.

에밀리는 복잡한 심경으로 이렇게 생각했다.

'이렇게 높은 곳에 올라오면 더 잘 보게 돼. 그건 마치 인형의 집 지붕을 벗기고 그 안을 들여다보는 것과 같아.'

그녀는 죽은 대령을 단 한 번이라도 만난 적이 있었다면 좋았을 것이라고 생각했다. 한 번도 본 적이 없는 사람에 대해 알아낸다는 것은 너무도 어려운 일이었다. 그녀는 대령에 관한 한 다른 사람들의 견해에 의지할 수밖에 없었다. 그러나 그녀는 타인의 의견이나 판단이 자신의 것보다 낫다고 생각한 적은 결코 없었다. 다른 사람의 견해는 자신에게 도움이 되지 않는다. 그것이 자신의 견해만큼 진실한 것인지는 모르지만, 그것에 따라 행동할 수는 없다. 말하자면 다른 사람의 공격의 각도대로 따라 할 수는 없는 것이다.

초조하게 이런 문제들을 생각하던 에밀리는 답답한 듯 한숨을 내쉬며 자리를 고쳐 앉았다. 생각에 골몰한 나머지 그녀는 자신의 주위에는 전혀 신경을 쓰지 않고 있었다. 불과 몇 피트밖에 떨어지지 않은 곳에 한 키 작은 노신사가 정중하게 모자를 손에 들고 가쁜 숨을 내쉬고 있는 것을 보고서 그녀는 깜짝 놀라 일어섰다.

"실례합니다, 트레푸시스 양이지요?" 노신사가 말했다.

"예."

"내 이름은 라이크로프트요. 이렇듯 불쑥 말을 걸어서 미안하오. 이 작은 마을에서는 아주 사소한 일도 금방 알려지는 바람에 아가씨가 이곳에 온 것도 당연히 소문이 났지요. 모두들 아가씨에게 깊은 동정을 느끼고 있어요. 트레푸시스 양, 우린 모두 어떻게 해서든 아가씨를 도우려 하고 있다오."

"감사합니다."

"천만에요. 괴로움에 처해 있는 아름다운 아가씨, 이런 구식 표현을 용서하기 바라오. 내가 도울 수 있는 일이라면 무엇이든 진심으로 돕고 싶군요. 이곳의 경치가 무척 아름답지 않습니까?"

"멋있어요. 황무지는 정말 멋있는 곳이에요."

"어젯밤 프린스타운에서 죄수가 탈옥한 것을 알고 있지요?"

"예, 붙잡혔나요?"

"아직은 붙잡히지 않았을 겁니다. 불쌍한 사람이오. 곧 붙잡히고 말 테니. 지난 20년 동안 프린스타운에서 탈옥에 성공한 죄수는 한 명도 없을 게요."

"프린스타운은 어느 쪽이죠?"

라이크로프트 씨는 팔을 뻗어 황무지 너머 남쪽을 가리켰다.

"저 건너편이지요. 끝없는 황무지 너머 직선거리로 12마일쯤 될 게요. 도로를 따라가면 16마일이 된답니다."

에밀리는 약간 몸을 떨었다. 필사적으로 도망치고 있을 죄수에 대한 생각이 그녀를 강하게 사로잡았다.

라이크로프트 씨는 그런 그녀를 바라보며 고개를 끄덕였다.

"그렇소. 나도 같은 기분이오. 쫓기는 사람을 생각할 때 본능적으로 소름이 끼치는 것은 참 이상한 일이지. 하지만 프린스타운에 있는 죄수들은 전부 위험한 흉악범들이라오. 아가씨나 나나 전력을 다해 맨 먼저 감옥에 집어넣으려고 할 그런 종류의 인간들이오."

라이크로프트 씨는 약간 미안한 듯 웃음을 지어보였다.

"용서해요, 트레푸시스 양. 나는 범죄학에 깊은 관심을 갖고 있지요. 무척 흥미로운 학문이라오. 조류학과 범죄학이 나의 전공이랍니다."

그는 잠깐 쉬었다 다시 계속했다.

"그런 이유로 아가씨가 허락한다면 이 사건에 협력하고 싶소. 범죄를 직접 다루어보려는 것이 실현되지 못한 나의 오랜 꿈이었다오. 나를 믿어주겠소, 트레푸시스 양? 그리고 마음대로 내가 지닌 지식을 이용해 봐요. 나는 그 분야를 깊이 연구했으니까."

에밀리는 잠시 가만히 있었다. 그녀는 이런 기회가 굴러 들어오는 것을 자축하고 있었다. 시타퍼드에 관한 모든 정보와 마찬가지로 생생한 지식이 제공되고 있는 것이었다. '공격의 각도.' 에밀리는 바로 조금 전에 떠올랐던 문구를 되뇌었다. 그녀는 버너비 소령처럼 사실을 직접적이고 단순하게만 보는 시각을 갖고 있었다. 세밀한 부분은 완전히 무시하고 줄거리만을 인식하는 그런 시각이었다. 그런데 지금 전혀 다른 시야를 열어줄 또 하나의 방법을 얻게 된 것이다. 이 주름진 얼굴의 노신사, 인간의 본성을 깊이 연구한 이 사람은 행동파와는 반대로 생각하는 타입의 인물로, 삶에의 호기심을 보여주는 것이다.

"저를 도와주세요." 에밀리는 간단히 대답했다.

"저는 무척 걱정이 되고 괴로운 심정이에요."

"당연히 그렇겠지. 당연해요. 내가 알기로는 트레블리언의 큰조카가 체포되어 구속되었는데, 그에 대한 증거가 꽤나 간단하고도 확고한 것 같더군요. 나는 물론 선입견을 갖거나 하지는 않소. 이 점을 이해해야 합니다."

"물론이죠. 짐에 대해 아는 바가 전혀 없으신데 어떻게 그가 결백하다고 믿으시겠어요."

"무척 타당한 말이오. 트레푸시스 양, 아가씨야말로 연구해 보고 싶은 사람이오. 그런데 아가씨의 성(姓)을 보니, 불쌍한 친구 트레블리언과 같은 콘월 지방 출신인 것 같은데."

"예. 아버지가 콘월 출신이시고 제 어머니는 스코틀랜드 출신이세요."

"그렇군! 흥미로운 일이오. 자, 이제 당면 문제에 접근해 봅시다. 이렇게 가정해 보면 어떨까요. 그 젊은 친구 짐이 돈 문제로 압박을 받고 있었다. 그래서 외삼촌을 찾아가 부탁을 했으나 거절당했다. 그러자 순간적으로 흥분한 나머지 문 옆의 모래주머니를 집어들고 외삼촌의 머리를 내리쳤다. 그것은 미리 계획된 범죄가 아니라 어리석고 우발적인 비통한 사건이었다. 있을 수 있는 일이라고 볼 수 있겠지요. 그러나 한편 이렇게 가정할 수도 있소. 짐은 화가 난 채 외삼촌과 헤어졌는데, 누군가가 짐이 떠난 직후에 그 집에 들어가 범행을 저질렀다. 이것이 아가씨가 믿고 있는 바이고, 표현을 약간 달리해서 내가 바라는 바이기도 하오. 나는 아가씨의 약혼자가 범인이 아니기를 바라고 있소 왜냐하면 내가 보는 관점에선 그가 범인이라면 이 사건이 별로 흥미가 없기 때문이오. 그래서 나는 나중 것을 지지하고 싶소 '범행은 누군가 다른 사람이 저지른 것이다.' 이렇게 가정을 하고 가장 중요한 문제에 접근해 봅시다. 짐이 외삼촌과 말다툼한 것을 범인이 알고 있었을까? 어쩌면 그 말다툼이 살인을 재촉한 것은 아니었을까? 무슨 뜻인지 알겠소? 누군가가 트레블리언 대령을 죽이려 생각하는 중에 혐의를 받게 될 것을 알고는 그 기회를 이용했다는 뜻이오."

에밀리도 그의 견해대로 생각해 보았다.

"그런 경우—." 그녀는 천천히 입을 열었다.

그러자 라이크로프트 씨가 에밀리의 말을 받아, "그런 경우—." 하고 재빨리 말했다.

"살인자는 대령과 아주 가까운 사람이어야 하고, 익스햄프턴에 거주해야 하오. 그 말다툼 도중이나 직후에 십중팔구 그 집 안에 있었어야 하니까. 지금 우리가 법정에 서 있는 것이 아닌 이상 자유롭게 그 이름을 대자면, 그것은 우리가 떠올릴 수 있는 사람, 즉 하인 에반스라고 할 수 있소. 그는 우리가 가정한 조건을 충족시키는 인물로, 틀림없이 그 집 안에 있었을 사람이지요. 다투는 소리를 듣고서 기회를 잡은 거라고 생각할 수 있소. 이제 다음으로 우리가 알아봐야 할 것은 에반스가 주인의 죽음으로 어떤 이득을 보게 되는가 하는 점이오."

"제가 알기로는 유산을 조금 받는다고 하더군요." 에밀리가 말했다.

"그건 충분한 범행동기가 될 수도 있고 아닐 수도 있소. 우리는 에반스가 돈 문제로 압박을 받고 있었는지 아닌지를 알아봐야 해요. 또한 에반스 부인도 생각해 봐야 하고. 최근 결혼한 에반스의 아내 말이오. 트레푸시스 양, 범죄학을 공부했다면 근친결혼의 흥미로운 결과에 대해 이해할 수 있을 텐데, 특히 시골지방에서 말이오. 브로드무어에는 그런 젊은 아가씨가 적어도 네 명은 있소. 상냥하긴 하지만, 인간의 생명을 대수롭지 않게 여기며 묘하게 비뚤어진 성격을 갖고 있지요. 그러니까 에반스 부인도 제외시킬 수는 없소."

"테이블 터닝 건에 대해서는 어떻게 생각하세요?"

"거 참 이상한 일이오. 무척 이상해요. 사실 나도 강한 충격을 받았다오. 들었는지 모르겠지만 나는 심령현상을 믿는 사람이오. 어느 정도는 강신론자라고도 할 수 있지. 난 이미 그 일의 내용을 적어서 심령연구회에 보냈소. 확실하게 입증이 된 놀랄 만한 사례였으니까. 여섯 사람이 게임에 참여했는데, 아무도 트레블리언 대령이 정말로 살해되었다고는 생각하지 않았다오."

"그렇다면……."

에밀리는 말을 멈추었다. 그녀는 라이크로프트 씨에게 자신의 생각을 솔직하게 말하기가 곤란했다. 왜냐하면 라이크로프트 씨도 그들 여섯 사람 중 하나로, 그들 가운데 누군가는 범죄를 미리 알고 있었을지도 모르기 때문이다. 에밀리는 라이크로프트 씨에게 어떤 혐의가 있을 것이라고는 생각하지 않았지만, 그래도 자신의 생각을 얘기한다는 것은 현명하지 못한 처신인 것 같았다.

그녀는 간접적으로 둘러서 말할 필요를 느꼈다.

"제게도 무척 흥미로운 일이에요. 말씀하셨듯이 놀랄 만한 사건이죠. 선생님을 제외한 다른 사람들 중 누군가가 심령적인 데가 있지 않았나요?"

"아가씨, 나 자신도 심령적인 사람은 아니오. 그 방면으로는 능력이 없소. 단지 깊은 관심을 가진 관찰자에 불과하지."

"가필드 씨는 어떻죠?"

"좋은 젊은이요. 그러나 별로 두드러진 점은 없어요."

"유복한 것 같던데요."

"빈털터리로 알고 있소. 내 표현이 맞는진 모르지만. 여기 내려와서 유산을 상속해 줄지도 모르는 고모의 뒤를 좇아다니고 있지요. 퍼스하우스 양은 예리한 사람이니까 조카의 마음을 꿰뚫어보고 있을 겁니다. 냉소적인 유머의 소유자라서 그냥 내버려 두는 거지."

"그분을 만나야겠군요." 에밀리가 말했다.

"그렇소. 만나야 할 게요. 그녀도 아가씨를 분명 만나려고 할 테니까. 호기심, 트레푸시스 양, 호기심 때문이죠."

"윌렛 모녀에 대해 말씀해 주세요."

"매력적이지요. 무척 매력적이에요. 식민지 출신인데, 안정감이랄까 그런 게 부족해요. 친절이 지나치고 화려한 것의 뒤에는 그늘이 있기 마련이오. 바이올렛은 아름다운 아가씨지요."

"겨울을 보내려고 이런 곳에 오다니 참 우습군요."

"그렇소. 아주 이상하지요? 하지만 그건 생각일 뿐이오. 이곳에 사는 우리들은 햇볕과 더운 날씨, 그리고 바람에 흔들리는 야자수를 동경하지요. 그러나 오스트레일리아나 남아프리카에 사는 사람들은 눈과 얼음이 있는 정통 크리스마스를 황홀하게 생각할 겁니다."

'윌렛 모녀 중 누가 이 노신사에게 그런 말을 했을까?'

에밀리는 속으로 이런 생각을 했다. 눈과 얼음이 있는 크리스마스다운 크리스마스를 보내려고 황무지 마을에 틀어박혀 있다는 사실은 그럴 듯하게 여겨지지는 않는다. 그런데 라이크로프트 씨는 윌렛 모녀가 겨울 휴양지로 이곳을 택한 것에 대해 조금도 의심스럽게 생각하지 않고 있다.

조류학자이고 범죄학자인 그에게는 혹시 당연하게 보일지도 모른다. 시타퍼드는 라이크로프트 씨에게는 분명 아주 이상적인 곳이어서, 다른 사람들에게는 부적당한 환경일 수도 있다는 생각을 못하는 것이다.

그들 두 사람은 산비탈을 천천히 내려와 길을 따라 걷고 있었다.

"저 방갈로에 누가 살고 있죠?" 에밀리가 갑자기 물었다.

"와이엇 대령이 살고 있소. 그 사람은 몸이 불편하다오. 비사교적인 사람인 것 같소만."

"트레블리언 대령님과는 친구셨나요?"

"친한 사이는 아니었소. 트레블리언은 이따금 형식적인 방문을 했지요. 사실 와이엇은 손님을 별로 반기지 않소. 무뚝뚝한 사람이지요."

에밀리는 잠자코 있었다. 그녀는 어떻게 하면 와이엇 대령의 손님이 될 수 있을까 생각을 하고 있었다. 어떠한 공격의 각도라도 써먹지 않고 내버려둘 생각은 없었다. 그녀는 갑자기 참석자 중에 화제에 오르지 않은 한 사람이 떠올랐다.

"듀크 씨는 어떻죠?" 그녀는 밝은 목소리로 물었다.

"어떤 사람이냐고?"

"뭘 하는 사람인가요?"

"글쎄……." 라이크로프트 씨가 천천히 말했다.

"아무도 그걸 모른다오."

"참 이상하군요."

"사실은 그렇지 않소. 그는 하나도 의문스러운 사람이 아니라오. 그에 대한 유일한 의문은 그의 사회적 신분뿐이니까. 확실한지는 모르겠지만, 대단히 굳건한 사람인 것 같소."

에밀리는 아무 말도 하지 않았다.

"여기가 내 집이오." 라이크로프트 씨는 잠시 머뭇거리다가 다시 말했다.

"들어가서 구경이라도 해준다면 영광이겠소."

"기꺼이 그렇게 하겠어요."

그들은 집 앞의 작은 길을 따라 집 안으로 들어갔다. 내부는 훌륭했다. 책장이 벽을 따라 줄지어 있었다. 에밀리는 책장을 스쳐가면서 책의 제목들을 흥미롭게 살펴보았다. 한쪽에는 초자연적인 현상에 관한 책들이 있었고, 다른 쪽에는 현대 탐정소설들이 있었다. 그러나 대부분은 범죄학과 세계적으로 알려진 판례에 관한 것들이었다. 그에 비해 조류학에 관한 책은 비교적 적은 편이었다.

"정말 즐거웠어요." 에밀리가 말했다.

"이젠 돌아가 봐야겠어요. 엔더비가 일어나서 기다리고 있을 거예요. 사실전 아직 아침식사를 하지 않았거든요. 커티스 부인에게 9시 30분에 식사하겠다고 말했는데 벌써 10시가 되었네요. 많이 늦었어요. 선생님이 무척 흥미로운 말씀을 많이 해주신 덕분이에요. 그리고 많은 도움도 주셨고요."

"뭐든지 도와주겠소."

라이크로프트 씨는 에밀리가 그에게 매혹적인 눈짓을 보내자 흥분해서 말했다.

"나를 믿어요. 우린 협력자이니까."

에밀리는 악수를 하며 그의 손을 다정하게 꼭 쥐었다.

"정말 멋있는 일이에요."

그녀는 얼마 안 되는 인생 경험에서 터득한 대단히 효과적인 문구를 사용해서 이렇게 말했다.

"진정으로 의지할 사람이 있다는 건 정말 멋있는 일이죠."

제17장

퍼스하우스 양

에밀리는 달걀과 베이컨으로 차려진 아침식사와 자신을 기다리는 찰스에게로 돌아왔다. 커티스 부인은 여전히 탈옥범 얘기로 야단법석이었다.

"지난번 탈옥은 2년 전에 있었어요. 3일도 못 되어서 잡히고 말았죠. 모튼햄스테드 근처에서였어요."

"탈옥수가 이쪽으로 올까요?"

찰스가 물었다. 이 지역 사정은 그의 의견과 부합되지 않았다.

"이쪽으로는 결코 오지 않아요. 탁 트인 황무지뿐이고, 또 황무지 끝에는 작은 마을들밖에 없거든요. 아마 십중팔구는 플리머스로 갈 거예요. 하지만 곧 잡히고 말걸요."

"바위산의 반대편에 있는 바위들은 좋은 은신처가 될 텐데요."

에밀리가 말했다.

"맞아요, 아가씨. 그곳에 픽시의 동굴이라 부르는 은신처가 있어요. 두 개의 바위 사이로 난 입구는 아주 좁지만 안으로 들어갈수록 넓어진답니다. 찰스 왕의 신하 한 사람은 하인이 농장에서 갖다 주는 음식을 먹으며 2주일 동안 지냈대요."

"픽시의 동굴을 한번 봐야겠군요." 찰스가 말했다.

"그런데 그게 얼마나 찾기 힘든지 모른답니다. 여름이면 많은 소풍객들이 몰려와서 오후 내내 동굴을 찾으려고 애쓰지만 결국 찾지 못하고 말죠. 만일 찾게 되면 잊지 말고 행운을 위해 핀을 하나 두고 오도록 하세요."

아침식사를 끝내고 두 사람이 작은 정원을 거닐 때 찰스가 말했다.

"프린스타운에 가야 할지 어떨지 모르겠군요. 놀랄 만한 사건들이 한꺼번에 계속해서 터지는 걸 보니 당신은 행운을 지닌 사람인 모양이오. 난 단순히 축구경기 상금 때문에 이곳에 왔는데, 미처 일이 끝나기도 전에 탈옥수와 살인 범의 와중에 들어와 있으니 말이오. 굉장한 행운을 잡았어요!"

"버너비 소령을 찍는 문제는 어떻게 됐나요?"

찰스는 하늘을 쳐다보며 말했다.

"흠, 날씨가 나쁘다고 말해야겠군요. 가능한 한 오랫동안 시타퍼드에 머물러 야 하는 이유가 있어야 하니까. 안개 속에 휩싸이는 것 같기는 하지만. 아참, 당신과의 인터뷰 내용을 방금 본사로 우송했는데, 괜찮겠죠?"

"예, 괜찮아요." 에밀리는 기계적으로 대답했다.

"내가 어떤 말을 했다고 썼죠?"

"뭐 사람들이 듣고 싶어 하는 그런 내용이에요. 우리의 특별한 취재기자, 에 밀리 트레푸시스 양과 인터뷰를 하다. 트레푸시스 양은 트레블리언 대령의 살 해혐의로 경찰에 체포된 제임스 피어슨 씨의 약혼녀이다. 그리고 당신에 대한 인상은 당당하고 아름답다고 썼어요."

"고맙군요."

"훌륭한 인터뷰였어요. 온 세상이 뭐라 하던 약혼자 곁에 있겠다는, 무척이 나 훌륭하고 여자답고 감동적인 얘기였죠."

"내가 정말 그렇게 말했던가요?"

에밀리는 몸을 약간 움츠리며 말했다.

"그러면 안 됩니까?" 엔더비는 걱정스러운 표정으로 말했다.

"아, 아니에요! 마음껏 즐겨요, 내 사랑."

에밀리의 말에 엔더비는 당황한 듯 멈칫했다.

"놀라지 마세요. 인용을 한 것뿐이니까. 어릴 때 내 턱받이에 쓰여 있었던 문구예요. 일요일에 하는 턱받이지요. 평일에는 '너무 많이 먹지 말 것'이라고 쓰여 있었죠."

"아, 그렇습니까! 난 기사에다 트레블리언 대령의 해군 경력에 대해 약간 적어 넣었어요. 대령에게 약탈당한 외국의 우상이나 원주민 승려의 복수일 가 능성에 대해─단지 암시일 뿐이죠."

"오늘 하루의 임무를 잘 수행한 것 같군요."

"당신은 뭘 했죠? 아무도 모르게 자리에서 일어나서?"

에밀리는 라이크로프트 씨를 만난 이야기를 했다. 그녀가 갑자기 말을 중단하자, 엔더비는 자신의 어깨너머로 향해 있는 그녀의 시선을 쫓아 뒤를 돌아보았다. 그곳에는 홍안의 건강해 보이는 청년이 대문에 기대어 서서 그들의 주의를 끌려는 듯 버석거리는 소리를 내고 있었다.

"저, 방해가 되어 정말 죄송합니다. 대단히 실례인 줄 압니다만, 사실은 제 고모님이 보내서 왔습니다." 청년이 말했다.

에밀리와 찰스는, "그래요?" 하고 동시에 소리를 내며 묻는 듯한 시선을 보냈다.

"예." 젊은이는 말했다.

"사실 제 고모님은 괴팍한 분이라서 '가라'고 하면 가야 된답니다. 제 말을 이해하실지. 물론 전 이런 시각에 찾아오는 것이 무례한 일인 줄 압니다만, 제 고모님이 어떤 사람인 줄 아신다면 이해하실 겁니다. 그분이 원하시는 대로 해주신다면, 금방 그분을 알게 되실 겁니다만……."

"당신의 고모님이 퍼스하우스 양이세요?"

에밀리가 그의 말을 가로채며 물었다.

"그렇습니다." 그는 안도의 빛을 보이며 대답했다.

"그렇다면 잘 아시겠군요? 커티스 부인이 얘기를 했나 보죠? 잠시도 입을 쉬지 않는 사람이니까요. 나쁘다는 뜻은 아닙니다. 그러니까 사실은 이렇게 된 겁니다. 제 고모님이 당신을 만나고 싶다면서 당신에게 가서 전하라고 나를 보낸 겁니다. 인사말에다 이런 저런 얘기까지 덧붙여서—제가 그 말을 전부 전한다면 아마 괴로울 겁니다. 고모님은 몸이 불편해서 바깥출입을 못하십니다. 그러니 부탁을 들어주신다면 정말 고맙겠습니다. 잘 아시겠지만 제가 말할 필요도 없이 그건 순전히 호기심 때문인 거죠. 머리가 아프다거나 써야 할 편지가 있어서 갈 수 없다고 해도 됩니다. 귀찮은 일을 할 필요는 없으니까요."

"아, 하지만 전 귀찮고 싶은걸요." 에밀리가 말했다.

"곧 당신과 함께 가겠어요. 엔더비 씨는 버너비 소령님을 만나러 가야 하니까."

"내가?" 엔더비는 낮은 목소리로 말했다.

"그래요." 에밀리는 단호하게 말했다.

그녀는 고개를 까딱하며 엔더비 곁을 떠나 새로운 친구에게로 갔다.

"당신은 가필드 씨가 맞죠?"

"맞아요. 내 이름을 미리 말해야 되는 건데."

"괜찮아요. 쉽게 알아봤어요."

"이렇게 함께 가주시니 뜻밖입니다. 대부분의 아가씨들 같으면 무척 기분 나쁘게 생각했을 텐데. 당신은 나이 든 여자들이 어떤지 잘 아시는군요."

"당신은 이곳에 살지 않죠, 가필드 씨?"

"잘 아시는군요." 로니 가필드는 신이 나서 떠들어댔다.

"이렇게 황폐한 지역을 본 적이 있습니까? 영화에서도 이런 곳은 없을 겁니다. 누가 살인을 저지르지 않는 게 오히려 이상할 정도죠."

그는 자신이 한 말에 소름이 끼치는지 문득 말을 멈추었다.

"아, 정말 미안합니다. 전 지독하게 운이 없는 놈입니다. 항상 실수를 저지르곤 하죠. 진심은 절대로 그게 아닙니다."

"잘 알고 있어요." 에밀리는 위로하듯 다정하게 말했다.

"자, 여깁니다."라고 말하며 가필드가 문을 열었다.

에밀리는 대문을 지나 다른 방갈로와 마찬가지로 현관에 이르는 작은 길을 따라 집 안으로 들어섰다. 정원을 향한 거실에는 침대의자가 있었고, 나이 든 부인이 그 위에 누워 있었다. 그 노부인의 얼굴은 잔주름이 가득했고, 에밀리가 이제껏 본 중에서 가장 날카롭고 도도한 코를 갖고 있었다.

"모시고 왔구나." 노부인이 말했다.

"고맙기도 하지. 아가씨, 늙은이를 만나러 이렇게 와주다니. 그러나 아가씨도 늙고 병들면 이해할 거예요. 매사에 참견을 하지 않고는 못 배기게 되거든. 파이한테로 갈 수 없다면 파이가 내게 오도록 할 수밖에. 그걸 몽땅 호기심이라고 생각하지는 말아요. 그 이상이니까. 로니, 넌 나가서 정원의 가구를 칠하렴. 정원 구석의 창고에 가면 의자 두 개와 벤치가 있을 거야. 그리고 페인트도 준비되어 있을 거다."

"알았어요, 캐롤라인 고모." 고분고분한 조카는 밖으로 나갔다.

"앉아요"

에밀리는 그녀가 가리키는 의자에 앉았다. 에밀리는 이상하게도 이 신랄하고도 병든 노부인에게 금방 연민과 호감을 느끼고 있었다. 그것은 마치 친척을 대하는 느낌이었다.

'직선적이고 자신의 방식대로만 하려 들고, 모든 사람의 우두머리가 되려고 하는 이 사람은 마치 나와 같아. 나는 외모로 그렇게 할 수 있지만 이 부인은 성격으로 해야 한다는 점이 다를 뿐이지.'

"아가씨가 트레블리언의 조카와 약혼한 사이라는 걸 알고 있어요. 아가씨에 대해서 들었고, 지금 이렇게 만나고 보니 아가씨가 뭘 하고 있는지도 알겠구먼. 잘 되길 빌어요."

"고맙습니다."

"난 질질 짜는 여자는 질색이에요. 정신을 차리고 일어나서 일을 처리하는 여자를 좋아하지." 그녀는 날카롭게 에밀리를 쳐다보았다.

"나를 불쌍하게 여기는 것 같은데, 여기 이렇게 누워 걷지조차도 못해서?"

"아니에요." 에밀리는 조심스레 말했다.

"잘은 모르겠지만 전 이렇게 생각해요. 누구나 결단성을 가지고 있다면 인생에서 항상 뭔가를 얻어낼 수 있다고 말이에요. 한 가지 방법으로 할 수 없다면 또 다른 방법을 써서라도 말이죠"

"맞아요. 다른 각도로도 해봐야 하지. 그러면 되는 거예요."

"공격의 각도죠." 에밀리가 중얼거렸다.

"그건 무슨 뜻이지?"

에밀리는 가능한 명확하고 간략하게 그날 아침에 자신이 발전시킨 이론과 그 이론을 당면한 문제에 적용시키는 것에 대해 설명했다.

"괜찮은 방법이로군." 퍼스하우스 양은 고개를 끄덕이며 말했다.

"자, 그럼 일에 착수해 봅시다. 바보가 아닌 다음에야 누구라도 알겠지만, 아가씨가 이곳에 온 이유는 이곳 사람들에 대해 뭔가를 찾아내고, 또 그것이 살인과 무슨 연관이 있는지 알아보려는 것인데, 이곳 사람들에 대해 알고 싶은 게 있다면 내가 말해 주겠어요"

에밀리는 조금도 지체하지 않고 간략하고 사무적인 태도로 요점을 말했다.

"버너비 소령은 어떤 사람인가요?"

"전형적인 퇴역군인이라오. 편협하고 소견이 좁아요. 질투심도 강한 성격이고, 돈 문제에는 경솔하지. 한 치 코앞도 내다보지 못하기 때문에 남해의 거품(1711년 영국에서 창립한 남해주식회사가 사업부진으로 1720년에 파산하여 많은 도산자를 내었음)에 투자할 그런 유형이에요. 자기가 진 빚을 즉시 갚아야 직성이 풀리고, 현관 깔개에 발을 털고 들어오지 않는 사람을 싫어하는 타입이지."

"라이크로프트 씨는요?"

"묘한 사람이에요. 지독한 이기주의자에다 괴팍하고 과대망상에 빠져 있어요. 범죄학에 대한 자신의 깊은 지식을 이용해서 사건을 해결하는 데 도움을 주겠다고 말했을 테지?"

에밀리는 그렇다고 대답했다.

"듀크 씨는 어떤가요?"

"그 사람에 대해선 아는 것이 하나도 없어요—알아야만 하는데. 무척 평범한 타입인 것 같지만 여전히 잘 모르겠단 말이야. 이상하죠. 입속에서 맴돌면서도 확실히 기억나지 않는 그런 이름처럼 말이야."

"윌렛 모녀는요?" 에밀리가 물었다.

"아! 윌렛!"

퍼스하우스 양은 약간 흥분해서 팔꿈치에 힘을 주어 몸을 끌어올렸다.

"윌렛 모녀는 정말 어떤 사람들일까? 자, 그들에 대해 이야기할 게 있어요, 아가씨. 도움이 될지 안 될지는 모르지만. 저기 내 책상에 가서 맨 위 작은 서랍을 열고 그 속에 있는 봉투를 가져와 봐요."

에밀리는 즉시 봉투를 가지고 왔다.

"중요한 것이라고 말하지는 않겠어요. 어쩌면 아닐지도 모르니까. 사람들이란 이런저런 거짓말을 하면서 살게 마련이잖수. 그러니까 윌렛 부인도 다른 사람들처럼 거짓말을 할 자격이 있겠지."

그녀는 봉투 속에 손을 집어넣었다.

"처음에는 이야기를 해주겠어요. 윌렛 모녀가 이곳에 도착했을 때, 세련된 옷차림에 여러 명의 하인과 많은 짐까지 함께 도착했어요. 부인과 바이올렛은 포드 차를 타고, 하인들과 짐은 대형 승용차로 왔지. 말할 것도 없이 굉장한 소동이었다오. 그래서 나도 그걸 내다보고 있었는데, 색깔 있는 꼬리표 한 장이 트렁크에서 떨어져 우리 집 정원으로 날려 오더라 이거예요. 난 워낙 종이 부스러기 하나라도 지저분한 것은 질색이어서, 로니를 불러 그걸 집어오라고 했지. 그런데 그걸 버리려고 하다 보니 밝은 색에 예쁜 것이기에 어린이 병원에 갈 때 가지고 가면 좋겠다는 생각이 들어서 스크랩북에 넣어두었다오. 그러고는 월렛 부인이 바이올렛은 남아프리카를 떠난 적이 없다는 것과 자신도 남아프리카와 잉글랜드, 그리고 리비에라(남프랑스의 칸 해변) 외에는 가본 곳이 없다고 두세 번이나 강조하듯 말하기 전까지 그 꼬리표는 다시 생각하지 않고 있었어요."

"그런데요?"

"그런데, 자, 이걸 봐요."

퍼스하우스 양은 꼬리표를 에밀리의 손에 올려놓았다. 거기에는 이렇게 적혀 있었다.

'멜버른, 멘들 호텔.'

"오스트레일리아지. 남아프리카가 아니고. 젊었을 때 내가 살던 곳도 아니고 중요하지 않다고 단언할 수는 없을 거라오. 가치가 있을 거예요. 그리고 또 한 가지가 있는데, 월렛 부인이 자기 딸을 '쿠―이'라고 부르는 소리를 들었어요. 그것 역시 남아프리카보다는 오스트레일리아에서 흔히 쓰이는 말이지. 정말 이상하잖수? 오스트레일리아에서 왔다면 왜 그걸 숨기려 하는가 이거예요."

"정말 이상하군요." 에밀리가 말했다.

"그곳에도 겨울이 있는데, 군이 이곳으로 겨울을 지내러 오다니."

"그게 바로 눈에 띄게 이상한 점이라오." 퍼스하우스 양이 말했다.

"그들 모녀를 만나지 못했수?"

"예, 오늘 아침에 갈 생각이었어요. 그런데 가서 무슨 말을 해야 할지 모르겠어요."

"그렇다면 내가 구실을 만들어주지." 퍼스하우스 양은 쾌활하게 말했다.

"내 만년필 좀 가져와요. 메모지와 봉투도 됐어요. 자, 어디 보자."

그녀는 잠시 말을 멈추더니 갑자기 벽력같이 소리쳤다.

"로니, 로니, 로니! 얘가 귀가 먹었나? 부르는데 왜 오지를 않지? 로니! 로니!"

로니가 페인트 붓을 손에 든 채 부리나케 뛰어 들어왔다.

"무슨 일이 생겼어요, 캐롤라인 고모?"

"무슨 일이 생겼으면 좋겠니? 내가 널 부른 일이 전부다. 어제 윌렛 부인 집에서 차를 마실 때 곁들여서 뭘 먹었니?"

"케이크 말이에요?"

"케이크, 샌드위치, 뭐든지 말이다. 이렇게도 이해가 느릴까. 차와 함께 뭘 먹었냐고?"

"커피 케이크하고, 파이 샌드위치와……." 로니는 당황하며 대답했다.

"커피 케이크라." 퍼스하우스 양은 얼른 말했다.

"됐다."

그녀는 서둘러 편지를 썼다.

"페인트칠하러 가도 좋다, 로니. 게으름 피우지 말고, 거기서 입을 벌리고 서 있지도 말고. 넌 여덟 살 때 편도선 수술을 받았으니까."

그녀는 편지를 계속 써내려갔다.

윌렛 부인께

어제 오후에 차와 함께 맛있는 커피 케이크를 내놓으셨다는 말을 들었습니다. 죄송하지만 그 조리법을 적어서 제게 보내주시면 참으로 고맙겠습니다. 이런 부탁을 드려도 괜찮겠지요? 몸이 불편하면 먹는 것 말고는 거의 변화가 없답니다. 로니가 오늘 아침엔 바쁘기 때문에 트레푸시스 양이 고맙게도 이 편지를 대신 전해 주겠다는군요. 탈옥수에 대한 얘기는 너무나 무섭지 않습니까? 그럼 이만

친애하는 캐롤라인 퍼스하우스

그녀는 편지를 봉투에 넣고 봉한 다음 이름을 적었다.

"여기 있수, 아가씨. 그 집 문 앞에는 보도진들로 붐비고 있을 거예요. 대형 버스를 타고 우리 집 앞을 지나가는 걸 봤거든. 그러니까 아가씨는 윌렛 부인을 만나러 왔다고 하고는, 내게서 편지를 전하러 왔다고 하면 들여보내 줄 거예요. 정신을 똑바로 차리라고 말하지 않아도 되겠지? 이 방문으로 최대의 성과를 올리도록 해봐요. 아가씨는 잘해낼 거야."

"이렇게 친절하게 해주셔서 정말 고맙습니다." 에밀리가 말했다.

"노력하는 사람을 돕는 것뿐이라오." 퍼스하우스 양이 말했다.

"그런데 아가씨는 아직 내가 로니를 어떻게 생각하는지 묻지 않았구먼. 아가씨의 명단에 그 아이의 이름도 있을 것이라 생각되는데. 내 조카 애는 나름 대로 괜찮은 녀석이긴 하지만 불쌍할 정도로 마음이 약해요. 이렇게 말하긴 안됐지만 돈 때문이라면 어떤 일이건 할 거예요. 나를 슬금슬금 피해 다니는 꼴이라니! 생각이 모자란 아이예요. 이따금 내 앞에 똑바로 서서 내게 지옥에나 가라고 소리라도 치면 내가 저를 열 배는 더 좋아할 거라는 판단을 못하고 있지. 남아 있는 유일한 사람은 와이엇 대령이로군. 그 사람은 아편을 사용하는 것 같더군요. 이 나라에서 성질이 가장 고약한 사람일 게요. 더 알고 싶은 것이 있수?"

"아뇨." 에밀리가 대답했다.

"이제까지 해주신 말씀, 아주 잘 들었어요."

제18장

시타퍼드 저택을 찾아간 에밀리

에밀리는 경쾌하게 길을 따라 걸으면서, 아침 공기의 변화를 다시 한 번 보게 되었다.

'영국은 참으로 살기에 괴로운 나라야.' 에밀리는 속으로 생각했다.

'눈이나 비가 오지 않으면 바람이 불거나 안개가 끼고, 햇빛이 비치는 좋은 날씨에는 손발이 얼어붙을 정도로 추우니 말이야.'

그녀의 오른쪽에서 들려온 쉰 듯한 목소리로 인해 그녀의 생각이 중단되었다.

"실례합니다만—." 그 목소리가 말했다.

"혹시 불테리어 한 마리 못 보았소?"

에밀리는 깜짝 놀라며 뒤돌아보았다. 키가 크고 여윈 남자가 대문에 기대어 서 있었다. 거무스레한 안색에 충혈된 눈을 한 회색 머리의 노인이었다.

그는 한쪽 목발에 의지한 채 호기심에 찬 눈길로 에밀리를 바라보고 있었다. 그가 세 번째 방갈로의 주인인 병든 와이엇 대령이라는 것은 쉽게 알아볼 수 있었다.

"아뇨, 못 봤는데요."

"집을 나갔는데……." 와이엇 대령이 말했다.

"귀여운 놈이오. 하지만 얼마나 멍청한지. 차들이 이렇게 많이 지나다니는데."

"이 길에는 차들이 많이 다니지 않는 것 같은데요."

"여름철에는 관광버스들이 많이 다닌다오."

와이엇 대령은 고집스레 말했다.

"3실링 6페니를 주면 익스햄프턴에서 아침에 출발해서 도중에 가벼운 식사도 하고, 이곳에 와서 시타퍼드 고원에 들렀다 가지요."

"그렇군요. 하지만 지금은 여름철이 아니잖아요."

"그래도 방금 버스가 한 대 지나갔다오. 아마 보도진들이 시타퍼드 저택으로 갔을 게요."

"트레블리언 대령님을 잘 아시나요?" 에밀리가 물었다.

그녀는 불테리어 얘기는 와이엇 대령이 그녀에 대한 호기심 때문에 지어낸 구실에 불과하다고 생각했다. 에밀리는 자신이 시금 시타퍼드에서 주목받고 있다는 것과 다른 사람들처럼 와이엇 대령도 그녀를 만나보고 싶어 하는 것이 당연하다는 것을 잘 알고 있었다.

"잘은 모르오." 와이엇 대령이 말했다.

"그 사람이 이 방갈로를 내게 세놓았지."

"그러시군요." 에밀리는 그를 부추기듯 대답했다.

"굉장한 구두쇠, 그게 바로 그 사람이었다오. 집을 입주자의 기호에 맞춰 해주기로 계약했는데, 내가 레몬색 바탕에 밤색으로 창틀을 칠해 달라고 하니까 비용의 반을 내라고 하는 게요. 계약은 단일 색깔에 한해서였다면서 말이오."

"그분을 좋아하지 않으셨군요."

"늘 그와 으르렁거렸다오." 하고 말하더니 그는 다시 덧붙였다.

"하긴 난 모든 사람들과 항상 으르렁거리지만. 이곳 사람들한테는 사람을 혼자 있도록 내버려두는 법을 가르쳐야 해요. 계속 문을 두드리고, 수시로 들락거리며 수다들을 떠니. 내가 마음이 내키면 사람을 만나는 것도 괜찮지만, 내 기분에 맞춰야지 다른 사람들 기분에 맞출 수는 없지 않소. 트레블리언은 마치 영주나 되는 것처럼 자기 기분이 내킬 때마다 불쑥 찾아오곤 했지만, 이젠 그럴 사람도 없어졌지."

그는 만족스럽게 말했다.

"그러셨군요!"

"원주민 하인을 두는 게 제일 좋소." 와이엇 대령이 말했다.

"시키는 대로 잘하지. 압둘!" 그가 고함을 쳤다.

터번을 두른 키 큰 인도인이 집에서 나와 공손하게 대기했다.

"들어가서 뭘 좀 드십시다. 집도 구경하고."

"죄송하지만 지금 바빠서요."

"아, 그러지 말고 들어갑시다." 대령이 말했다.

"아뇨, 정말이에요. 약속이 있거든요."

"요즘에는 아무도 삶의 예술을 이해하지 못하고 살아가지요. 시간에 맞춰 기차를 타고, 약속을 하고, 모든 것을 시간에 따라 정하고—웃기는 일이야. 태양과 더불어 일어나고, 먹고 싶을 때 먹고, 시간이나 날짜에 자신을 묶어두지 않는 것. 사람들이 내 말에 귀를 기울인다면 살아가는 방법을 가르쳐줄 수 있을 게요."

그런 고상한 삶의 방식치고는 결과가 그다지 바람직하지 못하다고 에밀리는 생각했다. 와이엇 대령보다 더 난파선 같은 사람은 본 적이 없었다. 이 정도면 그의 호기심이 충족되었으리라 생각하며, 에밀리는 약속을 강조하고 가던 길을 계속 걸었다.

시타퍼드 저택의 현관문은 견고한 참나무로 되어 있었고, 품위 있는 초인종 손잡이와 커다란 신발닦개, 반짝반짝 윤이 나는 놋쇠 편지함이 있었다. 그것은 편안하고 단정함을 뜻하는 듯이 여겨졌다. 초인종 소리에 말끔하고 전형적인 하녀가 문을 열었다.

하녀가 냉랭한 투로, "월렛 부인께서는 오늘 아침 아무도 만나지 않으십니다."라고 대뜸 말하는 것을 듣고, 에밀리는 그녀가 오기 전에 기자들이 다녀갔음을 짐작할 수 있었다.

"나는 퍼스하우스 양이 보낸 편지를 가져왔어요."

에밀리는 편지를 하녀에게 건넸다. 그것은 확실히 효과가 있었다.

하녀는 잠시 주저하더니 태도가 바뀌었다.

"들어오세요."

에밀리는 부동산업자의 표현을 빌자면, '설비가 잘된 방'이라는 홀을 지나 넓은 거실로 안내되었다. 벽난로에서는 불이 활활 타고 있었고, 여자들이 기거하는 방다운 흔적이 곳곳에서 느껴졌다.

눈에 띄는 것을 둘러보며 불가에서 손을 녹이고 있을 때, 문이 열리며 그녀 또래의 아가씨가 들어왔다. 무척 아름다웠고, 세련되고 값비싼 옷을 입고 있었으나, 에밀리는 그녀가 심각한 신경불안증에 시달리는 것 같다는 생각이 들었다. 물론 겉으로 분명하게 드러나는 것은 아니었지만.

윌렛 양은 자신이 그렇지 않다는 것을 나타내려는 듯이 상냥하게 말했다.

"안녕하세요."

그녀는 인사를 하며 다가와 악수를 청했다.

"어머니가 내려오지 못해서 정말 미안해요. 침대에 누워 쉬고 계세요."

"어머, 죄송해요. 좋지 않은 시간엔 제가 찾아왔군요."

"아니에요, 괜찮아요. 지금 요리사가 케이크의 조리법을 적고 있어요. 퍼스하우스 양이 그걸 드시겠다는 것만으로도 기쁘게 생각해요. 그 댁에 머물고 있나요?"

에밀리는 속으로 미소를 지었다. 시타퍼드에서 에밀리가 누구이며 왜 이곳에 왔는지를 모르는 사람은 아마 이 집에 사는 사람들뿐일 것이다. 시타퍼드 저택은 고용주와 고용인 간에 분명한 구분을 갖고 있다. 고용인들은 에밀리에 대해 알지도 모르지만 고용주는 전혀 모르는 것이다.

"그 댁에 머물고 있지 않아요. 실은 커티스 부인 댁에 있어요."

"하긴 그 집은 너무 작은 데다 조카인 로니도 함께 있지요. 당신이 지낼 만한 방이 없을 거예요. 그분은 멋있는 여자죠? 강한 분이세요. 하지만 사실 전그분이 약간 두렵답니다."

"골목대장 같은 분이죠?" 에밀리는 쾌활하게 응수했다.

"다른 사람들 위에 군림하고 싶다는 생각은 굉장한 유혹이에요. 특히 자신에게 맞서려고 하지 않는 사람들에게 말이죠."

윌렛 양은 한숨을 쉬며 말했다.

"사람들에게 당당하게 맞설 수 있다면 좋겠어요. 우린 정말 괴롭고 힘든 아침을 보냈어요. 기자들이 얼마나 귀찮게 굴던지."

"아, 그건 이 집이 트레블리언 대령님의 집이기 때문이죠. 그렇죠? 익스햄프턴에서 살해당한."

에밀리는 바이올렛의 신경불안증의 정확한 원인을 알아내려하고 있었다. 바이올렛은 분명 깜짝 놀라는 기색이었다. 뭔가가 그녀를 무척 놀라게 했던 것이다. 에밀리는 일부러 트레블리언 대령의 이름을 언급했던 것인데, 바이올렛이 겉으로 드러날 만한 반응을 보이지 않은 것으로 봐서 아마 이런 얘기가 나올 것을 예상하고 있었던 모양이다.

"예, 정말 끔찍하죠?"

"그 얘기를 좀 해주겠어요, 괜찮다면?"

"아, 그럼요. 괜찮아요. 왜 못하겠어요?"

'어딘가 이상해졌어.' 에밀리가 생각했다.

'자신이 무슨 말을 하는지도 모르는 것 같아. 오늘 아침에 이 여자를 특별히 불안하게 만든 것은 뭘까?'

"테이블 터닝에 대해선데." 에밀리가 말했다.

"우연히 그 얘기를 들었어요. 무척 흥미롭더군요. 내 말은 정말 소름이 끼치더라는 뜻이에요."

'소녀 같은 공포심으로 가장하는 거야.' 에밀리의 생각이었다.

"아, 무서웠어요." 바이올렛이 말했다.

"그날 저녁을 난 절대로 잊지 못할 거예요. 우린 물론 누군가의 장난이라고 생각했죠. 아주 고약한 장난이라고 말이에요."

"그래서요?"

"불을 켰을 때를 잊을 수가 없어요. 사람들 표정이 너무나 이상했거든요. 듀크 씨와 버너비 소령님은 강인한 분들이라서 그런 일로 충격을 받았다고 인정하고 싶지 않으셨을 거예요. 하지만 버너비 소령님은 굉장히 동요되어 있다는 것을 알 수 있었어요. 다른 누구 못지않게 그것을 믿고 있었다고 생각해요. 라이크로프트 씨가 심장마비라도 일으키지 않을까 걱정했지만, 심령연구를 워낙 깊이 하신 분이라 그런 일에는 익숙하신 것 같더군요. 그리고 로니는(로니 가필드 말이에요) 마치 유령을 본 것 같은 얼굴이었어요—실제로 본 것이나 마찬가지였지만. 어머니까지도 이제껏 내가 본 중에서 가장 놀란 표정이었어요."

"무시무시했겠군요. 나도 그때 있었더라면 좋았을 텐데."

에밀리가 말했다.

"정말 무서웠어요. 우리 모두는 단순한 장난인 것처럼 태연하려고 했지만,

도저히 그럴 수가 없었답니다. 게다가 버너비 소령님이 갑자기 익스햄프턴에 가봐야겠다고 하시지 뭐예요. 우린 눈더미에 파묻힐지도 모르니까 가지 마시라고 말렸지만 소용이 없었죠. 그분이 가신 뒤에 우린 걱정과 두려움에 싸여 앉아 있었어요. 그러다가 결국 어젯밤에, 아니, 어제 아침에 그 소식을 듣게 됐죠."

"그게 트레블리언 대령님의 영혼이라고 생각해요?"

에밀리는 두려움에 짓눌린 듯한 목소리로 물었다.

"아니면 투시안(透視眼)이나 텔레파시일까요?"

"글쎄요, 모르겠어요. 하지만 이제 다시는, 다시는 그런 것을 얕잡아보지 못할 거예요."

하녀가 쪽지가 놓인 쟁반을 들고 들어와 바이올렛에게 건넸다.

바이올렛은 하녀가 나가자 쪽지를 훑어본 뒤에 에밀리에게 주며 말했다.

"여기 있어요. 사실 당신은 시간을 잘 맞춰서 왔어요. 이 살인사건이 하인들을 불안하게 만들었어요. 하인들은 이런 외딴 곳에서 지내는 것을 위험하다고 생각하거든요. 어머니는 어제저녁 하인들에게 화를 내면서 모두 떠나라고 했어요. 이 사람들은 점심 뒤에 떠날 거예요. 우린 남자 두 사람만 고용하기로 했어요—집사와 운전사죠. 그게 훨씬 나을 것 같아요."

"하인들이 어리석군요, 그렇죠?"

"트레블리언 대령님이 이 집에서 살해당한 것도 아닌데."

"어떻게 해서 이곳에 오게 됐어요?"

에밀리는 애써 소녀처럼 순진한 어조로 자연스럽게 물었다.

"글쎄요. 재미있을 거라고 생각했기 때문이죠." 바이올렛이 대답했다.

"지루하다고 생각하지는 않나요?"

"아, 아니에요. 난 이곳이 정말 좋아요."

이렇게 말하면서 그녀는 에밀리의 시선을 피했다. 이 순간 그녀는 의혹과 두려움에 싸여 있는 것 같았다.

바이올렛이 의자에 앉아 안절부절못하고 몸을 움직였기 때문에 에밀리는 할 수 없이 자리에서 일어났다.

"이젠 가야겠군요. 정말 고마웠어요, 월렛 양. 어머님이 좋아지셨으면 좋겠어요."

"아, 어머니는 괜찮으세요. 단지 하인들 때문에, 그뿐이에요."

"그러시겠죠."

에밀리는 바이올렛이 눈치 채지 못하도록 솜씨 있게 작은 탁자 위에 장갑을 떨어뜨려 놓았다. 바이올렛이 현관문까지 따라 나왔고, 그들은 몇 마디 상냥한 작별인사를 나누었다.

에밀리에게 문을 열어준 하녀가 문을 닫지 않고 내버려두자 바이올렛이 문을 닫았다. 그러나 자물쇠를 돌리는 소리는 나지 않았다. 에밀리는 대문까지 나왔다가 다시 발길을 천천히 돌렸다.

이번 방문은 그녀가 시타퍼드 저택에 대해 품고 있던 생각을 더욱 확실하게 해주었다. 뭔가 수상한 일이 진행되고 있는 것이다. 바이올렛과 직접적으로 관련된 일이라고 생각되지는 않았다. 만일 그런 관련이 있다면 바이올렛은 상당히 똑똑한 배우라고 할 수 있을 것이다. 어쨌든 무슨 일인가 벌어지고 있으며, 또 그것은 이번 사건과 분명히 관련이 있다.

월렛 모녀와 트레블리언 대령 사이에는 틀림없이 어떤 관련이 있고, 그 관련에 수수께끼를 푸는 실마리가 있을 것이다.

에밀리는 계단을 올라가서 조심스레 손잡이를 돌려 문을 열고 문턱을 들어섰다. 홀에는 아무도 없었다. 에밀리는 어찌할 바를 몰라 잠시 망설였다. 구실은 있었다—장갑은 거실에 얌전히 놓여 있을 테니까. 그녀는 귀를 세운 채 소리 없이 서 있었다. 위층에서 들리는 희미한 중얼거림 외에는 아무 소리도 들리지 않았다. 가능한 한 조용히 에밀리는 계단 쪽으로 살금살금 걸어가 위층을 바라보았다. 그리고 아주 조심스럽게 한 계단 올라섰다. 그것은 모험이었다.

그녀의 장갑이 저 혼자 위층으로 걸어 올라갔다고 변명할 수는 없는 것이지만, 위층에서 들려오는 대화의 내용을 엿듣고 싶어 견딜 수가 없었다. 요즘 건축업자들은 문을 제대로 맞춰 달지 못한다는 생각이 들었다. 아래층에서도 두런거리는 목소리를 들을 수 있을 정도니 문 앞에 다다르면 방 안에서 하는 말소리를 확실하게 들을 수 있을 것이다. 한 계단, 또 한 계단.

두 여자의 목소리. 바이올렛과 그녀 어머니의 목소리가 분명했다. 갑자기 대화가 끊어지며 발걸음 소리가 들렸다. 에밀리는 급히 계단을 내려왔다.

바이올렛이 방문을 열고 아래층으로 내려왔을 때, 그녀는 이미 돌아간 줄 알았던 손님이 길 잃은 강아지처럼 홀에 서서 자신을 바라보는 것을 발견하고 깜짝 놀랐다.

"내 장갑이, 그걸 놓고 간 것 같아요. 그래서 되돌아왔어요."

에밀리가 말했다.

"그렇다면 집 안에 있겠군요." 바이올렛이 말했다.

그들은 거실로 갔다. 에밀리가 앉았던 자리 근처의 작은 테이블 위에 의심할 여지없이 그 장갑이 놓여 있었다.

"고마워요. 바보같이 난 항상 물건을 떨어뜨리고 다니지 뭐예요."

"이런 날씨엔 장갑이 필요하죠. 굉장히 추운 날씨예요."

바이올렛이 말했다. 그들은 다시 한 번 현관에서 인사를 하고 헤어졌다. 이번에는 자물쇠를 돌리는 소리를 들을 수 있었다.

에밀리는 깊은 생각에 잠겨 도로를 내려왔다.

그녀는 조금 전 위층 방문이 열렸을 때, 초조한 목소리로 애처롭게 내뱉는 나이 든 여인의 말을 분명히 들을 수 있었다.

"하나님—." 그 목소리가 울부짖었다.

"견딜 수가 없어. 오늘 밤엔 오지 않을 건가?"

제19장

이론

숙소로 돌아온 에밀리는 엔더비가 외출했다는 것을 알게 되었다. 커티스 부인은 그가 다른 젊은 남자들과 나갔다는 설명과 함께 두 통의 전보가 에밀리앞으로 와 있다고 말했다. 에밀리는 전보를 받아 개봉을 해서 읽은 다음 스웨터 주머니에 집어넣었다.

커티스 부인이 호기심에 가득 찬 눈으로 물었다.

"나쁜 소식은 아니겠죠?"

"어머, 그렇지 않아요."

"전보는 항상 가슴을 덜컥 내려앉게 한다니까."

"예, 무척 놀라게 하죠."

이 순간 에밀리는 아무 말도 하고 싶지 않았다. 그저 조용히 혼자 있고 싶었고, 생각을 정리할 필요를 느낄 뿐이었다. 그녀는 자기 방으로 올라가서 연필과 종이를 꺼내놓고 머릿속의 생각들을 써내려갔다. 그녀의 작업은 20분쯤뒤 엔더비의 의해 중단되었다.

"안녕하십니까, 안녕하시오. 여기 있군요. 플리트 가(街)(런던의 신문사 거리)가 당신을 추적하느라 오전 내내 열을 냈지만 도저히 찾을 수 없었죠. 그래서 내가 당신을 귀찮게 하지 말라고 했답니다. 당신에 관한 한 나는 거물급이니까."

엔더비는 싱글거리며 말했다.

"하지만 질투나 악의로 그런 건 아닙니다. 그 대신 난 그 친구들에게 먹이를 던져주었죠. 이곳 사람들에 대해선 전부 알고 있으니까 말입니다. 난 다른 기자들보다 앞서 달리고 있어요. 사실이라 믿어지지 않는답니다. 그래서 내 허벅지를 꼬집어봤을 정도예요. 그런데 밖에 안개가 낀 걸 봤습니까?"

"안개 때문에 오후에 엑시터로 못 가게 되는 건 아니겠죠?"

"엑시터로 갈 겁니까?"

"그래요. 그곳에서 데이크리스 씨를 만나야 해요. 내 변호사인데 짐의 변호를 맡고 있어요. 나를 만나자는군요. 그리고 짐의 이모인 제니퍼도 만날 작정이에요. 엑시터는 이곳에서 반시간밖에 안 걸리는 곳이잖아요."

"그러니까 당신은 그 이모가 살짝 기차를 타고 가서 오빠의 머리를 내리쳤고, 그녀가 집을 비운 사실을 아무도 눈치 채지 못했을지도 모른다는 뜻인가요?"

"물론 그렇지는 않겠지만, 일단은 아무도 의심의 대상에서 제외할 수는 없어요. 제니퍼 이모님이 아니길 바라지만. 혹시 마틴 더링이라면 모를까. 처남이란 사실을 이용해서 여러 사람들에게 공공연히 못된 짓거리를 하는 그런 인간이에요. 혐오스러운 작자죠."

"그런 사람입니까?"

"그렇고말고요. 살인을 할 전형적인 인간이에요. 마권업자들에게서 전보가 날아오고 경마에서 돈이나 잃곤 해요. 그에게 알리바이가 있다는 게 골치 아픈 일이지요. 데이크리스 씨가 말해 주더군요. 출판업자를 만난 것과 문학인의 정찬 모임은 누가 봐도 의심할 여지없는 훌륭한 알리바이니까."

"문학인의 정찬 모임이라……." 엔더비가 고개를 갸우뚱거리며 말했다.

"금요일 밤. 마틴 더링. 어디 보자, 마틴 더링이라면. 아! 맞아. 확실해. 이럴 수가. 분명해. 카루더스에게 전화를 해보면 금방 알 수 있겠군."

"무슨 말을 하는 거죠?"

"자, 당신은 내가 금요일 오후에 익스햄프턴에 왔다는 사실을 알고 있겠죠? 그날 나는 친구에게서(그도 신문기자인데 이름은 카루더스예요) 약간의 정보를 듣기로 했었어요. 6시 반에 만날 예정이었는데, 그전에 그는 문학인 정찬 모임에 간다고 했죠. 카루더스는 명사급이거든요. 그가 나를 만나지 못하게 되면 익스햄프턴에 있는 내게 몇 자 적어 보내겠다고 했어요. 그래서 나를 못 만나게 되자 내게 편지를 보냈더군요."

"그게 무슨 상관이 있다는 말이죠?"

"조바심내지 말아요. 요점을 말할 테니까. 그 친구는 약간 취한 상태에서 편지를 썼더군요. 모임에서 흥겹게 마신 거겠지. 내가 원하는 정보를 적은 다음에 그는 흥미진진한 이야깃거리로 편지지를 메웠단 말입니다. 말하자면 모임에 참석한 연사들에 대한 그렇고 그런 얘기들이죠. 어떤 유명한 소설가는 이런 말을 했고, 또 어느 극작가는 뭐라고 했다는 둥. 그리고 그 친구는 정찬 식탁에 앉았는데, 옆자리가 비었기에 세워놓은 이름표를 봤더니 그 굉장한 여류 베스트셀러 작가인 루비 매카못의 자리였답니다. 그리고 반대편의 빈 좌석 하나는 섹스 전문 소설가인 마틴 더링의 자리였다는 거고요. 그래서 그 친구는 블랙히스에서 잘 알려진 어느 시인의 옆자리로 옮겨가서 찬사를 늘어놓았다는 군요. 자, 내 말의 요점이 뭔지 알겠어요?"

"아! 찰스!" 에밀리는 흥분해서 소리를 질렀다.

"정말 대단하군요. 그러니까 그 인간이 정찬 모임에 참석하지 않았다 그거죠?"

"바로 그거요."

"그 이름이 확실해요?"

"물론이죠. 애석하게도 그 친구의 편지는 찢어버렸지만, 확인을 하려면 카루더스에게 전화를 걸면 되는 겁니다. 하지만 내 말엔 틀림이 없어요."

"그러나 출판업자를 만났다는 사실은 아직 남아 있잖아요. 마틴 더링이 오후에 만났다는 사람 말이에요. 내 생각에 그 출판업자는 지금쯤 배를 타고 미국으로 돌아가고 있을 거예요. 그렇다면 일은 더욱 의심스러워요. 마틴 더링이 다른 사람들이 여간해서 만나기 힘든 대상을 일부러 선택했을 수도 있으니까."

"우리 판단이 정확하다고 생각합니까?"

"글쎄요. 그런 것 같기는 한데. 우리가 취할 최선의 방법은 곧바로 내려콧 경감을 찾아가서 이 새로운 사실을 얘기하는 거예요. 지금쯤 배를 타고 항해중일 미국인 출판업자를 우리가 직접 만날 수는 없으니까요. 그건 경찰이 할 일이잖아요."

"만일 이것이 사실이라면 굉장한 특종감이 되겠군!" 엔더비가 소리쳤다.

"일이 그렇게 되면 데일리 와이어 지는 내게 적어도……."

"그렇지만 정신을 잃고 일을 망치면 안 돼요."

에밀리는 엔더비의 부푼 꿈을 무자비하게 깨며 말했다.

"난 엑시터로 가야해요. 내일까지는 돌아오지 못할 거예요. 그리고 당신에겐 할 일이 있어요."

"무슨 일입니까?"

에밀리는 윌렛 모녀를 찾아간 일과 그녀가 엿들은 수상한 말에 대해 설명했다.

"우린 오늘 밤에 일어날 일을 확실히 알아내야 해요. 수상한 낌새가 있어요."

"정말 수상하군."

"물론 우연일 수도 있어요. 아닐 수도 있고. 집 안에 하인들이 한 명도 없다는 걸 아시죠? 무슨 일인가가 오늘 밤에 일어날 거예요. 그러니까 당신은 현장에서 그 일을 알아내야 해요."

"나더러 정원 숲 속에 숨어서 밤새 추위에 떨란 뜻인가요?"

"그래요. 당신은 할 수 있으리라 믿어요. 기자들이란 목적을 위해서는 무슨 일이든 가리지 않잖아요."

"누가 그런 말을 했습니까?"

"누가 그랬건 상관없어요. 난 알고 있으니까. 그렇게 하실 거죠?"

"글쎄요. 어느 것 하나라도 놓치면 안 되죠. 시타퍼드 저택에서 오늘 밤 수상한 일이 벌어진다면 현장에서 알아내야겠죠."

에밀리는 다시 꼬리표에 대해서 말했다.

"이상하군요. 오스트레일리아는 세 번째 피어슨 즉, 막내 피어슨이 있는 곳인데. 물론 그렇다고 무슨 의미가 있는 건 아니지만 혹시 어떤 관련이 있을지도 모르잖아요."

"그건 그렇고, 당신은 뭐 좀 알아낸 것이 없나요?"

"한 가지 있기는 한데."

"뭔데요?"

"당신이 어떻게 생각할지 그게 문제예요."

"무슨 뜻인지, 내가 어떻게 생각하다니?"

"펄쩍 뛰며 소리치지는 않겠죠?"

"뭔지는 몰라도 그러지 않을 겁니다. 내 말은, 이성을 잃지 않고 침착하게 듣겠다는 뜻이에요."

"그렇다면 말하죠."

엔더비는 에밀리의 눈치를 살피며 조심스럽게 말을 꺼냈다.

"당신의 감정을 상하게 하고 싶지는 않지만, 당신의 약혼자가 틀림없는 사실을 말했다고 생각합니까?"

"그러니까 당신은 짐이 트레블리언 대령을 살해했다는 뜻인가요? 물론 당신은 나름대로 그런 판단을 할 수도 있고, 또 그게 당연한 것인지도 모르죠. 하지만 짐이 살인을 하지 않았다는 전제하에 일을 시작해야 한다고 했잖아요?"

"내 말은 그런 뜻이 아니에요. 나 역시 그가 대령을 살해하지 않았다는 가정에서는 당신과 마찬가지입니다. 내 말은 그날 무슨 일이 있었는지에 대한 그의 말이 어디까지가 진실인가 하는 거예요. 그는 그곳에 가서 외삼촌과 얘기를 나누고 아무 일 없이 그곳을 떠났다고 했어요."

"그랬죠."

"그런데 내게 이런 생각이 떠오른 겁니다. 그가 그곳에 갔을 때 이미 죽어 있는 외삼촌을 발견했던 건 아닐까? 그래서 너무도 놀란 나머지 겁이 나서 사실대로 말하지 않은 것이 아닐까 하고 말이죠."

찰스는 다소 자신 없는 태도로 이 의견을 내놓았다. 그가 우려했던 것과는 달리 에밀리는 펄쩍 뛰며 소리를 지를 기색은 전혀 없었다. 오히려 미간을 모으고 생각에 골몰하고 있었다.

"솔직히 말해서 그것도 충분히 있을 수 있는 일이에요." 에밀리가 말했다. "그 생각을 미처 못 했군요. 짐이 사람을 죽이지 못한다는 걸 난 잘 알아요. 하지만 너무 놀라서 엉겁결에 거짓말을 하고는 그 거짓말을 계속 고집하고 있는지도 모르죠."

"그런데 곤란한 점은 당신이 지금 그를 만나서 물어볼 수 없다는 겁니다. 경찰은 당신 혼자서는 그를 만나지 못하게 할 테니까."

"데이크리스 씨를 보내면 되죠. 변호사는 단독으로 만날 수 있을 테니까. 그러나 문제는 짐이 무척 고집이 세다는 거예요. 한번 말한 것은 끝까지 고집하는 성격이거든요."

"나 역시 그렇습니다." 엔더비는 이해할 수 있다는 듯이 말했다.

"어쨌든 그런 가능성을 지적해 주어서 고마워요, 찰스. 난 그 생각을 못했거든요. 우린 이제까지 짐이 외삼촌 집을 떠난 다음에 온 사람이 누구인가만 찾고 있었는데, 만일 그전에 사건이 일어났다면……"

에밀리는 생각에 잠겼다. 두 가지 전혀 다른 이론이 상반되는 방향으로 기로놓여 있는 것이나. 하나는 라이크로프트 씨가 내놓은 것으로, 그 이론에는 짐이 외삼촌과 다투었다는 것이 결정적인 요점이고, 또 다른 하나는 짐이 전혀 모르는 상황에서 일어났다는 것이 된다. 에밀리는 시체를 처음 검사한 의사를 만나는 것이 급선무라고 생각했다. 트레블리언 대령이 4시에 살해되었을 가능성이 있다면, 여러 용의자들의 알리바이에는 심각한 차이가 있게 되는 것이다. 그다음 할 일은 데이크리스 씨가 자신의 의뢰인인 짐에게 진실을 말해야 할 필요성을 강력하게 권유하는 것이다.

에밀리는 앉아 있던 침대에서 일어났다.

"그럼, 당신은 내가 익스햄프턴에 갈 수 있도록 차편을 알아봐 주세요. 철공소 주인이 자동차를 가지고 있다는데, 당신이 가서 좀 부탁을 해주시겠어요? 점심을 먹고 곧바로 떠나야겠어요. 엑시터행 기차는 3시 10분에 있으니까 그 시간이면 먼저 의사를 만나볼 수 있을 거예요. 지금 몇 시죠?"

"12시 30분이오." 엔더비가 손목시계를 보며 말했다.

"그렇다면 우리 같이 가서 차를 빌려 봐요. 그리고 시타퍼드를 떠나기 전에 할 일이 한 가지 있어요."

"뭡니까?"

"듀크 씨를 만나야겠어요. 그는 내가 이곳에서 만나보지 않은 유일한 사람이에요. 그도 테이블 터닝에 참여했던 사람들 중 하나예요."

"철공소로 가는 길에 들르면 되겠군요."

듀크 씨의 방갈로는 길의 끝에 있었다. 에밀리와 찰스는 빗장을 열고 현관문으로 이어진 좁은 길로 들어섰다. 바로 그때 예기치 않은 일이 일어났다. 갑자기 현관문이 열리며 한 남자가 나왔던 것이다. 그는 바로 내러콧 경감이었다. 그도 약간 놀란 듯했고, 에밀리 역시 놀라서 당황하고 있었다.

에밀리는 듀크 씨를 만나려던 계획을 그만두고 말했다.

"경감님, 만나게 되어서 정말 반가워요. 경감님께 몇 가지 드릴 말씀이 있어요."

"나도 반갑군요, 트레푸시스 양." 하고 말하며 경감은 시계를 보았다.

"난 지금 차가 기다리고 있어서 서둘러야 합니다. 즉시 익스햄프턴으로 돌아가야 하거든요."

"어머, 그러세요? 잘 됐군요. 저도 같이 좀 태워주시겠어요, 경감님?"

경감은 기꺼이 그러겠노라고 약간 무뚝뚝하게 대답했다.

"찰스, 가서 내 가방을 갖다 줘요. 이미 준비해 놨어요."

찰스는 즉시 달려갔다.

"여기서 만나다니 의외로군요, 트레푸시스 양."

"제가 다시 만날 거라고 했잖아요."

"그때는 주의해서 듣지 않아서."

"멀리서 들으신 것도 아닐 텐데." 에밀리는 자못 친근한 투로 말했다.

"그런데, 경감님께선 잘못 알고 계세요. 경감님이 조사할 사람은 짐이 아니에요."

"그렇습니까?"

"경감님도 사실은 제 말에 동의하고 계신다는 걸 전 알고 있어요."

"왜 그렇게 생각하죠?"

"듀크 씨 집에서 뭘 하셨어요?"

경감은 당황한 것 같았고, 에밀리는 그 점을 놓치지 않았다.

"의심하고 계시죠? 처음엔 범인을 잡았다고 생각하셨지만 지금은 확신이 서지 않아서 다시 조사하고 계신 거죠? 전 경감님께 도움이 될 몇 가지 사실을 알고 있어요. 익스햄프턴으로 가는 길에 말씀드리겠어요."

길 저편에서 발걸음 소리와 함께 로니 가필드가 나타났다. 빈들거리는 모습에 숨을 헐떡이며 뭔가 죄지은 표정이었다.

"트레푸시스 양, 오늘 오후에 산보를 하면 어떨까요? 우리 고모님이 낮잠을 주무시는 동안에 말입니다."

"안 돼요. 난 지금 엑시터로 떠나거든요"

"아니, 그게 정말입니까? 아주 떠나는 겁니까?"

"아니에요. 내일 돌아올 거예요."

"아, 그래요?"

에밀리는 스웨디 주머니에서 뭔가를 꺼내어 그에게 건네주며 말했다.

"고모님께 전해 주세요. 커피 케이크 만드는 조리법이에요. 그리고 시간을 아주 잘 맞추셨다고 말씀드려 주세요. 요리사는 오늘 떠나고 다른 하인들도 떠날 거예요. 내 말을 꼭 전해 주세요. 아마 흥미로워하실 거예요."

미풍을 타고 멀리서 외치는 소리가 들렸다.

"로니, 로니!"

"고모님이군요. 가봐야겠습니다." 로니는 신경질적으로 말했다.

"그러는 게 좋겠네요." 에밀리가 말했다.

"왼쪽 뺨에 페인트가 묻어 있네요."

그녀는 로니의 뒤에 대고 말했다.

로니 가필드는 문으로 사라졌다.

"제 남자 친구가 가방을 가지고 오는군요. 가시죠, 경감님. 차 속에서 전부 말씀드리겠어요."

제20장

제니퍼 이모를 찾아가다

2시 30분에 워렌 의사는 에밀리의 방문을 받았다. 그는 이 사무적이고도 매력적인 아가씨를 기쁘게 맞이했다.

그녀의 질문은 정곡을 찌른 날카로운 것이었다.

"좋아요, 트레푸시스 양. 무슨 뜻인지 잘 알겠소 사람들이 소설을 보고 일반적으로 믿고 있는 것과는 달리 사망시각을 정확하게 알아낸다는 것이 얼마나 어려운가를 이해해야 할 겝니다. 내가 시체를 검사한 것은 8시였는데, 트레블리언 대령이 사망한 지 적어도 2시간이 지났었다는 것은 확실하게 말할 수 있어요. 그러나 그보다 얼마나 더 되었는지는 말하기 어렵군요. 만일 아가씨가 사망시각이 4시가 아니겠느냐고 한다면 그럴 수도 있다고 말할 수 있죠. 사실 내가 보는 견해로는 그보다는 약간 더 늦은 시각이지만. 한편으론 그보다 더 일찍 사망했다고 말할 수도 있을 겁니다. 4시 30분쯤이 아마 어림잡을 수 있는 시각일 겝니다."

"감사합니다. 그게 바로 제가 알고 싶었던 거예요."

에밀리는 3시 10분 기차를 타고 데이크리스 씨가 묵고 있는 호텔로 향했다.

그들의 대화는 지극히 사무적이고도 이성적이었다. 그는 에밀리를 어렸을 때부터 알아왔고, 법적 나이가 될 때까지 그녀의 재산을 관리했다.

"진정하고 들어요, 에밀리. 일은 우리가 예상한 것보다 짐 피어슨에게 더욱 불리하게 되었어요."

"불리하다뇨?"

"그저 주변만 맴도는 것은 이제 소용없게 되었단 말입니다. 짐에게 상당히 불리하게 작용할 사실이 몇 가지 밝혀졌어요. 경찰이 짐을 범인이라고 단정지을 만한 사실들인데, 에밀리에게 이로움이 되지 않는다면 밝히지 않겠어요."

"제발 말씀해 주세요"

에밀리의 목소리는 침착하고 냉정했다. 내적인 충격은 어떻든 간에 그녀는 자신의 감정을 절대로 밖으로 표현하지 않으려고 애썼다. 짐을 돕는 것은 결코 감정이 아니라 이성(理性)이었다. 그녀는 정신을 똑바로 차려야만 한다고 속으로 외치고 있었다.

"짐이 급히 돈이 필요했다는 사실에는 의심의 여지가 없더군요. 나는 그 상황의 도덕적인 면에 대해서는 말하고 싶지 않아요. 피어슨은 좋게 표현하자면 회사에서 수시로 돈을 빌렸더군요. 다시 말해서 회사 돈을 유용한 것인데, 짐은 그 돈으로 주식 투자에 열을 올렸던 겁니다. 최근에는 가격이 오를 만한 주식을 사기 위해 일주일 간격으로 회사 돈을 유용했는데, 그로서는 이익이 남을 것을 확신했던 거지요. 그런 식으로 해서 돈을 다시 대치해 넣곤 해서 매우 안전하게 진행되었기 때문에 피어슨은 나름대로 의심의 여지가 없다고 판단했었지요. 일주일 전에도 그는 그런 방법으로 주식을 샀는데, 이번에는 예기치 않은 사태가 벌어진 겁니다. 회사 장부가 정기 감사를 받게 되었는데, 어떤 이유로 감사 기일이 예정보다 앞당겨지자 피어슨은 궁지에 몰리고 말았지요. 그는 자신의 부정을 숨기려고 여기저기서 돈을 구하려 했지만 필요한 액수를 도저히 조달할 수가 없었어요. 그래서 마지막 수단으로 외삼촌에게 사실을 털어놓고 도움을 청하려고 데븐셔로 달려간 것인데, 트레블리언 대령은 한 마디로 딱 잘라 거절한 겁니다. 자, 에밀리. 우린 이 사실이 중요시되는 것을 도저히 막을 수가 없어요. 경찰은 이미 그 사실을 알아냈습니다. 그 사실이 절박한 범행동기가 되지 않겠어요? 대령이 죽으면 피어슨은 커크우드 씨에게 부탁해서 유산 가운데 얼마는 미리 받을 수 있을 테고, 그렇게 되면 절박한 경제적 상황과 형사소추는 면할 수 있지요"

"멍청이 같으니라고"

에밀리는 안타깝게 말했다.

"맞아요." 데이크리스는 냉정한 투로 말했다.

"우리가 취할 유일한 방법은 짐 피어슨이 외삼촌의 유언에 대해 전혀 모르고 있었다는 것을 증명하는 길뿐이에요"

에밀리는 잠시 생각하더니 조용히 말했다.

"그건 불가능해요. 실비아와 짐, 그리고 브라이언은 이따금 데븐셔의 부유한 외삼촌이 물려줄 유산에 대해 이야기하면서 웃고 농담을 하곤 했으니까요."

"흠, 어쩔 도리가 없군."

"짐이 범행을 저질렀다고 생각하지는 않으시죠?"

"물론 그렇게 생각하진 않아요. 어떤 면에서 짐은 상당히 솔직한 젊은이지만, 이렇게 말하면 에밀리가 어떻게 생각할지 몰라도 짐은 상업적 정직성의 기준을 갖고 있지는 않아요. 그러나 한 순간이라도 그가 외삼촌을 모래주머니로 내리쳤다고 믿을 수는 없어요."

"그렇게 믿어주시니 다행이군요. 경찰도 그렇게 생각해 주면 얼마나 좋겠어요."

"그렇겠지. 하지만 우리의 생각은 실질적인 도움이 안 돼요. 그에게 불리한 증거가 너무도 확실하단 말입니다. 로리머에게 변호를 부탁해야겠어요. 사람들은 그를 한 가닥 희망이라고 부르지요."

"알고 싶은 게 있어요. 짐을 만나보셨죠?"

"물론이오."

"다른 관점에서 그가 진실을 말했다고 생각하시는지 그 점에 대해 제게 솔직하게 말씀해 주세요."

에밀리는 엔더비가 제시한 의견을 대충 설명해 주었다.

데이크리스 씨는 대답하기 전에 심사숙고하는 것 같았다.

"내 판단으로는 짐이 외삼촌과 만난 일을 설명할 때는 진실을 말하는 것 같았어요. 그런데 무척 겁을 먹고 있는 게 아닌가 하는 의심이 들더군요. 만일 그가 창문 쪽으로 돌아가서 외삼촌이 죽어 있는 것을 보았다면 너무 놀라서 그 사실을 인정하지 않고 거짓말을 꾸며낼 가능성도 있겠지요."

"저도 그렇게 생각해요. 다음번에 짐을 만나시면 진실을 말해야 된다고 설득해 주시겠어요? 그렇게 되면 상황이 전혀 달라질 수도 있을 테니까요."

"그렇게 하지요. 그러나……."

데이크리스 씨는 잠시 뒤 말을 계속했다.

"그 생각에는 잘못이 있는 것 같군요. 트레블리언 대령이 죽었다는 소식은 8시 30분경에는 온 익스햄프턴에 전해졌을 거예요. 그 시각에 엑시터행 기차가 있었는데도 짐 피어슨은 다음 날 첫 기차를 탔어요. 그건 이해가 안 가는 행동입니다. 차라리 마지막 기차를 탔다면 에밀리의 생각이 합당하겠지만. 우리가 생각하듯이 짐이 4시 30분쯤에 외삼촌의 시체를 봤다면 그는 즉시 익스햄프턴을 떠났을 겁니다. 6시 직후에 기차가 떠났고, 그다음 기차는 8시 15분 전이었으니까."

"그게 문제예요." 에밀리도 데이크리스 씨의 판단에 동의했다.

"내가 짐에게 외삼촌 집에 어떻게 들어갔는지를 물어봤는데, 짐의 말로는 트레블리언 대령이 장화를 벗고 들어오라고 해서 문간에 장화를 벗어두었다는 겁니다. 그건 홀에 젖은 발자국이 없었다는 것으로 설명이 되지요."

"짐이 혹시 무슨 소리를 들었다고 하지는 않던가요? 집 안에 누군가 다른 사람이 있는 것 같은 그런 소리 말이에요."

"그런 말은 없었어요. 그것도 물어봐야겠군요."

"고맙습니다. 짐에게 제 편지를 전해 주실 수 있으세요?"

"검열을 받겠지만 전해 줄 수는 있습니다."

"예, 그 점을 고려해서 쓰겠어요."

에밀리는 책상으로 가서 몇 자 적었다.

사랑하는 짐

모든 게 잘 될 거예요. 힘을 내요. 난 진실을 밝히기 위해 열심히 뛰고 있어요. 당신은 무척 어리석은 행동을 했어요.

사랑과 함께 에밀리가.

"여기 있어요."

데이크리스 씨는 에밀리의 편지를 읽어보고는 아무 말도 하지 않았다.

"글씨를 또박또박 쓰려고 노력했어요. 교도관이 알아보기 쉬울 거예요. 전이제 가야겠네요."

"차라도 한잔하고 가면 좋을 텐데."

"아니에요. 감사합니다만 시간이 없네요. 짐의 이모님을 만나러 가야 하거든요."

로렐 저택에 도착한 에밀리는 가드너 부인이 외출중이지만 곧 돌아올 것이라는 말을 들었다. 에밀리는 하녀에게 미소를 지으며, "그렇다면 들어가서 기다리겠어요."라고 말했다.

"데이비스 간호사를 만나시겠어요?" 하녀가 물었다.

에밀리는 지금 누구라도 사양치 않고 만날 준비가 되어 있는 터였다.

"그래요." 그녀는 선뜻 대답했다.

몇 분 뒤에, 데이비스 간호사가 절도 있는 태도로 호기심을 보이며 들어왔다.

"안녕하세요? 난 에밀리 트레푸시스예요. 가드너 부인의 조카라고 할 수 있죠. 아시겠지만 이번 사건으로 체포된 짐 피어슨의 약혼녀예요."

"아, 정말 무서운 일이에요. 우린 오늘 아침 신문에서 읽었어요. 어쩌면 그런 일이 일어나다니. 아가씨는 훌륭하게 참아내고 있군요. 트레푸시스 양, 정말 훌륭해요."

간호사의 목소리에서는 어딘가 형식적인 데가 느껴졌다. 에밀리는 마음속으로 간호사들이란 자신의 감정을 억제할 수는 있지만 보다 인간적인 감정은 기대하기 어렵다는 생각을 했다.

"예, 비탄에 잠겨 있을 수만은 없으니까요. 크게 염려하지 않아도 될 거예요. 내 말은 집안에 살인사건이 일어나서 무척 놀랐을 거라는 뜻이에요."

"물론 좋은 일은 아니죠."

간호사는 그렇지 않다는 듯 명랑해지며, "어쨌든 환자에 대한 의무는 최우선이니까요."라고 말했다.

"다행이군요. 제니퍼 이모님은 마음 놓고 의지할 사람을 두셔서 무척 다행이시겠어요."

"그렇게 생각해줘서 고마워요." 간호사는 억지웃음을 지으며 말했다.

"생각이 깊은 분이시군요. 물론 난 이보다 더한 경험을 많이 했어요. 지난번에는……."

에밀리는 복잡하게 얽힌 이혼이니 뭐니 하는 스캔들에 관한 그녀의 이야기를 참을성 있게 들어주었다. 그리고 간호사의 재치 있는 말솜씨에 찬사를 보내면서 가드너 부부에 관한 이야기로 화제를 돌렸다.

"난 제니퍼 이모님의 남편에 대해서는 전혀 몰라요. 만난 적도 없고요. 집에만 계시다고 들었죠."

"그래요. 참 안됐어요."

"무슨 병인가요?"

간호사는 직업의식을 발휘하듯 환자에 대해 신나게 떠들었다.

"그렇다면 다시 회복될 수는 없는 건가요?"

"무척 허약한 상태에 계시죠."

"그렇겠군요. 하지만 희망을 가질 순 있겠죠?"

간호사는 꽤나 형식적인 태도로 고개를 저으며, "글쎄요. 그럴 가능성이 있을 것 같진 않아요."라고 말했다.

에밀리는 수첩에 제니퍼 이모의 알리바이를 적어놓고 있었다. 그녀는 들릴 듯 말 듯한 목소리로 중얼거렸다.

"오빠가 살해당하는 순간에 영화관에 계셨다니 정말 세상일이란 알 수가 없어요."

"슬픈 일이죠." 간호사가 대꾸했다.

"말씀은 안 하셨지만 깊은 충격을 받으셨을 거예요."

에밀리는 단도직입적 질문을 피하면서 자신이 원하는 바를 알아낼 방법을 궁리하고 있었다.

"이모님이 어떤 환상이나 예감을 느끼진 않으셨을까요? 이모님이 외출에서 돌아오셨을 때 홀에서 맞이했었죠? 그리고 이모님 안색이 평소와 다르다고 말했었죠?"

"아, 아니에요. 난 안 그랬어요. 저녁 식탁에 앉을 때까지 난 부인을 보지 못했는걸요. 그리고 부인은 평소와 달라 보이지 않았어요."

"내가 다른 일과 혼동을 하고 있나 보군요." 에밀리가 얼른 말했다.

"아마 다른 친척이시겠죠. 난 그날 조금 늦게 돌아왔어요. 한참동안 환자 곁을 떠나 있어서 죄를 지은 것 같더군요. 하지만 환자가 자긴 괜찮으니까 외출을 하라고 고집을 부리셨거든요."

이렇게 말하며 간호사는 갑자기 시계를 보았다.

"이런, 더운 물을 가져오라고 하셨는데. 가봐야겠어요. 실례해도 되겠죠, 트레푸시스 양?"

에밀리는 괜찮다고 대답하고 벽난로 쪽으로 가서 벨을 눌렀다. 단정치 못한 차림의 하녀가 약간 놀란 표정으로 들어왔다.

"이름이 뭐죠?"

"비어트리스예요, 아가씨."

"아, 비어트리스 이모님을 더 이상 기다릴 수 없을 것 같군요. 이모님이 금요일에 사 오신 물건에 대해 물어볼 게 있는데, 혹시 커다란 꾸러미를 들고 오시지 않았나요?"

"아뇨, 아가씨, 전 마님이 들어오시는 걸 보지 못했어요."

"이모님이 6시에 들어오셨다고 말했던 것 같은데."

"예, 그건 맞아요. 들어오시는 건 못 봤지만 7시에 더운 물을 마님 방에 가지고 갔다가 마님이 어두운 방 침대에 누워 계신 걸 보고 깜짝 놀랐어요. 그래서 제가, '마님, 전 정말 놀랐어요.'라고 말씀드렸더니, '오래전에 돌아왔다. 6시에.'라고 하시더군요. 커다란 꾸러미는 보이지 않았어요."

비어트리스는 뭔가 도움이 될까 하여 열심히 설명을 했다.

"됐어요, 비어트리스, 알았어요."

하녀가 방을 나가자, 에밀리는 핸드백에서 작은 수첩을 꺼내어 기차시간표를 보았다.

에밀리는 혼자서 중얼거렸다.

"세인트 데이비스 역에서 3시 10분에 엑시터를 떠나서, 3시 42분에 익스햄프턴에 도착. 이 시간이면 오빠의 집에 가서 그를 살해할 수 있지. 말만 들어도 끔찍하고 잔인해. 이건 말도 안 되는 것 같아. 돌아오는 기차는 4시 25분에 있고, 데이크리스 씨가 말한 건 6시 10분 기찬데, 그걸 타면 7시 23분에 도착해. 맞아 두 가지 모두 가능해. 간호사에게는 의심의 여지가 없어서 유감이군.

오후 내내 외출 중이었고 그녀가 어딜 갔었는지 아무도 모르지만, 동기가 없이 살인을 할 리는 없으니까. 하긴 이 집안사람 어느 누구도 대령을 살해하지 않았다고 믿을 수는 없겠지만, 한편 그렇게 생각하는 게 마음편한 일이지. 아, 누군가가 왔군."

홀에서 두런거리는 말소리가 나더니 문이 열리며 가드너 부인이 들어왔다.

"저는 에밀리 트레푸시스예요." 에밀리가 먼저 말했다.

"짐 피어슨과 약혼한."

"아, 에밀리." 가드너 부인은 악수를 청했다.

"놀라운 일이에요."

이 순간 에밀리는 자신이 갑자기 왜소해지고 약해지는 것을 느꼈다. 못된 짓을 하다 들킨 어린아이 같은 심정이었다. 가드너 부인은 특별한 여자였다. 그것은 성격에서 비롯되는 것으로, 한 사람이 아닌 두 사람 이상의 성격을 합친 강한 여자인 것 같았다.

"차를 마셨어요? 안 마셨다고? 그렇다면 여기서 함께 마시도록 해요. 잠깐, 올라가서 먼저 로버트를 봐야겠군."

남편의 이름을 말할 때 그녀의 얼굴에는 어떤 특별한 감정이 번져가고 있었다. 딱딱하던 목소리가 부드럽고 아름답게 바뀌었다. 그것은 마치 어두운 잔 물결 위를 비추며 지나가는 불빛 같았다.

'남편을 무척 사랑하고 있어.' 에밀리는 거실에 혼자 남아 생각했다.

'제니퍼 이모에게는 어딘지 놀라운 면이 있는 것 같아. 로버트 이모부가 부인의 넘치는 사랑을 좋아하는지 의심스러운데.'

제니퍼 가드너는 모자를 벗고 거실로 돌아왔다.

"이번 일에 대해 나와 이야기를 하고 싶은 게 있나요, 에밀리? 얘기를 하고 싶지 않다 해도 난 이해해요."

"좋은 얘기도 아닌걸요."

"그래요. 경찰이 빨리 진범을 찾기를 바랄 수밖에 없으니까. 벨을 눌러주겠어요? 간호사에게 차를 올려 보내야겠는데. 여기 내려와서 재잘거리는 게 싫으니까. 간호사는 질색이에요."

"간호사는 잘하나요?"

"그런 것 같아요. 로버트가 그렇다고 하니까. 난 왠지 본능적으로 싫지만, 로버트는 우리가 이제까지 고용했던 간호사 중에서 제일 낫다고 하더군요."

"외모도 괜찮던데요." 에밀리가 말했다.

"천만에, 그 둔하게 못생긴 손가락 좀 봐요."

에밀리는 설탕통 위로 오가는 가드너 부인의 길고 하얀 손가락을 유심히 바라보았다.

"로버트는 이번 일로 신경이 날카로워져 있어요. 상태가 악화되는 것 같아요. 그것도 아마 증상의 일부분이 아닌가 해요."

"그분은 트레블리언 대령님을 잘 모르시죠?"

제니퍼 가드너가 고개를 저었다.

"잘 모를 뿐만 아니라 전혀 개의치 않아요. 솔직히 말해서 나 역시 오빠의 죽음에 큰 슬픔을 느끼지 않는걸. 오빠는 몰인정하고 욕심이 많은 사람이었어요, 에밀리. 우리가 얼마나 힘들게 사는지 알고 있었지. 그 가난이란! 적시에 돈을 빌려주었더라면 로버트는 지금보다 나은 상태가 될 수 있었던 특수치료를 받을 수 있었다는 것도 알고 있었어요. 그러니 마땅한 벌을 받은 거예요."

그녀는 깊고 조용한 목소리로 말했다.

'정말 특별한 여자야. 마치 희랍 비극에 나오는 여자처럼 아름답고도 무서운 여자야.' 에밀리의 생각이었다.

"아직도 늦지는 않았을 거예요." 가드너 부인이 말했다.

"오늘 익스햄프턴의 변호사에게 편지를 보냈어요. 유산의 일부를 미리 받을 수 있는지 알아보기 위해서지. 내가 말한 특수치료란 어떤 면에선 엉터리 치료라고 하는 사람들도 있지만, 많은 환자들이 성공적으로 나았다고 하더군요. 에밀리, 로버트가 다시 걸을 수 있다면 얼마나 좋겠어요."

그녀의 얼굴은 등불이 비친 것처럼 밝고 환하게 빛났다.

에밀리는 피곤했다. 먹은 것도 거의 없이 긴 하루를 바쁘게 지냈고, 억제된 감정으로 탈진상태에 놓여 있었다. 거실이 눈앞에서 빙글빙글 도는 것 같았다.

"어디 아파요, 에밀리?"

"아뇨, 괜찮아요."

에밀리는 숨을 가쁘게 쉬며 말했다. 그러나 그녀 자신조차 놀랍고 난처하게도 갑자기 울음이 터져 나왔다.

가드너 부인은 그녀를 위로하지 않았다. 그것이 에밀리에겐 오히려 다행이었다. 그녀는 에밀리가 눈물을 그칠 때까지 말없이 앉아 있기만 했다. 그러다가 나지막이 말했다.

"안됐어요. 짐이 체포될 수밖에 없었다니. 불행한 일이야. 잘되기를 바랄 뿐이지."

제21장

오가는 대화

　찰스 엔더비는 자신의 계획을 추진하며 잠시도 쉬지 않았다. 시타퍼드의 모든 것을 알기 위해서는 수도꼭지를 틀 듯이 커티스 부인에게 한마디의 말만 건네면 되었다. 온갖 숨겨진 이야기와 옛 추억, 추측, 소문 그리고 사소한 일에 대해 그녀의 입을 통해서 홍수처럼 쏟아져 나오는 이야기를 들으면서 그는 필요한 것만 열심히 추리면 되었다. 그다음 또 다른 사람의 이름을 대면 그 즉시 밀물처럼 그에 관한 이야기가 쏟아지는 것이었다.

　그는 와이엇 대령에 대해 전부 알게 되었다. 그의 불같은 성미, 무례한 태도, 이웃과의 말다툼, 특별히 젊은 아가씨에 대한 놀랄 만큼 정중한 태도, 인도인 하인을 부리는 그의 생활, 시도 때도 없이 먹는 식사와 엄격한 다이어트 등이 그것이었다. 또한 라이크로프트 씨에 대해서는 그의 서재, 헤어토닉, 강력히 주장하는 깔끔함과 꼼꼼함, 다른 사람에 대한 지나칠 정도의 호기심, 최근에 팔아넘긴 몇 가지 소유물, 조류에 대한 굉장한 애착, 그리고 윌렛 부인이 자신에게 호의를 품고 있다는 최근의 생각 등이었다. 퍼스하우스 양에 관한 이야기는 이러했다. 그녀의 신랄한 언변, 조카를 다루는 방법, 그 조카가 런던에서 방탕한 생활을 했다는 소문 등이었고, 버너비 소령과 트레블리언 대령의 우정에 대해서도 다시 듣게 되었다. 그들 두 사람의 회고담, 체스를 즐겼다는 이야기 등등.

　윌렛 모녀에 대해서 알고 있는 것은 전부 들었고, 바이올렛이 로니 가필드를 마음대로 움직이고 있다는 것과 사실은 그것이 그녀의 진심이 아니라는 것도 알게 되었는데, 그것은 바이올렛이 어떤 젊은이와 황무지를 배회했다는 수상한 점으로 미루어서 내린 결론이었다.

　그래서 커티스 부인은 윌렛 모녀가 이렇게 외딴 지역에 온 이유가 바로 그

것 때문일 것이라고 추측했다. 윌렛 부인은 '현실을 분명히 이해시키려고' 즉시 딸을 나무랐지만—"아가씨들이란 어머니 세대가 생각하는 것보다 훨씬 능수능란한 법이지."라고 커티스 부인이 말했다.

듀크 씨에 대해서는 들을 것이 별로 없었다. 그는 이곳에 온 지 얼마 되지 않았고, 그가 하는 일은 오로지 원예뿐인 것 같았다.

커티스 부인이 쏟아놓은 이야기들로 머리가 빙글빙글 돌 것 같이 느껴진 엔더비는 3시 30분에 산책을 나갔다. 그는 퍼스하우스 양의 조카와 좀더 친근해져야겠다고 생각했다. 퍼스하우스 양의 집 주변을 맴도는 것이 쓸모없다고 판단하는 순간 뜻밖에도 우울한 표정으로 시타퍼드 저택을 나서는 그 젊은이와 마주치게 되었다. 그는 싫은 소리를 듣고 쫓겨난 처량함이 그대로 드러난 얼굴이었다.

"안녕하시오?" 찰스가 말을 건넸다.

"이 집은 트레블리언 대령의 집이죠?"

"맞아요." 로니가 말했다.

"난 오늘 아침 우리 신문에 실을 이 집의 사진을 찍으려 했는데, 사진 찍기엔 날씨가 좋지 않군요."

로니는 밝은 햇빛 아래에서만 사진을 찍어야 한다면 신문에 실릴 사진은 몇 장밖에 안 되리라는 생각은 추호도 하지 못하고 엔더비의 말을 곧이곧대로 받아들였다.

"무척 재미있겠군요, 당신이 하는 일 말입니다."

"비참한 일이죠, 뭐."

찰스는 일에 대한 자기의 열의를 내보이지 않으려 애쓰며 이렇게 대답했다. 그리고 로니의 어깨 뒤로 시타퍼드 저택을 바라보았다.

"어쩐지 음울한 곳 같은데요."

"윌렛 모녀가 이사 온 뒤로는 변화무쌍한 곳이 되었죠. 작년 이맘때쯤 이곳에 다녀갔었는데 지금 들어가 보면 그때 와본 곳으로는 믿어지지 않습니다. 그런데 윌렛 모녀가 집 안을 어떻게 바꾸었는지 도무지 알 수가 없어요. 가구를 약간 옮기고 쿠션과 몇 가지 물건을 들여왔을 뿐인 것 같은데 말이에요.

윌렛 모녀가 이곳에 있는 게 내게는 천만다행한 일이라고 말할 수 있죠."

"이곳은 대체로 유쾌한 지역은 아닌 것 같던데요." 찰스가 말했다.

"유쾌해요? 내가 만일 이곳에서 2주일 동안 계속 머물게 된다면 난 분명히 정신을 잃고 말 겁니다. 우리 고모는 나를 사정없이 몰아붙이는 생활로 일관하고 있죠. 고모의 고양이를 봤습니까? 오늘 아침에 그중 한 놈의 털을 빗겨주었는데, 여기 그놈이 할퀸 자국 좀 봐요."

로니는 팔을 내밀고 상처자국을 보여 주었다.

"재수가 나빴군요."

"그런 셈이죠. 그런데 무슨 조사를 하고 있습니까? 만일 그렇다면 내가 도와드리면 안 될까요? 셜록 홈스의 왓슨 같은 역할 말입니다."

"시타퍼드 저택에 무슨 단서가 없습니까?"

찰스는 대수롭지 않은 투로 물었다.

"내 말은 트레블리언 대령이 남기고 간 소지품이 없을까 하는 겁니다."

"그런 것은 없다고 봅니다. 고모 말에 의하면 자물쇠와 사유물, 사냥총까지 전부 옮겨갔다는군요. 박제된 코끼리 발과 하마 이빨, 그 밖의 사소한 물건까지도 전부 가져갔다고 하더군요."

"마치 다시는 돌아오지 않을 것처럼 그랬군요."

"이건 내 생각인데, 혹시 자살이 아닐까요?"

"모래주머니로 자기 뒤통수를 정확하게 내리칠 수 있는 사람이라면 아마 자살이란 분야에서 최고의 자리를 차지할 겁니다." 찰스가 말했다.

"그렇군요. 합당한 생각은 아니군요. 대령이 어떤 예감을 가졌던 것은 아닐까요?" 로니는 표정이 밝아지며 물었다.

"이건 어떨까요? 원한관계에 있는 누군가가 대령을 추적하고 있었다. 그들이 올 것을 안 대령은 자신은 이곳을 뜨고 윌렛 모녀에게 자신을 대신하게 했다."

"윌렛 모녀는 어딘가 모르게 정체가 불분명한 사람들인 것 같던데요?"

"맞습니다. 도대체 정체를 모르겠어요. 이런 곳에 와서 살다니. 바이올렛은 별로 싫어하지 않는 것 같던데. 사실 그녀는 이곳이 좋다고 하더군요. 그런데 오늘은 어쩐 일인지 모르겠어요. 아마 집안에 무슨 문제가 생긴 것 같아요. 여자들은 하인 문제로 지나치게 속을 끓인다고 생각해요. 하인들이 언짢게 굴면 내쫓아버리면 그만인데 말입니다."

"그러지 못하는 게 여자들 아니겠습니까." 찰스가 말했다.

"예, 그렇습니다. 그런데 그들 모녀는 쓸데없이 속을 태우고 있지 뭡니까. 어머니는 누워서 신경질적으로 소리를 지르고, 딸은 쑥 들어간 자리목을 하고서 나를 이렇게 쫓아냈시 뭡니까."

"경찰이 다녀간 것 같지 않던가요?"

로니는 영문을 모르겠다는 표정으로 찰스를 바라보았다.

"경찰? 아뇨, 경찰이 왜요?"

"글쎄, 잘 모르겠지만 오늘 아침 시타퍼드에서 내러콧 경감을 봤거든요."

"내러콧 경감?"

"예."

"그러니까 트레블리언 사건을 담당한 그 사람 말입니까?"

"맞아요."

"그가 시타퍼드에서 뭘 하는 거죠? 어디서 봤습니까?"

"뭔가를 찾고 있는 거겠죠. 말하자면 트레블리언 대령의 과거 생활을 알아본다거나 하는 일 말입니다."

"그것뿐일까요?"

"그럴 겁니다."

"혹시 시타퍼드의 누군가가 그 사건과 관련이 있다고 생각하는 건 아닐까요?"

"만일 그렇게 생각하고 있다면 해결은 불가능할걸요. 그렇지 않습니까?"

"아, 그렇고말고요. 하지만 경찰이란, 항상 잘못 짚곤 하지 않습니까. 탐정소설에서도 그렇더군요."

"그렇지만 나는 경찰이 지능이 발달한 사람들이라고 생각합니다. 물론 신문도 그들을 많이 돕고 있긴 하지만요. 해결된 사건에 대해 자세히 읽어보면 경찰이 증거가 전혀 없는 살인사건을 얼마나 기가 막히게 추적했는가를 알고 깜짝 놀랄 겁니다."

"아, 그렇습니까? 난 몰랐어요. 하긴 그렇게 신속하게 피어슨을 체포한 걸 보면 그렇기도 하겠군요. 그건 아주 분명한 사건인 것 같아요."

"너무나 분명하죠. 당신이나 내가 체포되지 않아서 천만다행이 아니겠습니까? 자, 난 전보를 치러 가야겠군요. 이곳 사람들은 전보를 거의 이용하지 않는 것 같더군요. 5실링 이상의 요금을 치르는 전보를 치면 아마 도망친 정신병자로 생각할 겁니다."

찰스는 전보를 치고 숙소로 돌아와 침대에 몸을 던지고 더없이 행복하고 평화롭게 잠이 들었다. 그와 트레푸시스와의 관계에 대해 마을 여기저기에서 많은 이야깃거리가 되고 있다는 사실은 전혀 모르는 채.

시타퍼드에서는 세 가지 일이 화제가 되고 있었다. 첫째는 살인사건, 둘째는 탈옥수, 셋째는 에밀리 트레푸시스와 그 사촌에 관해서였다.

찰스가 잠자고 있는 시각에 네 가지 각기 다른 대화가 오가고 있었다.

첫 번째 대화는 시타퍼드 저택에서 이루어지고 있었다. 바이올렛과 그녀의 어머니는 그들의 은둔지에서 방금 찻잔을 치운 뒤였다.

"내게 그렇게 말해 준 사람은 커티스 부인이에요."

바이올렛이 말했다. 그녀는 아직도 창백하고 기운이 없어 보였다.

"그 여자가 말하는 건 전염병 같아."

"알아요. 그 아가씨는 사촌인가 누군가와 그 집에 머물고 있어요. 오늘 아침에 그렇게 말하더군요. 그러나 커티스 부인 댁에서 지내는 이유는 단지 퍼스하우스 양의 집에 빈 방이 없기 때문이에요. 내가 보기에 그 아가씨는 오늘 아침 처음으로 퍼스하우스 양을 만난 것 같아요!"

"난 본능적으로 그 여자가 싫더구나."

"커티스 부인 말이에요?"

"아니, 퍼스하우스란 여자 말이다. 그런 유형의 여자는 위험해. 다른 사람의 일이나 캐내는 걸 목적으로 삼고 사는 사람이거든. 커피 케이크 조리법을 가르쳐달라고 그 여자애를 보내다니! 나 같으면 독이 든 케이크 만드는 방법을 가르쳐주었을 거다. 그러면 다시는 남의 일에 간섭하지 못하게 됐을 텐데!"

"내가 눈치를 챘어야 하는 건데……"라고 말하는 바이올렛을 가로채며 윌렛 부인이 말했다.

"네가 어떻게 알았겠니! 어쨌든 해로운 일은 아니잖니."

"그 아가씨는 우리 집에 왜 왔을까요?"

"아마 뚜렷한 이유는 없었을 거다. 그저 염탐하려고 했겠지. 커티스 부인은 그 여자애가 짐 피어슨과 약혼했다는 사실이 확실하다고 했니?"

"그 아가씨가 라이크로프트 씨에게 그렇게 말했다나 봐요. 커티스 부인은 그녀를 처음 본 순간에 눈치를 챘다고 했어요."

"그렇다면 내 생각이 맞구나. 그 애는 확실한 목적 없이 뭔가 도움이 될 만한 걸 찾아다니고 있는 거야."

"어머닌 그녀를 못 보셨잖아요? 목적이 없지도 않았고요."

"내가 봤어야 하는 건데." 윌렛 부인이 말했다.

"하지만 오늘 아침엔 온통 신경이 곤두서서 말이야. 어제 그 경감을 만났기 때문인 것 같다."

"어머닌 잘해내셨어요. 내가 그렇게 어리석은 꼴을 보이지 말았어야 하는 건데, 기절해 쓰러지다니. 아! 난 너무나 부끄러워. 어머닌 정말 침착하고 정확했어요. 눈썹 하나 까딱 않았으니."

"훈련이 된 덕분이지."

윌렛 부인은 메마른 음성으로 냉정하게 말했다.

"너도 나와 같은 경험을 해보면 그렇게 될 게다. 아니야, 넌 그렇게 되어선 안 돼, 절대로. 난 네가 행복하고 안락한 삶을 살 거라 믿는다."

바이올렛은 고개를 저었다.

"난 몹시 두려워요. 겁이 나요."

"말도 안 된다. 어제 일일랑 잊어버려라. 걱정할 것 없다."

"그렇지만 경감의 생각은……."

"짐 피어슨이란 말에 네가 기절한 일 말이냐? 그래. 아마 그 사람은 바로 그거다 하고 생각했겠지. 그 사람은 바보가 아니니까. 내러콧 경감 말이다. 그 러나 그렇게 생각한들 무슨 상관이냐? 아마 무슨 관계가 있을 거라고 짐작하고는 찾아내려하겠지. 그러나 절대로 찾지 못할 거다."

"정말 그럴까요?"

"물론이지. 어떻게 찾아내겠니? 날 믿어라, 바이올렛. 그건 절대적으로 확실하다. 어찌 생각하면 네가 기절한 게 오히려 다행인지도 모르겠다. 그렇게 생각하기로 하자꾸나."

두 번째 대화는 버너비 소령의 집에서 있었다. 그것은 커티스 부인에 의한 거의 일방적인 대화였다. 그녀는 소령의 빨랫감을 모아 가지고 이미 30분 전부터 돌아갈 채비를 한 채 계속 떠들고 있었다.

"우리 대고모이신 새러 벨린다 같아요. 오늘 아침 제 남편도 그렇게 말하더군요." 커티스 부인은 의기양양하게 말했다.

"대단한 아가씨예요. 그런 여자는 새끼손가락 하나로도 모든 남자를 휘어잡을 수 있는 법이죠."

버너비 소령은 혼자 무어라 중얼거렸다.

"한 남자와 약혼하고는 다른 남자와 함께 다니죠. 그것도 벨린다 고모와 흡사해요. 그건 경망스러워서가 아니라 대단한 여자이기 때문이에요. 지금은 가필드 씨를, 그녀는 아마 곧 그를 손아귀에 넣을 거예요. 오늘 아침에 보니 그는 마치 순한 양 같더군요. 그게 바로 그 표시예요."

그녀는 말을 멈추고 잠시 숨을 돌렸다.

버너비 소령이 그 틈에 말했다.

"자, 자, 나 때문에 더 이상 지체하지 말아요, 커티스 부인."

"제 남편이 지금쯤 아마 차를 마시고 싶어 할 거예요."라고 말하면서도 그녀는 움직일 기색이 없었다.

"전 소문이나 떠들고 다니는 여자는 아니랍니다. 네 일이나 해라. 전 자신에게 이렇게 말하곤 해요. 그런데 일에 대해 말씀인데, 대청소를 하는 게 어떻겠어요?"

"안 돼요!" 버너비 소령이 버럭 소리를 질렀다.

"대청소를 한 지 한 달이 지났는걸요."

"싫소. 내 손이 닿는 곳에 찾는 물건이 있는 게 난 좋아요. 대청소를 한 다음에 보면 제자리에 있는 물건이 하나도 없더군."

커티스 부인은 한숨을 내쉬었다. 그녀는 청소라면 타의 추종을 불허하는 여자였다.

"와이엇 대령님의 집이야말로 대청소를 해야 할 거예요. 그 원주민 하인이 청소에 대해 뭘 알겠어요. 불결한 흑인이 말이에요."

"원주민보다 더 나은 하인은 없어요. 그들은 자기가 할 일이 뭔지 잘 알고 또 말이 없으니까."

소령의 마지막 말에 담긴 의미도 커티스 부인에겐 아무 영향을 주지 못한 것 같았다. 그녀는 조금 전의 화제로 다시 말머리를 돌렸다.

"두 통의 전보가 왔더군요. 30분 간격으로 말이에요. 전 무척 놀랐어요. 하지만 트레푸시스 양은 전혀 놀라는 기색 없이 전보를 읽더군요. 그러더니 엑시터에 갔다가 내일 돌아오겠다고 하는 거예요."

"그 젊은이도 함께 갔소?"

"아뇨, 그 사람은 아직 이곳에 있어요. 상냥한 젊은 신사더군요. 그 사람하고 그 아가씨는 썩 어울리는 한 쌍이 될 거예요."

버너비는 다시 뭐라 중얼거렸다.

"자, 이젠 정말 가야겠어요."

버너비 소령은 그녀가 또 무슨 말을 시작할까 봐 아무 대꾸도 하지 않았다. 그러나 이번에는 커티스 부인이 자신의 말대로 행동했다.

그녀가 나가고 문이 닫혔다.

버너비 소령은 안도의 한숨을 쉬며 파이프를 입에 물고 어떤 광산의 사업 계획서를 찬찬히 읽기 시작했다. 그 계획서는 하도 그럴 듯하게 밝은 전망을 나타내고 있어서 약간의 돈밖에 없는 미망인이나 퇴역군인들의 마음을 솔깃하게 끄는 것이었다.

"12퍼센트라, 괜찮을 것 같은데." 소령은 혼잣말을 했다.

그때 바로 이웃의 와이엇 대령은 독단적인 말투로 라이크로프트 씨에게 잔소리를 하고 있었다.

"당신 같은 사람은 도대체 세상을 몰라요. 거친 세상을 살아보지 않았으니 말이오"

라이크로프트 씨는 아무 말도 하지 않았다. 틀린 말을 하는 사람 앞에서 대꾸를 하지 않고 잠자코 있기란 무척 어려운 일이었다. 그러나 와이엇 대령 같은 사람에게는 대꾸를 하는 것보다 가만히 듣고만 있는 편이 훨씬 안전했다.

대령은 의자에 몸을 비스듬히 기대며 말했다.

"그 괜찮아 보이는 아가씨는 도대체 어디서 왔습니까?"

대령이 연상하는 것은 뻔한 것이었다. 라이크로프트 씨는 꽤씸한 생각이 들어 그를 바라보았다.

"여기서 뭘 하는 겁니까? 그게 내가 알고 싶은 겁니다."

와이엇 대령은 다그치듯 말했다.

"압둘!"

"예, 주인님."

"불리는 어디 갔나? 또 밖에 나갔나?"

"주방에 있습니다, 주인님."

"먹이를 주지 마."

그는 의자에 다시 파묻히며 하던 얘기를 계속했다.

"이곳에서 뭘 얻으려고 한답니까? 이런 지역에서 이 사람 저 사람에게 말을 걸고 다니는 그 여자가 누굽니까? 당신네 같은 구식 사람들은 그녀를 지겹게 만들었겠지요. 난 오늘 아침 그녀와 몇 마디 나누었어요. 이런 곳에서 나 같은 사람을 만나서 아마 놀랐을 겁니다."

그는 이렇게 말하며 콧수염을 비틀었다.

"그 아가씨는 제임스 피어슨의 약혼녀입니다." 라이크로프트 씨가 말했다. "거, 왜, 트레블리언을 살해한 범인으로 체포된 젊은이 있잖소"

와이엇 대령은 막 입으로 가져갔던 위스키 잔을 쨍그랑 깨지는 소리와 함께 바닥에 떨어뜨렸다. 그리고 즉시 압둘을 소리쳐 부르더니 의자와 테이블의 거리를 제대로 맞춰놓지 않았다며 그를 꾸짖고는 다시 얘기를 계속했다.

"아하, 그랬군요. 보험회사 직원 같은 남자에겐 과분한 아가씨로군. 그런 아가씨라면 남자다운 남자를 원할 텐데."

"피어슨은 썩 잘생긴 미남이지." 라이크로프트 씨가 말했다.

"잘생긴 미남이라, 미남이라, 아가씨들은 기름독에서 빠져나온 남자를 원하지 않아요. 매일 사무실이나 오가는 젊은이가 인생에 대해 뭘 알겠습니까? 현실적으로 무슨 경험을 할 수 있겠느냐 이 말이에요."

"살인을 범한 경험은 아마 현실에 대해 많은 것을 배우게 했을 겁니다." 라이크로프트 씨는 무뚝뚝하게 말했다.

"경찰은 그가 진범이라고 확신하고 있습니까?"

"확신하는 게 분명합니다. 그렇지 않다면 그를 체포하지 않았을 테니까."

"촌놈들 같으니라고." 와이엇 대령은 경멸하듯 말했다.

"그렇지만도 않아요. 오늘 아침에 만난 내러콧 경감은 상당히 유능한 사람 같더구먼."

"그를 어디서 만났소?"

"집으로 찾아왔더군요."

"내 집에는 오지 않았는데."

와이엇 대령은 기분 나쁘다는 투로 말했다.

"그거야 당신은 트레블리언과 친한 친구가 아니었으니까 그런 게지."

"무슨 말인지 모르겠군요. 트레블리언은 구두쇠였소. 그래서 난 면전에서 그에게 그렇게 말했지. 그는 내게만은 주인 행세를 할 수 없었다오. 난 다른 사람들처럼 그에게 굽실거리지 않았으니까. 언제나 내 집에 들락거리고 또 들락거렸지. 내가 일주일이나 한 달, 또는 일 년 동안이라도 아무도 만나지 않겠다고 한다 해도 그건 내 마음이오."

"당신은 일주일 동안 아무도 만나지 않았지요?"

"그렇소. 왜 그러면 안 될 이유라도 있단 말이오?"

이 성난 병자는 테이블을 내리쳤다. 라이크로프트 씨는 항상 그렇듯 말을 잘못했다고 느꼈다.

"내가 왜 누군가를 꼭 만나야 하오? 어디 말해 보시오."

라이크로프트 씨는 다시 침묵을 지켰다.

잠시 뒤 대령은 분노가 가라앉은 듯 말을 계속했다.

"만일 경찰이 트레블리언에 대해 알고 싶은 게 있다면 당연히 날 찾아왔어야지. 난 세상을 잘 알고, 나름대로의 판단을 갖고 있으니 말이오. 난 사람을 정확히 판단할 능력이 있소. 늙어 비틀거리는 노인이나 여자들만 찾아다니니. 그들에겐 진짜 남자다운 남자의 판단이 필요하단 말이오."

그는 다시 테이블을 내리쳤다.

"글쎄요." 라이크로프트 씨가 입을 열었다.

"내가 보기에 경찰은 자신들이 찾는 것이 뭔지 잘 아는 것 같더군요."

"나에 대해 물어보던가요?" 와이엇 대령이 말했다.

"당연히 그랬겠지."

"글쎄, 잘 기억이 나지 않는군요." 라이크로프트 씨는 조심스레 말했다.

"아니, 왜 기억을 못 한단 말이오? 당신은 아직 노망을 할 나이는 아니잖소?"

"난, 좀, 놀라서."

라이크로프트 씨는 대령을 진정시키려는 듯 말했다.

"놀랐다고? 경찰을 두려워합니까? 난 경찰이 두렵지 않소. 올 테면 와라, 난 이렇게 말하겠소. 할 말이 있으니까. 내가 어젯밤 백 야드 거리에서 고양이 한 마리를 쏜 사실을 아시오?"

실제 고양이인지 아니면 상상 속의 고양이인지는 모르지만 아무튼 연발권총을 쏘아대는 대령의 취미는 이웃사람들에게 상당한 골칫거리였다.

"아, 피곤하다." 와이엇 대령이 갑자기 이렇게 말했다.

"가시기 전에 한잔 더 하시겠소?"

그러나 라이크로프트 씨는 이 말에 기다렸다는 듯이 자리에서 일어났다.

와이엇 대령은 한잔 더 하라고 끈질기게 청했다.

"한잔만 더 마시면 두 배로 남자다워질 거요. 한잔의 술을 즐길 줄 모르는 남자는 진짜 남자라고 할 수 없지."

하지만 라이크로프트 씨는 이만 가야겠다며 대령의 청을 사양했다. 그는 이미 속이 탈 정도로 강하게 만든 위스키소다를 한잔 마신 터였다.

"그럼 차를 드시겠소? 난 차에 관해선 전혀 모릅니다. 압둘에게 알아서 가져오라 하지요. 그 아가씨도 언젠가 내 집에 와서 차를 한잔 들 겝니다. 정말 아름다운 아가씨던데. 내가 꼭 도와줘야 하는데 말씀이오. 이야기를 나눌 사람도 없이 이런 곳에서 지내기가 무척 따분할 겝니다."

"같이 온 젊은이가 있는걸요."

"요즘 젊은 것들은 형편없어." 와이엇 대령의 말이었다.

"도대체 할 줄 아는 게 뭐가 있습니까?"

이에 대한 적절한 답변을 찾지 못한 라이크로프트 씨는 아무 말 없이 대령의 집을 나왔다. 불테리어가 문까지 그를 따라 나와 한바탕 사납게 짖어댔다.

네 번째 방갈로에서는 퍼스하우스 양이 조카인 로널드에게 이렇게 말하고 있었다.

"네가 만일 너를 좋아하지 않는 아가씨 뒤를 부질없이 쫓아다닌다 해도 그건 어디까지나 네 일이긴 하지만, 월렛 양에게 전념하는 게 아마 장래가 있을 거다. 그것 역시 성사가 될지는 의문이다만."

"아니, 저어……." 로니는 반발하고 싶은 느낌이었다.

"또 한 가지 말할 것은, 만일 시타퍼드에 경찰서가 있었다면 난 가서 그걸 말했을 게다. 누가 알겠니. 내가 그에게 확실한 정보를 제공했을지 말이다."

"전 그 사람이 떠나기 전까지 그걸 몰랐어요."

"참으로 너답구나, 로니. 정말 너다운 일이야."

"죄송해요, 고모"

"이제, 더 이상 말 시키지 말거라. 난 피곤해."

퍼스하우스 양은 눈을 감으며 말했다. 그래도 로니는 뭔가 할 말이 더 있는 듯 어물거리며 서 있었다.

"뭐냐?" 퍼스하우스 양은 신경질적으로 물었다.

"아, 아무것도 아니에요. 다만……."

"다만?"

"저, 내일 엑시터에 잠깐 다녀와도 될까요?"

"왜?"

"친구를 만나려고요."

"어떤 친구 말이냐?"

"아, 그냥 친구예요."

"거짓말을 하려거든 좀 그럴 듯하게 해보지 그러냐."

"아니, 저어, 하지만……."

"사과할 필요는 없다."

"그럼 갈 수 있어요?"

"도대체 무슨 말이 그러냐? '갈 수 있어요?'라니. 네가 어린애냐? 넌 스물한 살이다."

"예, 제 말씀은 혹시……."

퍼스하우스 양은 다시 눈을 감았다.

"내게 말을 시키지 말라고 다시 한 번 말한다. 난 피곤해서 쉬고 있으니까. 네가 엑시터에서 만나는 '친구'라는 사람이 치마를 입고 이름이 에밀리 트레푸시스라면 넌 정말 바보다. 이제 내 말은 끝났다."

"하지만……."

"피곤하다지 않니, 로널드. 그만해라."

제22장

한밤의 모험

찰스는 불침번의 성과에 대해 전혀 흥미가 없는 터였다. 그건 마치 야생오리를 쫓는 일처럼 생각되었기 때문이다. 그는 에밀리가 지나치게 풍부한 상상력을 갖고 있다고 여겼고, 그녀가 엿들었다는 몇 마디 말의 의미도 사실은 에밀리의 상상에 의한 것이라 확신하고 있었다. 아마도 윌렛 부인이 완전히 지친 나머지 밤이 오기를 애타게 기다리면서 한 말일 것이다.

찰스는 창밖을 내다보며 진저리를 쳤다. 살을 엘 정도로 매섭게 추운 밤이었다. 안개마저 끼어서 으스스한데다가 이런 밤에 밖에서 배회하며 무슨 일이 일어나기를 막연히 기다릴 사람은 아무도 없을 것이다. 그러나 그는 집 안에서 편안하게 있고 싶다는 강한 욕망을 뿌리치지 않을 수 없었다.

'의지할 사람이 있다는 건 정말 좋은 일이에요.'라고 말하던 에밀리의 촉촉하고 음악적인 목소리가 귓가에 맴돌았다.

'에밀리는 나, 찰스를 의지하고 있다. 그녀를 실망시킬 수는 없어. 그 아름답고 가련한 여자를 실망시키다니. 안 돼. 절대로 안 돼.'

찰스는 가지고 있는 여벌의 내의를 전부 껴입고 두 벌의 코트까지 걸쳤다.

'에밀리가 돌아와서 내가 약속을 지키지 않은 사실을 알면 무척 기분이 상하겠지. 아마 상당히 기분 나쁘다고 말할 거야. 안 돼. 그렇게 할 순 없어. 하지만 아무 일도 일어나지 않는다면—도대체 언제 어떻게 무슨 일이 일어날 것인가? 몸이 하나밖에 없으니 동시에 여러 곳에 있을 수도 없고, 만일 무슨 일이 일어난다면 그건 아마 시타퍼드 저택 안에서 일어날 것이니, 그렇게 되면 그걸 알 도리가 없는 건데.'

"도대체 여자들이란, 자기는 신나게 엑시터로 떠나버리고 나 혼자 이런 끔찍한 일을 하게 하다니." 그는 투덜거렸다.

그러면서 찰스는 또 한 번 에밀리의 감미로운 목소리를 상기하고는 화를 낸 자신이 부끄러웠다. 화장실에 다녀와서 그는 아무도 모르게 집을 빠져나왔다. 밤공기는 그가 생각한 것보다 훨씬 매서웠고 참기 힘들었다.

'에밀리는 내가 자기를 위해 이런 고통을 참고 있다는 사실을 알까.'

그는 그러기를 바랐다. 그는 아랫목을 찾아가듯 주머니에 손을 넣고 안주머니에 든 휴대용 술병을 어루만지며, '우린 친한 친구야. 이 밤도 그렇고,'라며 중얼거렸다. 그는 조심스레 시타퍼드 저택 근처에 다다랐다.

윌렛 모녀는 개를 기르지 않았기 때문에 그 점은 걱정할 필요가 없었다. 정원사의 집에 켜진 불로 봐선 누군가가 아직 자지 않고 있음을 알 수 있었다. 시타퍼드 저택은 위층의 한군데에만 불이 켜져 있었고 나머지는 어둠에 싸여 있었다.

'이 집엔 두 모녀밖에 없으니까 걱정할 건 없지만, 그래도 약간 으스스한걸!'

그는 에밀리가 '오늘 밤엔 오지 않을까?' 하는 말을 실제로 들은 것인지도 모른다고 생각했다. '도대체 왜 그런 말을 했을까? 야간도주라도 한다는 뜻일까? 어쨌든 무슨 일이 일어나건 이 용감한 찰스는 그걸 봐야 해.'

찰스는 적당한 거리를 두고 집을 한 바퀴 돌았다. 안개가 끼어서 들킬 염려는 없었다. 겉으로 보기엔 모든 게 평소와 다름이 없었다.

'무슨 일이라도 일어났으면 좋겠는데.' 시간이 갈수록 찰스는 이렇게 생각하며 휴대용 술병을 꺼내 조심스레 한 모금 마셨다.

'이런 추위는 생전 처음이군.'

그는 손목시계를 보며 아직 12시 20분밖에 안 된 것을 알고 깜짝 놀랐다. 새벽이 가까운 시각일 것으로 생각했기 때문이다.

그때 갑작스런 소리가 그의 귀를 번쩍 뜨이게 했다. 그것은 아주 조심스럽게 빗장을 따는 소리였는데, 집 쪽에서 들려오고 있었다. 어두운 사람의 그림자가 문간에서 밖을 조심스레 내다보고 있었다.

'윌렛 부인이 아니면 윌렛 양일 텐데. 아름다운 바이올렛인 것 같군.'

잠시 뒤 그 그림자는 밖으로 나와 문을 소리 없이 닫고는 집 앞 도로와 반대방향으로 걷기 시작했다. 그 길은 시타퍼드 저택의 뒤쪽으로 연결되어, 작은 숲을 지나 확 트인 황무지에 이르고 있었다. 그 길은 또한 찰스가 숨어 있는 수풀과 가까워서 그림자가 지나갈 때 그 여인이 누군지 금방 알 수 있었다. 그의 판단대로 그것은 바이올렛 윌렛이었다. 그녀는 검은색 긴 코트에 베레모를 쓰고 있었다. 찰스는 소리를 내지 않으려 조심하며 그녀의 뒤를 밟았다. 눈에 띌 걱정은 없었지만 소리 때문에 들킬 염려가 있었다. 그는 그녀를 놀라게 할까 봐 특별히 조심하면서 그녀와의 거리를 되도록 멀리하고 따라갔다.

잠시 그녀가 시야에서 벗어나지나 않을까 걱정했으니, 작은 숲을 돌아가자 바로 앞에 그녀가 서 있는 것이 보였다. 그곳은 집을 둘러싼 얕은 남에 출입문이 나 있는 곳이었다. 바이올렛은 그 문에 기대서서 어두운 밤을 유심히 바라보고 있었다. 찰스는 될 수 있는 한 가까이 기어가서 기다렸다. 시간이 흘러갔다. 그녀는 들고 있는 작은 회중전등을 한두 번 켜서 손목시계를 비추면서 시간을 보더니, 다시 문에 기대어 뭔가 기다리는 듯 서 있었다.

잠시 뒤, 갑자기 낮은 휘파람소리가 두 번 반복해서 들려왔다.

찰스는 바이올렛이 주위를 살피며 문 위로 몸을 내밀고 똑같은 낮은 휘파람소리를 두 번 계속해서 내는 것을 보았다. 그러자 한 남자의 모습이 어둠 속에서 불쑥 나타나는 것이었다. 바이올렛이 낮은 외침소리를 내며 몇 걸음 뒤로 물러나 문을 안으로 열자 그는 문을 통해 안으로 들어왔다.

그녀는 서두르는 목소리로 뭐라고 남자에게 말했다. 찰스는 그들의 대화를 확실히 듣기 위해 서둘러 앞으로 움직였다. 그때 그의 발밑에서 딱 하며 나뭇가지 부러지는 소리가 나고 말았다. 그 남자가 얼른 주위를 둘러보았다.

"무슨 소리지?" 그는 찰스가 뒷걸음질치는 것을 보았다.

"이봐, 거기 서! 뭘 하고 있는 거야?"

그는 튀어오르며 찰스를 덮쳤다. 찰스는 몸을 돌려 솜씨 있게 그와 맞붙었다. 다음 순간 그들은 한 몸이 되어 서로를 움켜잡은 채 뒹굴었다. 격투는 짧게 끝났다. 찰스의 적수는 그보다 훨씬 강하고 몸집이 컸다. 그는 찰스의 멱살을 잡고 일으켜 세웠다.

"불을 켜요, 바이올렛 이자의 얼굴을 봐야겠어."

몇 걸음 떨어진 곳에서 겁에 질려 서 있던 바이올렛은 다가와서 회중전등을 켰다.

"이곳에 머무는 사람이에요. 신문기자죠."

"신문기자? 기분 나쁜 작자로군. 이런 시각에 남의 집에 숨어들어 냄새를 맡고 다니면서 뭘 하는 거야?"

전등이 바이올렛의 손에서 흔들리고 있었다. 그 덕분에 찰스는 처음으로 적수의 얼굴을 볼 수 있었다. 찰스는 잠시 그가 탈옥수일 것이라고 판단했었지만 다시 한 번 보고 나서 그런 생각이 사라졌다. 그는 스물네댓 정도밖에 안 된 젊은 남자였던 것이다. 키가 크고 잘생긴데다가 쫓기는 죄인 같은 데라곤 전혀 없이 당당한 얼굴이었다.

"어쨌든, 이름이 뭐야?" 그가 날카롭게 말했다.

"찰스 엔더비요. 그런데 당신 이름이 뭔지는 말하지 않았잖소."

"건방지게 굴지 마!"

찰스는 그 순간 반짝하며 뇌리를 스치는 것이 있었다. 영감처럼 떠오른 추측이 또 한 번 그를 구해 줄 것 같았다. 그것은 어림짐작에 불과했지만 왠지 확신이 갔다.

"어디 내가 한번 알아맞혀 볼까?"

"뭐야?" 그 젊은이는 깜짝 놀라는 기색이었다.

"나는 지금 오스트레일리아에서 온 브라이언 피어슨과 인사를 나누는 것 같은데, 안 그렇소?"

잠시 침묵이 흘렀다. 찰스는 주도권이 자신에게 돌아온 것을 느꼈다.

마침내 그가 입을 열었다.

"내가 생각지도 못한 것을 어떻게 알고 있지?"라고 말하더니 다시, "맞소, 내 이름은 브라이언 피어슨이오." 하고 덧붙였다.

"그렇다면, 집 안으로 장소를 옮겨서 대화를 계속합시다!" 찰스가 말했다.

제23장

헤이즐무어 저택에서

버너비 소령은 계산을 하고 있었다. 디킨스식의 표현을 빌지면 자기 일을 들여다보고 있었던 것이다. 소령은 상당히 꼼꼼한 사람이었다. 송아지 가죽으로 장정된 공책에다 사고판 주식 수와 이익과 손해(대부분이 손해였지만)를 기록해 놓고 있었다. 퇴역군인들이 대체로 그러하듯 소령도 안전을 기한 적당한 이익배당보다는 높은 이율에 마음을 쏟고 있었다.

"이 유전(油田)은 괜찮아 보이는군. 수입이 꽤 좋았을 텐데. 그 다이아몬드 광산처럼 형편없으려고! 캐나다 회사라, 이건 현재로선 좋을 것 같군."

그의 생각은 열린 창문으로 머리를 내민 로널드 가필드에 의해 중단되었다.

"안녕하세요?" 로니는 쾌활하게 인사를 했다.

"제가 방해를 하지는 않았습니까?"

"들어오려거든 앞문으로 돌아서 오게. 암생식물(바위에 붙어서 사는 식물)을 조심하게. 자네가 지금 밟고 서 있는 것 같은데."

로니는 사과의 말과 함께 뒤로 물러서더니 금방 앞문에 나타났다.

"괜찮다면 신발을 깔개에 닦고 들어오게."

소령이 소리치자, 로니는 열심히 신을 닦았다. 사실 소령이 만난 젊은이 가운데 가장 오랫동안 소령이 친절을 베푼 사람은 신문기자인 찰스 엔더비뿐이었다. 로니 가필드에게는 그런 친절을 베풀 생각이 전혀 없었다. 불행하게도 로니의 말이나 행동은 소령의 감정을 상하게 하는 것들뿐이었다. 그러나 손님에 대한 기본적인 대접만은 어쩔 수 없는 것이었다.

"한잔 하겠는가?"

소령은 그 전통을 고수하며 말했다.

"고맙습니다만 사양하겠습니다. 사실은 소령님과 함께 갈 수 있을까 해서 들렀습니다. 전 오늘 익스햄프턴에 가려고 하는데 엘머에게 들으니 소령님이 엘머의 차를 예약하셨다고요."

버너비는 고개를 끄덕였다.

"트레블리언의 유품을 가져와야 하기 때문이네. 경찰의 허락을 받았지."

"저, 그렇다면……." 로니는 약간 어려워하며 말했다.

"전 오늘 꼭 익스햄프턴에 갔으면 해서요. 저와 함께 가시고 요금은 반씩 부담했으면 좋겠는데요. 어떻습니까?"

"물론 좋네." 소령이 대답했다.

"하지만 걷는 게 더 좋을 걸세. 운동 삼아 말이야. 요즘 젊은 사람들은 통 운동을 하지 않더군. 6마일을 걸어갔다가 다시 씩씩하게 6마일을 걸어서 돌아오면 세상에 그보다 더 좋은 운동은 없을 텐데. 트레블리언의 유품을 가져오는 일만 아니면 난 걸어갔을 걸세. 점점 허약해지는 게 요즘 세상의 병폐지."

"예, 그렇지만 전 제가 그렇게 건강이 나쁘다고 생각지는 않습니다. 어쨌든 함께 가게 되어서 다행입니다. 11시에 출발하신다고요?"

"그렇네."

"좋습니다. 그때 뵙죠."

로니는 약속에 충실한 편이 못 되었다. 그는 약속장소에 10분이나 늦게 도착했고, 소령은 화가 잔뜩 나서 짜증을 내고 있었다. 어떤 사과의 말에도 화가 풀릴 것 같지 않았다.

로니 가필드는 잠시 버너비 소령과 자기 고모가 결혼하면 어떨까 하는 생각을 했다. 과연 누구에게 더 좋은 일일까. 고모가 소령을 부르려고 손바닥을 치면서 날카롭게 소리를 지르는 것을 상상해보면 꽤나 재미있는 일이었다. 이런 생각을 지우며 그는 유쾌하게 소령에게 말을 걸었다.

"시타퍼드가 점점 재미있는 지역이 되어 가고 있습니다. 왜냐고요? 트레푸시스 양과 엔더비 청년, 게다가 오스트레일리아에서 온 젊은이까지. 그런데 그가 언제 이곳에 나타났죠? 오늘 아침에 대단한 화제가 되었는데, 아무도 그가 어떻게 왔는지 모르지 뭡니까. 제 고모는 안색이 창백해질 정도로 신경을 쓰고 있습니다."

"윌렛 가(家)에 머문다더군." 버너비 소령이 짧게 말했다.

"예, 그런데 도대체 어떻게 왔을까요? 윌렛 가에 사설비행장이 있는 것도 아닌데 말입니다. 제 생각엔 그 피어슨 청년에게 뭔가 상당히 의심스러운 구석이 있는 것 같아요. 눈빛이 사나운 게 무척 험악한 빛이 번득이던걸요. 트레블리언 대령을 해치운 작자라는 게 제가 본 인상이었습니다."

소령은 아무 말도 하지 않았다.

"전 이렇게 봅니다." 로니는 말을 계속했다.

"식민지 지역으로 간 사람들은 대부분 불량배들이죠. 친척들은 그들을 좋아하지 않기 때문에 그들을 그곳으로 쫓아 보냅니다. 그러니까 말하나마나죠. 그 불량배가 돌아와서 돈이 궁하니까 크리스마스 때에 잘 사는 외삼촌을 찾아갔습니다. 그러나 외삼촌은 돈이 궁한 조카를 상대도 하지 않았겠죠. 그래서 조카는 외삼촌을 내리친 겁니다. 이게 제 의견입니다."

"그 의견을 경찰에 말하지 그러나?"

"소령님이 말하시면 어떨까요? 소령님은 내러콧 경감과 친분이 있지 않습니까? 그런데 그가 시타퍼드에 다시 나타났다는군요. 알고 계십니까?"

"모르네."

"오늘 그를 댁에서 만나지 않았습니까?"

"안 만났네."

소령의 일관된 짧은 대답에 로니는 소령이 말할 기분이 아님을 느끼고는, "그렇군요. 그렇고 그런 거죠, 뭐."라고 의미 없이 말하더니 생각에 잠기는 듯 침묵에 빠져들었다.

익스햄프턴에 도착한 차는 스리 크라운스 여관 앞에 멈추었다. 로니는 차에서 내려서 돌아갈 때 4시 30분에 그곳에서 만나자는 약속을 하고는 번화가 쪽으로 걸어갔다. 소령은 우선 커크우드 씨를 만나 몇 마디 나눈 다음 열쇠를 받아들고 헤이즐무어 저택으로 갔다.

그는 미리 에반스에게 12시에 만나자는 약속을 해두었는데, 그 충실한 하인은 문 앞에서 그를 기다리고 있었다. 약간 찡그린 얼굴의 버너비 소령은 열쇠로 현관문을 열고 빈집으로 들어갔다. 뒤따르는 에반스는 발끝으로 걷고 있었다. 그 비극이 있었던 날 이후 이 집에 처음 들어온 그는 약한 마음을 보이지 않으려고 마음을 굳게 먹었는데도 불구하고 거실을 지나칠 때 소름이 끼치는 듯 몸을 떨었다.

에반스와 소령은 연민과 침묵 속에서 일을 했다. 짧은 한마디 말로도 두 사람 사이의 의사는 충분히 전달되었다.

"이건 내키지 않는 일이지만 해야만 하는 일이지."

소령이 이렇게 말하자, 양말을 골라내고 잠옷을 들어내던 에반스가 대답했다.

"정말 하고 싶지 않은 일입니다. 그러나 소령님 말씀대로 할 수밖에 없는 일이지요."

에반스는 능숙하게 일을 했다. 모든 것이 잘 분류되고 정리되어서 몇 개의 무더기가 만들어졌다. 1시가 되자 그들은 스리 크라운스 여관에 가서 간단한 점심을 먹었다.

그들이 다시 돌아왔을 때 소령은 갑자기 현관문을 뒤따라 들어오는 에반스의 팔을 잡았다.

"쉿, 자네, 발걸음 소리가 들리나? 이건 조의 침실에서 들려오는데."

"맙소사, 그렇군요."

귀신에 홀린 것 같은 두려움이 그들을 감쌌다. 잠시 뒤 소령은 그것을 떨쳐내려는 듯이 어깨를 펴고 위층 계단참으로 걸어가 커다란 목소리로 소리쳤다.

"누구야? 이리 나와."

참으로 놀랍고도 어처구니없게도, 또 한편으론 다행스럽게도 로니 가필드가 계단 꼭대기에 나타나는 것이었다. 그는 당황해서 어쩔 줄 모르고 있었다.

"접니다. 소령님을 찾고 있었습니다."

"날 찾다니 무슨 뜻인가?"

"예, 사실은 4시 30분에 함께 떠나지 못하게 되었다는 말씀을 드리려고요. 전 엑시터로 가야 하거든요. 그러니까 절 기다리지 마십시오. 익스햄프턴에서 자동차를 빌리겠습니다."

"이 집에 어떻게 들어왔나?" 소령이 물었다.

"문이 열려 있더군요. 그래서 전 소령님이 당연히 여기 계신 줄 알았지요."

소령은 몸을 홱 돌리며 에반스에게 물었다.

"나갈 때 문을 잠그지 않았나?"

"제가 열쇠를 갖지 않았거든요."

"이렇게 멍청하긴." 소령은 자신을 탓하며 중얼거렸다.

"화가 나신 건 아니겠죠? 아래층에 아무도 없길래 위층으로 올라가서 돌아봤을 뿐입니다."

"물론 상관없네. 단지 우릴 놀라게 했기 때문이지."

소령은 화난 목소리로 퉁명스레 말했다.

"그럼, 이제 가겠습니다. 안녕히 계십시오."

소령은 우물거리며 대답했다. 로니는 계단을 내려왔다.

"저어, 제게 말씀해 주시겠습니까, 그러니까, 어디서 사건이 일어났는지."

로니는 어린애 같은 태도로 물었다.

소령은 엄지를 불쑥 내밀어 거실을 가리켰다.

"안을 들여다봐도 될까요?"

"좋을 대로 하게." 소령은 고함치듯 대답했다.

로니는 거실 문을 열고 들어갔다가 몇 분 뒤에 나왔다. 소령은 위층으로 올라갔고 에반스만 홀에 남아 있었다. 그는 집 지키는 불도그 같은 태도에 움푹 들어간 작은 눈으로 적의를 품고 감시하듯 로니를 쳐다보았다.

"제가 알기론 핏자국은 씻기지 않는다는데. 아무리 깨끗이 씻어내도 자국이 다시 나타난다고 하더군요. 아 참, 그분은 모래주머니로 맞았지, 그렇죠? 이런 멍청이 같으니. 이것들 중 하나였나요?"

그는 다른 문에 기대어 쌓아놓은 길고 가는 모래주머니를 들어 올려 손으로 조심스럽게 가늠하며, "훌륭한 무기로군." 하면서 시험 삼아 공중에 몇 번 휘둘러보았다.

에반스는 잠자코 있었다.

로니는 에반스의 침묵이 자신을 못마땅하게 여기는 것임을 느끼고, "그럼 가야겠군요. 내가 좀 분별없이 굴었나 보군요." 하면서 머리를 위층으로 가리켰다.

"대령님과 버너비 소령님이 어떤 친구 사이였는지를 잠시 잊었어요. 한 쌍처럼 가까운 동료였죠. 이젠 가겠어요. 제가 말을 잘못했다면 사과하죠."

로니는 홀을 가로질러 문을 나갔다. 에반스는 냉정한 태도로 홀에 서 있다가 그가 문을 닫고 나가는 소리를 듣고서야 위층 버너비 소령이 있는 곳으로 올라갔다. 아무 말 없이 방을 가로질러 신발을 넣어두는 곳으로 가서 그는 무릎을 꿇고 앉아 다시 일을 시작했다.

3시 30분에 그들은 일을 끝냈다. 한 개의 트렁크에 넣은 옷과 내복이 에반스에게 주어졌고, 나머지 옷들은 해군이 운영하는 고아원으로 보내기 위해 끈으로 묶었다. 서류와 영수증은 서류 가방에 챙겨 넣었고, 많은 상패와 트로피는 버너비 소령의 집에 둘 만한 공간이 없었기 때문에 에반스가 이삿짐 운반업자를 만나 보관을 부탁하기로 했다. 헤이즐무어는 가구가 딸린 집이었기 때문에 더 이상의 짐은 없었다.

일이 전부 마무리되자 에반스는 소리 나게 한두 번 헛기침을 한 다음 소령에게 말했다.

"말씀드릴 게 있습니다. 저는, 대령님을 모셨던 것과 같은 일자리를 구하고 있습니다."

"좋네, 원한다면 추천서를 써주겠네. 그건 문제없는 일이야."

"죄송합니다만 제가 드리고 싶은 말씀은 그런 것이 아닙니다. 레베카와도 상의를 했는데, 혹시 소령님께서 저희를 하인으로 써주실 수는 없겠지요."

"아! 그렇지만, 글쎄, 난 자네가 알다시피 혼자서 잘해 내고 있네. 그 이름이 뭔가 하는 여자가 매일 와서 세탁을 해주고 식사준비도 해주고 있고, 또 난 그 정도밖에 경제적 능력이 없네."

"돈은 큰 문제가 되지 않습니다." 에반스가 재빨리 말했다.

"아시겠지만 저는 대령님을 무척 존경했고, 그래서 소령님을 위해 일할 수 있게 된다면 대령님께 해드린 것과 마찬가지로, 저, 똑같이 해드리고 싶습니다. 무슨 말씀인지 아시리라 믿습니다만."

소령은 헛기침을 하며 눈길을 돌렸다.

"정말 고마운 일이네. 그렇다면 어디 한번 생각해 보겠네."

이렇게 말하고 소령은 도망치듯 재빨리 도로 쪽으로 발길을 옮겼다.

에반스는 그의 뒷모습을 물끄러미 바라보며 만족한 미소를 지었다.

"두 분은 아주 꼭 닮았어."

그러더니 뭔지 잘 모르겠다는 표정을 지으며, "그런데 어디가 닮았을까?"라고 중얼거렸다.

"이상한 일이야. 레베카의 생각은 어떤지 물어봐야겠군."

내러콧의 사건 설명

"전 완전히 만족하지 않았습니다, 서장님." 내러콧 경감이 말했다.

서장은 묻는 시선으로 그를 바라보았다.

"예, 처음과는 달리 수사 결과에 만족할 수가 없습니다."

"진범을 잡은 게 아니라는 뜻인가?"

"그런 것 같습니다. 아시다시피 저희는 처음부터 한쪽 방향으로만 집중적으로 수사를 했습니다만, 지금은 그와 다릅니다."

"그러나 피어슨이 범인이라는 증거는 여전히 남아 있지 않은가?"

"그렇습니다. 하지만 그 이상의 충분한 증거들도 밝혀지고 있습니다. 또 한 사람의 피어슨이 있습니다. 브라이언이라는 이름이죠. 그가 오스트레일리아에 있었다고 한 진술은 틀림없는 것 같았는데, 그가 영국에 와 있었다는 사실이 밝혀졌습니다. 두 달 전에 영국으로 돌아온 것 같습니다. 윌렛 모녀와 함께 같은 배를 타고 온 것이 확실한데, 아마 항해 중에 그 딸과 사랑하는 사이가 된 듯합니다. 게다가 무슨 이유인지 그는 친척들에게 아무 연락도 하지 않았습니다. 그의 누나나 형조차 그가 영국에 있다는 사실을 전혀 모르고 있었던 겁니다. 지난주 목요일에 그는 러셀 스퀘어에 있는 옴즈비 호텔을 떠나 패딩턴 역으로 갔는데, 그로부터 화요일 밤까지(엔더비가 그를 만난 밤이죠) 그는 자신이 어디에서 뭘 했는지를 진술하기를 거부하고 있습니다."

"자네는 그 기간 동안 그의 행적에 중대성을 부여하고 있나?"

"아무 말 없이 살인과는 전혀 관련이 없다고만 합니다. 그 점을 밝혀야 한다고 판단됩니다. 자기가 어디에서 뭘 하건 상관없는 일이 아니냐고 하면서 그 행적에 대해서는 전혀 입을 열지 않고 있거든요."

"수상하군."

"그렇습니다, 서장님. 의심의 여지가 많습니다. 그는 제임스 피어슨과는 전혀 다른 타입입니다. 제임스 피어슨은 모래주머니로 노인의 뒤통수를 내리쳤다고 보기엔 어딘가 어울리지 않는 데가 있습니다. 그러나 말하는 태도로 봐서 브라이언 피어슨에게는 그것이 무척 손쉬운 일이라 판단됩니다. 그는 성격이 급하고 횡포한 젊은이거든요. 아시겠지만 그도 제임스 피어슨과 똑같은 유산을 상속받게 됩니다. 오늘 아침 엔더비와 함께 경찰에 온 그는 활발하고 유쾌하면서도 매우 단호하게 솔직해 보였습니다만 완전히 믿을 수는 없습니다, 서장님."

"음, 그러니까 자네의 말뜻은……."

"그가 아니라는 증거가 없다는 말씀입니다. 그가 왜 사건 직후에 오지 않았을까요? 외삼촌이 살해당했다는 기사는 토요일에 모든 신문에 보도되었고, 형이 월요일에 체포되었습니다. 그런데도 그는 자신의 존재를 드러내지 않았던 것입니다. 한밤중에 시타퍼드 저택의 정원에서 신문기자와 맞닥뜨리지 않았더라면 그는 아마 아직도 나타나지 않았을 겁니다."

"그는 거기서 뭘 하고 있나? 엔더비 말일세."

"신문기자란 그렇지 않습니까? 기삿거리를 찾으며 돌아다니고 있지요. 대단한 존재들입니다."

"꽤나 성가신 존재들이지. 그러나 쓸모가 있기도 하지."

"제 생각엔 그 젊은 아가씨가 그를 그곳에 가도록 한 것 같습니다."

"아가씨라니?"

"에밀리 트레푸시스 양 말입니다."

"그녀가 그 사실을 어떻게 알았을까?"

"그녀도 시타퍼드에서 나름대로 조사를 하고 있습니다. 대단한 아가씨입니다. 그냥 넘어가는 게 거의 없을 정도죠."

"브라이언 피어슨은 시타퍼드에 온 것에 대해 뭐라 말하고 있나?"

"윌렛 양을 만나러 시타퍼드 저택에 왔다고 합니다. 그녀는 어머니가 알까 봐 사람들이 모두 잠들었을 때 그를 만나러 나갔다고 하는군요."

이렇게 말하는 내러콧 경감의 목소리에는 그들의 말을 전혀 믿지 않는다는 투가 섞여 있었다.

"이건 제 생각입니다만, 만일 엔더비가 그를 발견하지 않았더라면 그는 결코 자신을 드러내지 않고 오스트레일리아로 돌아가서 그곳에 계속 있었다고 주장했을 겁니다."

서장의 입가에는 희미한 미소가 스쳐갔다.

"쥐새끼처럼 엿보기 좋아하는 기자들을 꽤나 저주했겠군."

"그 밖에 또 밝혀진 사실이 있습니다." 경감이 계속했다.

"피어슨 남매는 모두 셋인데 그중 실비아 피어슨은 작가인 마틴 더링과 결혼했습니다. 마틴 더링은 제게 말하기를, 사건 당일 오후 미국인 출판업자와 점심식사를 하며 함께 있다가, 저녁에는 문학인의 정찬모임에 참석했다고 했습니다. 그런데 실제로는 그 만찬에 참석하지 않았다는 겁니다."

"누가 그러던가?"

"그것도 엔더비가 말했습니다."

"엔더비를 만나봐야겠군." 서장이 말했다.

"그는 이번 수사에 많은 활동을 하고 있는데, 데일리 와이어 지가 무척 유능한 젊은이를 갖고 있다는 건 의심의 여지가 없구먼."

"물론 더링의 말이 거짓이든 아니든 의미가 없을 수도 있습니다. 트레블리언 대령은 6시 이전에 살해되었으므로 더링이 저녁시간을 어디서 보냈건 사실 아무 상관이 없긴 합니다만, 왜 그가 의도적인 거짓말을 했느냐 이겁니다, 서장님."

"그렇군. 그건 불필요한 거짓말인데 말일세."

서장도 경감의 의견에 동감을 표했다.

"그렇게 보면 그가 한 말 전부가 거짓일 수도 있습니다. 이건 억측일 수도 있습니다만, 더링이 12시 10분 기차로 패딩턴 역을 떠나 5시 조금 지나 익스햄프턴에 도착해서 대령을 죽이고 5시 10분 기차를 타고 와서 자정 전에 집에 도착했을 수도 있는 겁니다. 어쨌든 조사를 해봐야겠습니다, 서장님. 그가 경제적으로 궁지에 몰려 있는지 여부도 조사해야겠습니다. 그는 아내에게 들어오는 돈을 충분히 자기 것으로 만들 위인입니다. 그녀를 보면 대번에 그 점을 알 수 있으니까요. 그가 진술한 오후의 알리바이가 확실한지 분명히 확인해야 할 필요가 있습니다."

"수상한 점이 많군. 하지만 제임스 피어슨이 범인이라는 증거는 결정적이 아닌가. 자네가 내 의견에 동의하지 않는 건 알지만—자네는 우리가 엉뚱한 사람을 범인으로 지목하고 있다고 생각하는가 본데."

"증거는 분명합니다. 상황이라든가 모든 게 그러하니 어떤 배심원이라도 유죄판결을 내릴 겁니다. 그러나 서장님이 말씀하시는 것이 사실이라 해도 전 그를 진범으로 보지 않습니다."

"그의 약혼녀가 무진 애를 쓰고 있으니까 말이지." 서장이 말했다.

"트레푸시스 양은 절대로 잘못 판단할 아가씨가 아닙니다. 정말 똑똑하고 대단한 아가씨죠. 약혼자를 구하려고 단단히 마음먹고 맹활약을 하고 있습니다. 기자인 엔더비를 손아귀에 쥐고 자신의 편의대로 조종하고 있습니다. 제임스 피어슨에겐 과분한 상대입니다. 그가 미남이라는 점을 제외하면 걸맞은 점이 하나도 없습니다."

"하지만 그녀가 특별히 지휘능력이 있는 여자라면 그럴 수도 있지."

"아, 예. 하긴 사람들이란 각양각색이니까요. 서장님, 더링의 알리바이에 관한 조사를 지체 없이 실행해도 되겠습니까?"

"좋아. 즉시 실행하게. 그리고 유언장에 있는 네 번째 상속인은 어떤가? 네 번째가 맞던가?"

"예, 대령의 누이동생인데 알리바이가 완벽하고 의심 가는 데가 없습니다. 그녀를 찾아가서 조사한 결과 6시에 집에 있었던 것이 확실합니다. 전 이제 더링에 대해 조사하러 가겠습니다."

내러콧 경감이 또다시 누크 저택의 작은 거실에 앉은 시각은 그로부터 약 다섯 시간 뒤였다. 이번에는 마틴 더링이 집에 있었다. 그가 글을 쓰는 중이라서 방해하면 안 된다고 하녀가 말하자, 경감은 신분증을 꺼내주며 주인에게 가져가서 보여주라고 했다. 기다리면서 경감은 거실을 오락가락했다.

그의 머리는 빨리 회전하고 있었다. 그는 테이블 위에 놓인 작은 물건들을 건성으로 들었다 놓았다 했다. 바이올린 모양의 오스트레일리아제 담배상자가 있었다. 아마 브라이언 피어슨이 보낸 선물일 것이다. 그는 낡은 책을 한 권 집어 들었다. 《오만과 편견》이란 제목의 소설책이었다. 겉장을 열자 잉크로 '마사 라이크로프트'라고 휘갈겨 쓴 희미한 글씨가 보였다. 경감은 라이크로프트란 이름이 어딘가 낯익었으나 확실한 기억이 떠오르지 않았다.

그때 마틴 더링이 문을 열고 들어와 경감의 생각은 중단되었다. 이 작가는 짙은 갈색머리에 보통 키의 남자로, 두툼하고 붉은 입술에 금방 싫증이 나게 생긴 미남이었다. 내러곳 경감은 그의 외모에 호감이 가지 않았다.

"안녕하십니까, 더링 씨. 다시 와서 방해를 드려 미안합니다."

"아니, 괜찮습니다. 그러나 제가 이미 말씀드린 것 외에는 더 드릴 말씀이 없습니다."

"우리는 당신의 처남인 브라이언 피어슨이 오스트레일리아에 있는 것으로 알았습니다. 그런데 그가 지난 두 달 동안 영국에 있었다는 사실이 밝혀졌습니다. 그 사실을 알려드려야 할 것 같아서 말이죠. 부인께선 그가 뉴사우스 웨일스에 있다고 분명히 말씀하셨거든요."

"브라이언이 영국에 있다고요!" 더링은 진심으로 놀라는 것 같았다.

"경감님, 전 전혀 몰랐습니다. 제 아내도 역시 그랬고요."

"그가 아무 연락도 하지 않았습니까?"

"예, 전혀. 저는 아내 실비아가 오스트레일리아의 처남에게 두 번 편지를 쓴 사실만 알고 있습니다."

"아, 그렇다면 미안하군요. 전 그가 당연히 친척들에게 연락을 했으리라 생각했지요. 그래서 선생이 비밀을 털어놓지 않는다고 여기고는 약간 화가 나 있었습니다."

"말씀드렸다시피 우린 아는 바가 없습니다. 담배를 피우시겠습니까? 그런데 탈옥수를 다시 검거하셨다고요?"

"예. 화요일 밤 늦게 잡았습니다. 안개가 끼어서 그에겐 운이 나빴죠. 거의 제자리걸음을 하고 있었으니까요. 감옥에서 20마일이나 도망쳤다고 생각했지만 실제로는 프린스타운에서 반마일밖에 도망치지 못했죠."

"안개 속에서는 사람들이 방향감각을 잃고 뱅글뱅글 돌다가 결국 제자리로 돌아오고 만나니 참 이상한 일입니다. 화요일에 탈옥하지 않은 것만도 그에겐 다행이죠. 만일 그랬다면 살인범으로 지목되는 건 너무도 뻔한 일이었을 테니까."

"그는 위험인물입니다. 사람들은 그를 두 얼굴의 프레디라고 부르지요. 강도와 폭력까지 저지르는 강력범이면서도 이중생활을 해왔습니다. 학식이 있고 부유하고 존경받는 인물로 반평생을 보냈죠. 브로드무어 병원 같은 곳은 그에게 적합하지 않은 곳이라고 생각됩니다. 이따금 범죄적인 발작이 그를 엄습하곤 합니다. 그러면 어디론가 사라져서 저속한 인간이 되곤 하는 거지요."

"프린스타운에서 탈옥에 성공한 사람은 많지 않은 것으로 아는데요?"

"거의 불가능합니다. 그런데 이번 탈옥수는 기가 막힐 정도로 치밀한 계획을 짜서 실행에 옮겼는데, 우린 아직 그걸 완전히 밝히지 못했습니다."

"저—." 더링은 시계를 보며 일어났다.

"더 하실 말씀이 없다면, 경감님, 전 좀 바쁜 사람이라서……."

"아, 몇 가지 더 있습니다. 왜 당신은 금요일 밤 세실 호텔에서 있었던 문학인의 모임에 참석했다고 하셨습니까?"

"아, 저, 무슨 말씀인지 모르겠군요."

"아실 텐데요. 당신은 거기 참석하지 않았습니다, 더링 씨."

마틴 더링은 우물쭈물하고 있었다. 시선을 경감의 얼굴에서 천장으로 돌렸다가 다시 문을 바라보더니 발밑을 내려다보았다. 경감은 말없이 단호하게 기다리고 있었다.

마틴 더링이 입을 열었다.

"글쎄, 내가 그곳에 참석하지 않았다 하더라도 그게 당신과 무슨 상관입니까? 처외삼촌이 죽은 지 다섯 시간 뒤의 내 행적이 당신이나 다른 사람들과 무슨 관계가 있느냐 그 말이오?"

"당신은 우리에게 확실한 진술을 했습니다, 더링 씨. 난 그것을 확인할 필요가 있습니다. 당신 진술의 반은 이미 사실이 아닌 것으로 확인되었으니, 나머지 부분도 확인해야 합니다. 당신은 친구와 점심을 먹고 함께 있었다고 했습니다."

"그렇소. 미국인 출판업자와 함께 있었지요."

"그 사람 이름은 뭡니까?"

"로젠크라운, 에드거 로젠크라운이오."

"그렇습니까? 그 사람 주소는?"

"그는 영국을 떠났소. 지난주 토요일에."

"뉴욕으로 갔습니까?"

"그렇소."

"그렇다면 지금쯤 항해 중이겠군. 그 배 이름은 뭡니까?"

"저, 그건 잘 생각나지 않소."

"항로는?"

"그, 그것도 생각나지 않소."

"아, 그렇습니까? 뉴욕의 그 사람 회사에 연락해야겠군요. 그 사람들은 알겠죠."

"가갠투아 호입니다." 더링은 불만스레 배 이름을 말했다.

"고맙소, 더링 씨. 기억하실 줄 알았습니다. 그러니까 당신의 진술은 로젠크라운 씨와 점심식사를 하고 오후를 함께 보냈다는 것인데, 몇 시에 그와 헤어졌습니까?"

"5시경일 겁니다."

"그다음엔?"

"말하지 않겠소. 그건 당신들이 알 바 아니니까. 당신에게 필요한 건 다 말했소."

경감은 생각에 잠기며 고개를 끄덕였다. 만일 로젠크라운이 더링의 진술을 확인한다면 더링에겐 전혀 혐의가 없게 된다. 그가 그날 저녁에 어떤 의심스러운 행동을 했건 이 사건과는 아무 관련이 없는 것이니까.

"뭘 하실 참이오?" 더링은 신경이 쓰이는 듯 물었다.

"가갠투어 호에 타고 있는 로젠크라운 씨에게 전보를 칠 겁니다."

"이런 제기랄!" 더링이 소리를 질렀다.

"나에 대해 세상에 전부 알릴 참이군요. 이보시오—."

그는 책상으로 가더니 종이에다 몇 자 휘갈겨 써서 경감에게 건넸다.

"당신들 나름대로의 방법이 있는 줄은 알지만, 이건 내 방식대로 해주시오. 나를 궁지에 몰아넣는다는 건 너무 불공평하오." 그는 퉁명스럽게 말했다.

그 종이에는 이렇게 쓰여 있었다.

로젠크라운, 가갠투어 호 14일 금요일에 5시까지 내가 당신과 함께 있었다는 사실을 확인해 주기 바람. 마틴 더링.

"회답은 당신이 직접 받아보도록 하시오. 난 상관없으니까. 하지만 이 문제를 런던경시청이나 경찰서로 보내지는 말아주시오. 당신은 미국인들이 어떤 사람들인지 모를 겁니다. 내가 형사사건과 무슨 관련이라도 있다는 기미가 보이면 그와 협의한 새로운 계약은 끝장나고 맙니다. 사적인 일로 처리해 주시오, 경감님."

"잘 알았습니다, 더링 씨. 내가 알고 싶은 것은 진실뿐이오. 회답은 엑스터의 내 주소로 오도록 하겠습니다."

"고맙소. 문학으로 생활을 꾸려나가기는 쉽지 않습니다, 경감님. 회답내용을 보시면 별 문제가 없을 겁니다. 만찬 건에 대해서는 거짓말을 했지만, 사실 아내에게도 그렇게 말했기 때문에 그럴 수밖에 없었습니다. 그렇지 않으면 내게 큰 문제가 생깁니다."

"로젠크라운 씨가 당신의 진술만 확인한다면 걱정하실 필요는 없습니다."

'기분 나쁜 작자야. 하지만 미국인 출판업자가 자기 진술을 확인해 줄 것이라고 확신하는 것 같은데.' 경감은 집을 나서며 그런 생각을 했다.

데븐으로 돌아가는 기차에 뛰어오를 때 갑자기 경감의 뇌리를 스쳐가는 것이 있었다.

'라이크로프트라, 시타퍼드에 사는 노신사의 이름과 같지 않은가. 참 묘한 우연이군.'

제25장

델러스 카페에서

에밀리 트레푸시스와 찰스 엔더비는 엑시터에 있는 델러스 카페의 작은 테이블 앞에 앉아 있었다. 시각은 3시 30분이었고, 몇 명의 손님이 차를 마시고 있을 뿐 카페는 대체로 조용하고 평온했다.

"그 사람에 대해서 어떻게 생각합니까?" 찰스가 물었다.

에밀리는 미간을 찡그리며 대답했다.

"잘 모르겠어요."

경찰에서의 진술이 끝난 다음 브라이언 피어슨은 이들과 점심을 같이 했다. 그는 에밀리에게 대단히 예의바르게 행동했다. 에밀리가 보기엔 지나칠 정도였다. 예리한 에밀리에게는 그의 행동이 어딘가 부자연스럽게 느껴졌던 것이다. 비밀스런 사랑을 하는 젊은이에게 성가시게 참견하는 낯선 작자가 뛰어든 것인데도 브라이언은 순한 양처럼 찰스를 대했고, 그의 제의까지 받아들여 경찰에 동행했던 것이다. 왜 그렇게 온순한 태도였을까? 에밀리가 판단한 브라이언의 성격에 비해 그의 태도는 전혀 상상 밖이었다. '어디 두고 보자!' 하는 것이 자연스런 그의 태도일 텐데. 양처럼 순한 태도는 의심스러운 것이었다. 에밀리는 자신의 이런 느낌을 엔더비에게 전하려고 애썼다.

"알겠소. 브라이언은 뭔가 숨기고 있다. 그러므로 고압적인 자기 본성을 드러내지 못하는 것이다." 엔더비가 말했다.

"바로 그거예요."

"그가 트레블리언 대령을 죽일 수 있는 인물이라고 지금 생각해요?"

"브라이언은, 글쎄요. 속셈이 있는 사람이에요. 다소 부도덕한 면이 있고, 자신이 원하는 것이라면 상식쯤은 무시하고 말 그런 사람으로 생각돼요. 평범하고 온순한 영국인은 아니에요."

"개인적인 판단은 차치하고라도 그는 짐보다는 훨씬 현실적인 사람인 것 같습니다." 엔더비는 말했다.

에밀리는 고개를 끄덕였다.

"맞아요. 무슨 일이건 철두철미하게 할 거예요. 결코 당황할 인물은 아니에요."

"에밀리, 솔직히 말해서 그가 범인이라고 생각합니까?"

"글쎄요, 잘 모르겠어요. 모든 상황에 부합되는 사람이긴 한데."

"상황에 부합되다니 무슨 뜻이죠?"

"첫째, 동기가 그래요." 에밀리는 손가락을 꼽으며 말을 계속했다.

"같은 동기—2만 파운드의 유산이죠. 둘째는 기회예요. 금요일 오후에 그가 어디에 있었는지 아무도 몰라요. 밝힐 만한 곳이라면 분명 말했을 거예요. 그러니까 금요일에 그가 헤이즐무어 근처에 있었다고 추측할 수도 있어요."

"익스햄프턴에서 그를 본 사람은 아무도 없습니다. 그는 눈에 잘 띄는 사람인데도."

에밀리는 나무라듯 고개를 저었다.

"그는 익스햄프턴에 있지 않았어요. 이봐요, 찰스. 그가 만일 살인을 했다면 미리 치밀한 계획을 짰을 거예요. 죄 없는 짐만이 멍청하게도 그곳에 가서 머물렀단 말이에요. 부근엔 리드퍼드와 샤퍼드, 또 엑시터가 있어요. 그는 아마 리드퍼드에서 머물다가 걸어갔을 거예요. 군(郡) 도로가 있는데, 그 길은 눈 때문에 통행이 막히지도 않았어요. 걸어가는 게 아마 가장 좋은 방법이었을 거예요."

"전부 조사를 해봐야 할 것 같은데."

"경찰이 하고 있어요. 공적(公的)인 일은 경찰이 훨씬 더 잘 할 거예요. 커티스 부인의 말을 듣거나 퍼스하우스 양에게서 힌트를 얻는다거나 또한 윌렛 모녀를 살피는 것 같은 사적인 일—그런 일들이나 우리가 할 일이에요."

"이건 그럴 성격의 사건이 아닐 수도 있어요." 찰스가 말했다.

"브라이언 피어슨이 상황에 부합되는 인물이란 점으로 다시 돌아가서 우리는 두 가지, 즉 동기와 기회를 생각해 봤어요. 그런데 세 번째가 있어요. 어떤 점에서는 이것이 가장 중요하다고 생각돼요."

"뭡니까?"

"시작부터 난 그 괴상한 테이블 터닝을 묵과할 수 없었어요. 가능한 한 논리적이고 실제적으로 보려고 노력했죠. 그래서 세 가지 결론을 얻게 되었어요. 첫째, 그것은 초자연적인 현상이다. 물론 그럴 수도 있겠죠. 그러나 내 개인적으로는 그 점을 배제하고 있어요. 둘째, 의도적인 것이었다. 누군가가 계획적으로 그랬다고 보는 거예요. 그러나 어떤 방법으로도 그 시각에 사건 현장에 갈 수는 없었으니까 그 점도 제외돼요. 셋째, 우연한 일이었다. 누군가가 그럴 생각이 없이 테이블을 흔들었다─자신의 의지와는 상반되게 말이에요. 그건 무의식적인 자기 계시의 일종이죠. 그렇다면 여섯 사람들 중에 누군가는 그날 오후 몇 시쯤에 트레블리언 대령이 살해당할 것이라는 사실을 분명히 알고 있었거나, 대령이 누군가와 그런 사건이 일어날 정도의 격한 언쟁을 하리라는 것을 알고 있었다는 거예요. 여섯 사람 중 아무도 실제 살인범이 될 수는 없지만, 그들 중 한 사람은 살인범과 공모를 한 게 틀림없어요. 버너비 소령이나 라이크로프트 씨, 또는 로널드 가필드는 아무와도 연관이 없어 보이지만, 윌렛 모녀에게 초점을 맞추면 문제는 달라져요. 바이올렛 윌렛과 브라이언 피어슨은 연관이 있으니까요. 두 사람은 아주 가까운 사이이고, 바이올렛은 그 사건 이후 안절부절못하고 있잖아요."

"그녀가 알고 있었을까요?"

"그녀 아니면 그녀의 어머니, 둘 중 한 사람은 알고 있었다고 생각해요."

"언급하지 않은 사람이 하나 있어요. 듀크 씨 말이에요."

"알아요. 이상하게도 우린 그에 대해 아는 바가 전혀 없어요. 그와 트레블리언 대령, 또는 대령의 친척과는 관련이 없는 것 같아요. 어떤 면에서도 그는 이 사건과는 전혀 무관한 것 같아요. 그런데……."

"그런데?"

에밀리가 잠시 말을 멈추자 찰스가 다그치듯 물었다.

"그런데 우린 듀크 씨 집에서 나오는 내러콧 경감을 만났잖아요. 경감은 그 사람에 대해 뭘 알고 있을까요? 우리가 모르는 것 말이에요. 알았으면 좋겠는데."

"당신 생각은······?"

"듀크 씨가 수상한 인물이고 경찰은 그에 대해 잘 알고 있다. 트레블리언 대령이 듀크 씨에 대해 뭔가를 알게 되었다. 이렇게 가정해 봐요. 대령이 세입자들에게 특별히 까다로웠다는 점을 생각해 보세요. 대령은 자신이 아는 바를 경찰에 말하려 했고, 그래서 듀크 씨는 자신의 정체가 드러날까 봐 공범을 시켜 그를 죽였다. 이렇게 생각할 수 있는 거죠. 아, 알아요, 내 말이 마치 멜로드라마 같다고 생각하겠죠. 그러나 가능한 일이잖아요?"

"그렇게 볼 수도 있죠."

찰스가 천천히 말했다. 그들은 각자 깊은 생각에 잠겨 침묵을 지켰다.

갑자기 에밀리가 말문을 열었다.

"누군가가 당신을 쳐다보고 있을 때의 그 느낌 알죠? 지금 누가 내 뒷덜미를 뚫어지게 쳐다보는 것 같은 느낌이 들어요. 상상일까요? 아니면 실제로 누가 날 보고 있나요?"

찰스는 의자를 약간 움직이고서 무심한 태도로 카페를 둘러보았다.

"창가 테이블에 한 여자가 앉아 있군요. 키가 크고 검은 머리에 멋있게 생긴 여자인데 당신을 보고 있어요."

"젊은 여자?"

"아뇨, 젊진 않은데. 아니!"

"왜 그래요?"

"로니 가필드예요. 그가 방금 들어와서 그 여자와 악수를 하고 자리에 앉았어요. 그녀가 우리에 대해 무슨 말을 하는 것 같군요."

에밀리는 핸드백에서 재빨리 콤팩트를 꺼내어 고개를 들고, 거울을 그들이 보이도록 들고는 파우더를 발랐다.

"제니퍼 이모로군요." 그녀는 속삭이듯 말했다.

"일어나는데요"

"나가고 있는데, 그녀에게 말을 걸 겁니까?"

"아뇨. 보지 않은 척하는 게 낫겠어요."

"하지만, 제니퍼 이모가 로니 가필드와 아는 사이일 수도 있는데 함께 차를 마시지 못할 이유가 뭡니까?"

"도대체 어떻게?"

"왜 안 됩니까?"

"아니, 이봐요, 찰스 왜 안 되냐, 된다, 안 된다 하는 식의 말은 그만두기로 해요. 도대체 말도 안 되고 아무 의미도 없는 짓이에요. 그런데 우린 방금 그 강신술에 참석했던 사람들이 대령의 친척과 아무 관계도 없다는 말을 했는데, 미처 5분도 안 되어서 로니 가필드가 트레블리언 대령의 누이와 차를 마시는 광경을 보게 됐잖아요."

"그러니까 그건, 우린 실제론 아는 게 전혀 없다는 뜻이에요." 찰스가 말했다.

"그러니까 그건, 우린 처음부터 다시 시작해야 한다는 뜻이기도 하죠."

에밀리가 말했다.

"여러 가지 방법으로"

"무슨 뜻이죠?" 에밀리는 찰스를 쳐다보며 물었다.

"현재로선 아무 뜻도 없어요."

찰스는 에밀리의 어깨에 팔을 얹었다. 에밀리는 뿌리치지 않고 잠자코 있었다.

"우린 기필코 이 일을 해내야만 해요. 그다음에……."

"그다음엔?" 에밀리가 속삭였다.

"난 당신을 위해 뭐든지 하겠소, 에밀리. 그래요, 무엇이든지 다."

"정말이에요?" 에밀리가 말했다.

"정말 고마워요, 찰스"

제26장

로버트 가드너

그로부터 정확히 20분 뒤, 에밀리는 로렐 저택의 현관 벨을 누르고 있었다. 이 방문은 갑작스런 충동의 의한 것이었다.

그녀는 문을 열어준 비어트리스에게 밝게 미소 지으며 말했다.

"또 왔어요. 가드너 부인이 외출 중인 건 알아요. 가드너 씨를 만날 수 있을까요?"

그것은 뜻밖이었기에 비어트리스는 의심하는 표정이었다.

"글쎄요. 잘 모르겠어요. 가서 여쭤봐야겠는데요."

"그렇게 하세요." 에밀리가 말했다.

비어트리스는 위층에 올라갔다가 잠시 뒤 다시 돌아와 에밀리를 안으로 안내했다. 로버트 가드너는 커다란 방의 창가에 놓인 침대에 누워 있었다. 그는 몸집이 크고 금발에 푸른 눈이었다.

에밀리는 속으로 '트리스탄과 이졸데 3막에서의 트리스탄이 저런 모습일 거야. 그러나 바그너의 작품을 노래하는 어떤 테너 가수라도 저런 모습의 트리스탄은 없을 거야.'라고 생각을 했다.

"어서 와요." 그가 말했다.

"아가씨는 범인으로 지목된 그 애의 약혼녀가 아닌가요?"

"예, 맞아요. 로버트 이모부. 제가 이모부라고 불러도 괜찮을까요?"

"제니퍼만 허락한다면 괜찮아요. 그리운 약혼자를 감옥에 둔 심정은 어떻소?"

'잔인한 사람이군.' 에밀리가 내린 단정이었다.

'남의 아픈 상처를 헤집어놓는 것을 즐거움으로 삼는 인간이야.'

그러나 에밀리는 그에 맞서 미소를 지으며 말했다.

"스릴 넘치는 일이죠."

"짐에겐 스릴 넘치는 일만은 아니겠지, 그렇잖소?"

"글쎄요. 하나의 경험이 아니겠어요?"

"인생이 즐거운 것만은 아니라는 사실을 배우게 되겠지."

로버트 가드너는 적의를 품은 목소리로 말했다. 그리고 에밀리를 호기심 어린 눈초리로 바라보았다.

"그런데 무엇 때문에 날 찾아왔소?"

그의 목소리에는 의혹이 담겨 있었다.

"결혼하기 전에 상대의 친척들을 미리 만나보는 게 좋을 것 같아서요."

"더 늦기 전에 결점까지 샅샅이 알아보자는 건가 보군. 그러니까 아가씨는 짐과 정말 결혼할 생각이오?"

"그러면 안 되나요?"

"살인 혐의에도 불구하고?"

"예, 살인 혐의에도 불구하고."

"그런 일에 아가씨처럼 전혀 낙담의 기색이 없는 사람은 처음 보는군. 아가씨는 마치 재미를 느끼는 것 같은데."

"예, 그래요. 살인범을 찾아다니는 건 상당히 스릴 넘치는 일이에요."

"뭐라고 했소?"

"살인범을 찾는 일이 상당히 스릴 넘친다고 했어요."

로버트 가드너는 에밀리를 찬찬히 바라보고 나서 머리를 베개에 기대고 다시 누웠다.

"난 피곤하오." 그는 신경질적으로 말했다.

"더 이상 말을 못하겠군. 간호사, 간호사! 어디 있나? 난 피곤해."

데이비스 간호사가 옆방에서 재빨리 뛰어나왔다.

"가드너 씨는 금방 피곤을 느끼세요. 죄송하지만 이젠 가주시면 좋겠군요, 트레푸시스 양."

에밀리는 일어서서 밝은 표정으로 고개를 살짝 숙이며 말했다.

"안녕히 계세요, 로버트 이모부. 언젠가 다시 오겠어요."

"무슨 뜻인가?"

"다시 만나뵙겠다고요." 에밀리가 대답했다.

그녀는 현관문을 나서기 전에 걸음을 멈추고, "어머! 장갑을 두고 왔군요." 라고 비어트리스에게 말했다.

"제가 갖다드리죠, 아가씨."

"아, 아니에요. 내가 가져올게요."

에밀리는 계단을 가볍게 밟고 올라가서 노크 없이 문을 열었다.

"아, 죄송해요. 장갑을 두고 갔지 뭐예요."

그녀는 과장된 태도로 장갑을 집으며, 손을 마주 잡고 앉아 있는 두 사람에게 상냥한 미소를 지었다. 그러고는 계단을 내려와 집을 나섰다.

'장갑을 떨어뜨리는 건 훌륭한 계략이야. 효과를 본 게 이번이 두 번째군. 불쌍한 제니퍼 이모. 그걸 아실까? 아마 모르시겠지. 빨리 가야겠네. 찰스가 기다리겠어.'

찰스는 약속 장소에서 엘머의 차를 타고 그녀를 기다리고 있었다.

"좋은 일이라도?" 그가 물었다.

"어떤 점에선 그래요. 확실치 않지만."

엔더비는 묻는 시선을 그녀에게 보냈다.

"아니에요." 에밀리는 그를 마주 보며 말했다.

"말하지 않겠어요. 우리 일과 전혀 관계가 없을지도 모르니까. 설사 관계가 있다 해도 온당치 못한 일이에요."

엔더비는 한숨을 내쉬었다.

"이건 너무하군."

"미안하지만 어쩔 수 없어요." 에밀리는 단호하게 말했다.

그들은 말없이 차를 타고 달렸다. 찰스로서는 화가 나서 말이 없었고, 에밀리로선 금방 잊어버리고 말이 없었던 것이다.

익스햄프틴에 거의 다다랐을 때, 에밀리가 침묵을 깨고 전혀 예상치 못한 질문을 했다.

"찰스, 브리지 게임을 할 줄 알아요?"

"그래요. 그런데 왜 그런 걸 묻는 겁니까?"

"이런 생각이 들어요. 당신이 들고 있는 카드의 가치를 평가할 때 어떻게 하죠? 당신이 방어를 하고 있다면 이긴 수를 세죠. 그러나 공격을 하고 있다면 진 수를 세는 거예요. 우린 지금 이 사건을 공격하고 있는데 어쩌면 우린 (가능성이 어찌되었건) 길을 잘못 들었는지도 모르겠어요."

"무슨 뜻입니까?"

"우린 이제까지 이긴 수를 세어왔잖아요? 즉 트레블리언 대령을 죽일 수 있는 사람이 누구인가를 찾고 있었다는 뜻이에요. 그렇기 때문에 지금 완전히 혼란 속에 빠져 있는 것일지도 몰라요."

"난 혼란에 빠져 있지 않아요."

"난 그래요. 머릿속이 엉망으로 뒤엉켜서 차분히 생각할 수가 없어요. 다른 방향으로 생각해 봐요. 진 수를 세어 보는 거예요. 말하자면 대령을 죽일 수 없는 사람이 누군가를 찾는 거죠."

"어디 봅시다. 윌렛 모녀, 버너비, 라이크로프트 그리고 로니. 아! 듀크 씨도 있죠."

"좋아요. 그들은 대령을 죽일 수 없는 사람들이에요. 왜냐하면 대령이 죽은 시각에 전부 시타퍼드 저택에서 얼굴을 마주 보고 있었으니까 거짓말을 할 수 없죠. 그러니까 그들은 전부 제외되는 거죠."

"시타퍼드에 사는 사람들 모두가 제외되죠." 엔더비가 말했다.

"엘머까지도."

그는 차를 몰고 있는 엘머를 의식하며 목소리를 낮추었다.

"왜냐하면 금요일에 시타퍼드로 가는 도로는 통행이 불가능했으니까."

"걸어서 갈 수도 있었죠." 에밀리도 목소리를 낮추어 말했다.

"그날 저녁에 버너비 소령이 걸어서 갈 수 있었다면 엘머 역시 점심시간에 떠나서 5시에 익스햄프턴에 도착한 다음 대령을 죽이고 다시 걸어서 올 수 있었을 테니까요."

엔더비는 고개를 저었다.

"그는 다시 걸어서 돌아올 수 없었을 거예요. 6시 30분쯤부터 눈이 내리기 시작했으니까. 설마 엘머의 짓이라고 생각하는 건 아니겠죠?"

"아니에요. 하지만 그가 혹시 살인광일지도 모르잖아요?"

"쉬—잇. 저 사람이 들으면 큰일 나요."

"어찌 되었건 그가 대령을 죽이지 않았다고 단정할 수는 없어요."

"거의 단정할 수 있죠." 찰스가 말했다.

"시타퍼드에 사는 사람들 모르게, 또 아무 의심 없이 그가 익스햄프턴까지 걸어갔다가 돌아올 수는 없으니까 말이오."

"하긴 서로에 대해 너무도 잘 알고 있는 지역이긴 하죠."

"맞아요. 그래서 시타퍼드 주민들 모두가 제외된다고 말한 거예요. 당시에 윌렛 가(家)에 없었던 퍼스하우스 양과 와이엇 대령은 환자들이에요. 눈보라를 헤치고 갈 수는 없는 사람들이지. 그리고 커티스 부부 중 누군가가 눈보라를 헤치고 갔다면 아마 일주일 이상 걸려서야 돌아왔을 겁니다. 그때쯤이면 사건은 이미 끝나 있겠죠"

에밀리가 웃으며 말했다.

"아무도 몰래 일주일 동안이나 시타퍼드를 떠나 있을 수는 없어요."

"커티스 부인이 그랬다면 커티스 씨는 아내의 침묵을 알아챘겠죠"

"또 있어요." 찰스가 갑자기 말했다.

"누구죠?"

"철공소집 아내예요. 여덟 번째 아이를 출산할 여자 말이에요. 그녀가 만삭의 몸에도 불구하고 용감무쌍하게 그곳까지 걸어가서 모래주머니로 그를 내리쳤다는 거죠"

"이유가 뭘까요? 어디 말해 봐요."

"왜냐하면 일곱 명의 아이들 아버지는 남편이지만 여덟 번째로 낳을 아이의 아버지가 트레블리언 대령이기 때문이죠"

"찰스, 점잖지 못해요. 그러나 살인을 했다면 아마 그녀가 아니라 남편이었을 거예요. 근육이 발달한 그의 힘센 팔이라면 모래주머니쯤은 쉽게 휘둘렀을 테니까요. 그 아내는 일곱 아이를 돌보느라 바빠서 남편이 없었던 걸 몰랐을 수도 있겠죠. 아이들 때문에 남편쯤은 있는지 없는지도 모를 수 있단 말이에요."

"우린 형편없는 결론에 이르고 말았군요."

"그런 것 같아요. 이 방법도 별 소득이 없군요."

"당신은 어때요?" 찰스가 물었다.

"나요?"

"사건 당시 어디 있었죠?"

"아니, 이럴 수가! 그 생각을 미처 못했군요. 난 물론 런던에 있었지만 증명할 길이 없어요. 내 아파트에 혼자 있었으니까."

"그것 봐요. 동기와 그 밖의 상황에도 부합되죠. 당신의 약혼자가 2만 파운드의 유산을 받게 된다. 그밖에 무슨 동기가 더 필요하죠?"

"당신 참 머리가 좋군요, 찰스. 나야말로 수상한 여자로군요. 난 그 생각을 전혀 못하고 있었는데."

제27장

내러콧의 활동

이틀 뒤, 에밀리는 내러콧 경감의 사무실에 앉아 있었다. 그날 아침 시타퍼드에서 오는 길이었다. 경감은 그녀의 능력에 놀라운 시선을 보내고 있었다. 대담성과 굴복하지 않는 확고한 결단성, 변함없는 활발함에 내심 감탄을 금치 못했다. 그녀는 투사였고, 경감은 투사를 존경했다. 개인적 의견이지만 짐 피어슨이 결백하다고 해도 에밀리는 그에게 너무 과분한 상대라고 생각했다.

"흔히 책에서 보면 경찰은 용의자가 결백하건 안 하건 충분한 증거만 있으면 다른 것은 개의치 않고 그를 범인으로 지목한다고 되어 있지만, 실제로는 그렇지 않아요, 트레푸시스 양, 우리가 원하는 바는 진짜 범인뿐이에요."

"경감님은 짐이 진범이라고 생각하세요?"

"직무상의 답변을 할 수는 없소. 그러나 이건 말해 주겠는데, 우린 짐의 증거뿐만 아니라 다른 사람들의 증거도 아주 조심스럽게 조사하고 있어요."

"짐의 동생인 브라이언을 말씀하시는 건가요?"

"브라이언 피어슨에게는 납득이 가지 않는 점이 매우 많아요. 우리의 질문에 답변을 거부하고 있지만(내러콧 경감의 얼굴에 데번서 출신 특유의 미소가 번져갔다), 그의 행적은 충분히 짐작할 수 있을 것 같아요. 내 추측이 맞는다면 30분 이내로 모든 것을 알게 될 겁니다. 그다음엔 더링 씨가 있지요."

"그를 만나보셨나요?" 에밀리는 눈을 반짝이며 물었다.

내러콧 경감은 그녀의 생기 어린 얼굴을 바라보자 직무상의 경계를 늦추고 싶은 유혹을 느꼈다. 그는 의자에 등을 기대고 더링과 만났던 것에 대해 자세히 말해 주었다. 그리고 팔꿈치에 놓인 서류철에서 로젠크라운 씨에게 보낸 전보를 복사한 종이를 꺼냈다.

"이게 내가 보낸 것이고, 이건 그 답신이오."

에밀리는 답신을 읽었다.

엑시터, 드리스델 가 2번지, 내러콧, 더링 씨의 진술을 분명히 확인하는 바임. 그는 금요일 오후 내내 나와 함께 있었음. 로젠크란운

"아니, 이렇게 되다니!"
"그래요." 경감은 반사적으로 말했다.
"그건 쓸데없는 일이 되었어요. 그렇죠?" 그는 다시 미소 지었다.
"하지만 난 의심이 많은 사람이에요, 트레푸시스 양. 더링의 진술은 꽤 그럴 듯했지만, 그것이 너무 완벽하다는 게 마음에 들지 않았어요. 그래서 또 한 통의 전보를 보냈지요."
경감은 에밀리에게 다시 두 장의 용지를 건네주었다. 처음 것에는 이렇게 적혀 있었다.

트레블리언 대령의 살인사건 수사에 관한 정보를 필요로 함. 마틴 더링이 진술한 금요일 오후의 알리바이를 입증합니까? 엑시터, 내러콧 경감.

답신에는 전보 요금쯤은 아랑곳하지 않는 흥분된 어조가 드러나 있었다.

범죄와 관련된 일인 줄 전혀 몰랐음. 금요일에 마틴 더링을 만나지 않았음. 친구로서 그의 진술에 동의했을 뿐임. 그의 아내가 이혼소송을 제기하기 위해 그의 행동을 조사하는 것으로 생각했음.

"아! 무척 현명하시군요, 경감님."
경감 역시 자신의 행동이 현명했다고 생각했다. 그의 미소는 부드럽고 만족스러운 것이었다.
"남자들은 친구에게 대단히 충실하군요."

에밀리는 전보용지를 훑어보며 말했다.

"불쌍한 실비아. 전 어떤 남자들은 짐승 같다고 생각해요. 그렇기 때문에 진정으로 의지할 남자가 있다는 건 정말 다행한 일이에요."

그녀는 감사의 눈빛으로 경감을 바라보며 미소 지었다.

"그러나 이제까지의 일은 비밀에 속한 겁니다, 트레푸시스 양."

경감은 그녀에게 주의를 환기시켰다.

"내가 너무 많은 걸 알려준 것 같군요."

"정말 감사합니다. 절대로, 절대로 잊지 않겠어요."

"그 누구에게라도 한마디도 하면 안 됩니다."

"찰스 엔더비에게도 말씀이죠?"

"기자란 결국 기자일 수밖에 없으니까. 그를 얼마나 잘 길들였는지 모르지만, 어쨌든 뉴스는 뉴스니까, 안 그래요?"

"그렇다면 그에게 말하지 않겠어요. 그를 꼼짝 못하게 만들어놓긴 했지만 경감님 말씀대로 신문기자는 역시 기자일 수밖에 없을 테니까요."

"불필요하게 정보를 주지 말 것, 이게 내 철칙이지요."

에밀리는 눈을 반짝이며, 내러콧 경감이 지난 30분 동안 그 철칙을 어겼다는 생각을 했다. 그러다 갑자기 모든 것이 이제까지와는 전혀 다른 방향으로 초점이 맞춰지고 있다는 생각이 들었다. 물론 경감의 이야기 때문은 아니었지만, 어쨌든 알게 되어서 다행이었다.

"경감님―." 에밀리는 갑자기 그를 불렀다.

"듀크 씨는 어떤 사람이죠?"

"듀크?"

에밀리가 보기에 경감은 잠시 멈칫하는 것 같았다.

"기억하시겠지만 시타퍼드의 그 사람 집에서 나오실 때 저와 마주쳤잖아요?"

"아, 그래요. 기억합니다. 사실대로 말하자면 난 테이블 터닝에 관한 개인적인 설명을 듣고 싶었어요. 버너비 소령은 그런 설명에는 일류급이 아니거든요."

"그렇다고 해도 제가 경감님이라면 전 라이크로프트 씨 같은 사람에게 알아보았을 거예요. 왜 듀크 씨를 찾아가셨죠?"

잠시 침묵이 흐른 뒤 경감이 말했다.

"그건 견해차이겠지요."

"전 혹시 경찰이 듀크 씨에 대해 뭔가 알고 있지 않은가 하는데요."

경감은 압지에 시선을 고정한 채 아무 말이 없었다.

"흠 없이 결백한 인생을 사는 사람." 에밀리가 말했다.

"아마 이런 표현이 듀크 씨에게 적합한지 모르겠지만, 항상 그런 인생만을 살아오지 않았을 수도 있지 않겠어요? 경찰이 그의 그런 과거를 알고 있는 건 아닌가요?"

에밀리는 경감이 미소를 감추려고 입술을 약간 실룩거리는 것을 보았다.

"추측하기를 좋아하는군요, 트레푸시스 양?"

"사람들이 말해 주지 않으면 추측을 할 수밖에 없잖아요!"

에밀리는 즉시 대꾸했다.

"아가씨 말대로 현재 결백한 생활을 하는 사람이라면, 그의 나쁜 과거가 들 춰지고 조사되는 것은 그를 귀찮게 하고 피해가 될 겁니다. 경찰은 그런 일은 하지 않아요. 그런 사람의 정체를 밝히진 않지요."

"알겠어요. 그래도 어쨌든 그를 만나러 가셨잖아요? 다시 말씀드리지만 그 건 그 사람이 이번 사건과 무슨 관련이 있기 때문이 아닌가요? 전, 전 정말 듀크 씨의 정체를 알았으면 좋겠어요. 과거에 그가 어떤 특별한 범죄와 관련 되었는지도 알고 싶고요."

에밀리는 내러콧 경감을 뚫어지게 바라보았지만, 경감은 목석같은 표정만 짓고 있었다. 이번만은 그를 도저히 움직일 수 없다고 판단한 에밀리는 한숨 을 내쉬며 그곳을 나왔다. 그녀가 나가자 경감은 계속 보일 듯 말 듯한 미소 를 머금은 채 압지를 바라보고 있었다.

잠시 뒤 그가 벨을 누르자 부하 직원이 들어왔다.

"어떻게 되었나?" 경감이 물었다.

"맞습니다, 경감님. 그런데 프린스타운의 더치가 아니라 투브리지스에 있는 호텔이었습니다."

"그래?" 경감은 직원이 건네준 서류를 받았다.

"그렇다면 그건 됐군. 또 다른 젊은이의 금요일 행적을 알아보았나?"

"그는 마지막 열차로 익스햄프턴에 도착한 게 확실합니다. 그러나 그가 몇 시에 런던을 떠났는지 그것은 아직 알아내지 못했습니다. 조사 중입니다."

경감은 고개를 끄덕였다.

"이것은 서머셋하우스(호적등록 본청·유언검인 등기소·내국세 징수국 등의 관청이 있는 런던의 건물)에서 조사한 겁니다."

내러콧은 그 서류를 들춰보았다. 그것은 윌리엄 마틴 더링과 마사 엘리자베스 라이크로프트의 결혼기록이었다.

"아!" 경감이 말했다.

"또 다른 것은 없나?"

"있습니다, 경감님. 브라이언 피어슨은 블루 퍼넬 보트, 즉 피디아스 호를 타고 오스트레일리아를 떠났습니다. 그 배는 케이프타운에 기항했었지만 승객명단에 윌렛이란 이름은 없었습니다. 또한 남아프리카에서 온 모녀는 없었고, 멜버른에서 승선한 에반스 모녀와 존슨 모녀만 있었는데, 존슨 모녀의 인상착의가 윌렛 모녀와 일치합니다."

"음, 존슨이라. 존슨이나 윌렛 모두 본명이 아닐 걸세. 그들의 정체는 대충 파악된 것 같은데 그밖엔 없나?"

더 이상은 없는 것 같았다.

"그렇다면 필요한 조사는 충분한 것 같군." 내러콧이 말했다.

제28장

장화

"하지만 이봐요." 커크우드 씨가 말했다.

"헤이즐무어에서 도대체 뭘 찾아낼 수 있겠소? 트레블리언 대령의 물건은 이미 전부 옮겼어요. 경찰이 집을 샅샅이 조사했고 피어슨의 혐의를 밝히겠다는 심정은 이해하지만 에밀리가 무엇을 할 수 있겠소?"

"뭘 찾아낸다거나 경찰이 미처 보지 못한 것을 발견하려는 게 아니에요. 뭐라 설명드릴 수는 없지만 전, 그곳의 분위기를 알아보려는 것뿐이에요. 제발 열쇠를 주세요. 해로울 건 없잖아요?"

"물론 해로울 것은 없지만." 커크우드 씨는 점잖게 대답했다.

"그렇다면 친절을 베풀어주세요."

그래서 커크우드 씨는 친절을 베풀어 관대한 미소를 지으며 열쇠를 주었다. 이날 아침에 에밀리는 편지 한 통을 받았다. 편지에는 이렇게 쓰여 있었다.

트레푸시스 양에게(벨링 부인으로부터)
어떤 사소한 것이라도 알려달라는 아가씨의 부탁대로 중요한 것은 아니지만 아가씨에게 즉시 알리는 것이 내 의무라고 생각했어요. 이 편지가 오늘 밤 마지막 배달이나 내일 아침 첫 배달로 아가씨에게 도착하기를 희망하며 내 조카딸이 내게 와서 말하기를 이건 별로 중요한 건 아니지만 좀 특이한 일이라고 하더군요. 나도 그렇게 생각해요. 경찰도 그렇게 말했고 다른 사람들도 대부분 그렇게 생각하듯이 트레블리언 대령님의 집에서는 단서가 될 만한 건 하나도 발견되지 않았고, 특별히 주의를 끄는 물건도 없었다고 하는데 한 가지 없어진 물건이 있답니다. 에반스가 버너비 소령님과 그 집에 가서 물건을 정리

할 때 보니까 대령님의 장화 한 켤레가 없어진 것 같답니다. 중요한
것은 아니라고 여겨집니다만 아가씨가 알고 있는 게 좋을 것 같아서
요. 그 장화는 겉면에 왁스를 칠한 두꺼운 것인데 대령님이 눈 오는
그날 외출을 하셨다면 신으셨겠지만 그날 눈 속에 외출하지 않으셨다
는 사실을 생각하면 이해가 되지 않아요. 하여간 그 장화는 없어졌지
만 누가 가져갔는지는 아무도 모른답니다. 안다고 해도 중요하지는
않겠지만 어쨌든 일러주는 게 내 의무라고 생각해서 이렇게 편지를
보내요. 빨리 만나기를 바라며, 약혼자에 대해서 너무 걱정하지 말기
바라요.

당신의 친구 벨링 부인

에밀리는 이 편지를 읽고 또 읽었다. 그리고 찰스와 의논했다.

"장화라……, 별 상관이 없는 것 같은데." 찰스가 생각에 잠겨 말했다.

"무슨 관련이 있을 거예요. 내 말은 왜 하필 장화 한 켤레가 없어졌느냐 이 거에요."

"에반스가 지어낸 이야기가 아닐까?"

"무슨 이유로 그랬겠어요? 거짓말을 꾸며낼 때는 이처럼 어리석고 무의미한 이야기가 아니라 뭔가 이치에 맞는 이야기를 하는 법이에요."

"장화라면 발자국과 관련된 어떤 것을 암시하는데."

"알아요. 그러나 이 경우에는 발자국과는 관계가 없어요. 다시 눈이 왔다면 모르지만."

"그럴지도 모르겠군. 혹시 대령이 떠돌이 강도에게 장화를 준 것이 아닐까 요? 떠돌이가 신고 가버렸다던가."

"그럴 가능성도 있지만 그건 트레블리언 대령답지 않아요. 대령은 강도에게 돈을 줄지 몰라도 제일 좋은 겨울 장화는 주지 않았을 거예요."

"그렇다면 난 포기하겠소." 찰스가 말했다.

"난 포기하지 않겠어요. 어떻게 해서라도 밝히고야 말겠어요."

그래서 에밀리는 익스햄프턴에 가서는 제일 먼저 스리 크라운스 여관으로 갔던 것이다. 벨링 부인이 반색을 하며 그녀를 맞이했다.

"약혼자가 아직도 감옥에 있다니! 그건 말도 안 돼요. 경찰이 뭐라 해도 우린 그렇게 믿지 않아요. 내 편지 받았죠? 에반스를 만나보겠어요? 저 모퉁이를 돌아 포어 가 85번지에 살아요. 나도 같이 갔으면 좋겠지만 자리를 비울 수가 있어야죠. 하지만 금방 찾을 수 있을 거예요."

에밀리는 그녀의 말대로 에반스의 집을 금방 찾았다. 에반스는 집에 없었지만 그의 아내가 에밀리를 집 안으로 안내했다.

자리에 앉자마자 에밀리는 곧바로 본론을 꺼냈다.

"에반스 씨가 벨링 부인에게 말한 사실에 대해 알아보려고 왔어요. 그러니까 트레블리언 대령님의 장화 한 켤레가 없어졌다는 것 말이에요."

"정말 이상한 일이에요."

"에반스 씨가 분명히 장화가 없어졌다고 하시던가요?"

"예, 대령님은 겨울에 항상 그 장화를 신으셨는데, 속에다 양말을 두 켤레나 신어야 되는 큰 장화였대요."

에밀리는 고개를 끄덕였다.

"수선을 하러 보냈거나 뭐 그런 건 아닐까요?"

"그렇다면 에반스가 모를 리가 없죠." 그의 아내는 자랑스럽게 말했다.

"그렇겠군요."

"이상하긴 하지만 살인과 관계가 있는 것 같지는 않은데요. 그렇지 않아요, 아가씨?"

"그런 것 같아요."

"새로운 사실은 없나요, 아가씨?"

그녀의 목소리는 호기심에 가득 차 있었다.

"몇 가지 있어요. 중요한 건 아니지만."

"경감님이 오늘 엑시터에서 이곳으로 다시 오신 걸 봤어요. 당연한 일이겠지만."

"내러콧 경감님 말이에요?"

"예, 그분이에요."

"기차로 오셨나요?"

"아뇨, 자동차를 타고 오셨어요. 먼저 스리 크라운스 여관으로 가서서 젊은 분의 짐가방에 대해 물어보셨다는군요."

"어떤 젊은이의 짐가방인데요?"

"아가씨와 함께 다니시는 분 말이에요."

에밀리는 어안이 벙벙했다.

"톰에게 물어보시더군요. 내가 그곳을 지나치려는데 톰이 내게 말해 줬어요. 톰도 귀를 세우고 살피고 있거든요. 그 젊은 분의 가방에는 두 개의 꼬리표가 달려 있었는데, 하나는 엑시터였고 또 하나는 익스햄프턴이라고 쓰여 있었다 나 봐요."

에밀리의 얼굴에 갑자기 미소가 번져갔다. 찰스가 특종감을 만들려고 살인하는 장면을 연상했기 때문이다. 누군가가 그것을 소재로 소름끼치는 단편을 쓸 수도 있겠다는 생각이 들었다. 에밀리는 내러콧 경감이 사건과 전혀 상관이 없다고 생각되는 사람들의 상세한 부분까지도 조사하는 것에 감탄을 금할 수 없었다. 경감은 오늘 그녀와 헤어지자마자 엑시터를 떠난 게 분명했다. 빠른 자동차라면 기차쯤은 쉽게 앞지를 수 있었을 거고, 또 에밀리는 엑시터에서 점심까지 먹고 늦게 떠난 터였다.

"경감님은 그다음에 어디로 가셨죠?"

"시타퍼드예요, 아가씨. 운전사에게 말하는 걸 들었다는군요."

"시타퍼드 저택 말인가요?"

에밀리는 브라이언 피어슨이 아직도 시타퍼드 저택에 머물고 있다는 것을 생각했다.

"아뇨, 아가씨. 듀크 씨에게 가셨어요."

다시 듀크 씨에게. 에밀리는 조바심이 나서 견딜 수 없었다.

듀크―미지수. 그녀는 특별한 증거가 있어야만 추론이 가능했지만, 경감은 평범하고 쾌활한 모든 사람들에 대해 그런 결과를 얻어내고 있는 것 같았다.

'그를 만나야겠어. 시타퍼드로 돌아가자마자 곧장 그를 찾아가야지.'

에밀리는 에반스 부인에게 고맙다는 인사를 하고 나서 커크우드 씨에게 가서 열쇠를 받았던 것이다. 그리고 과연 어떤 기분을 느낄 것인가를 생각하며 헤이즐무어 저택의 홀에 지금 서 있는 것이었다.

그녀는 계단을 천천히 올라가서 위층 첫 번째 방으로 들어갔다. 대령의 침실이었음이 분명했다. 커크우드 씨의 말대로 개인 소지품은 전부 옮겨가고 없었다. 장화를 넣어두는 벽장에는 빈 선반들만이 있었다. 에밀리는 한숨을 쉬며 돌아서서 계단을 내려왔다. 그리고 대령이 죽은 거실로 들어갔다. 열린 창문으로 눈이 날려 들어오고 있었다. 그녀는 살해 장면을 떠올리려고 애를 썼다.

'누구의 손이 트레블리언 대령을 쓰러뜨렸을까? 그리고 무엇 때문에? 사람들이 믿고 있듯이 대령은 5시 25분에 살해되었을까? 짐은 정말 겁을 집어먹고 거짓말을 한 것일까? 현관에서 아무 반응이 없자 창문으로 돌아가서 외삼촌의 죽어 있는 모습을 보고는 공포에 떨며 도망을 쳤을까? 그걸 알 수만 있다면, 데이크리스 씨 말로는 짐이 자기가 한 말을 계속 고집하고 있다는데. 그래, 짐은 겁에 질렸을지도 몰라.' 에밀리는 확신할 수가 없었다.

'라이크로프트 씨가 말했듯이 누군가가 집 안에 숨어 있다가 그들의 다투는 소리를 듣고 기회를 포착한 것일까? 그렇다면 그것이 장화건의 해결에 어떤 실마리가 되는 것일까? 누군가가 대령의 침실에 있었던 것은 아닐까?'

에밀리는 다시 홀을 지나 식당을 슬쩍 들여다보았다. 그곳에는 가죽 끈으로 잘 묶어놓은 트렁크가 두 개 있었다. 식기장은 비어 있었다. 은제 컵들은 이미 버너비 소령이 가져간 뒤였다.

상품으로 받았다는 세 권의 소설이 눈에 띄었다. 에반스에게서 그 책들이 상품으로 받은 것이라는 말을 들은 찰스가 웃으며 그녀에게 알려줬었다. 책들은 버림받은 채 의자에 놓여 있었다.

에밀리는 식당을 둘러보고 고개를 저었다. 특별한 것은 없었다. 그녀는 다시 위층으로 올라가서 다시 한 번 침실로 들어갔다. 장화가 없어진 이유를 반드시 알아내야 했다. 납득할 만한 설명을 얻어내지 않고는 그 생각을 뿌리칠 수가 없었다. 그것이 사건과 어떤 관련이 있을 거라는 쪽으로 생각이 모아지는 것은 어쩔 수 없었다. 도움이 될 만한 단서가 없을까?

에밀리는 서랍을 하나씩 열어보고 뒷면까지 손으로 쓸어보았다. 빈 선반도 살펴보고 양탄자의 끝부분을 손가락으로 눌러 보았다. 침대 매트도 조사했다. 그녀는 자신이 무엇을 찾아내려는 것인지는 알 수 없었지만 보이는 것은 전부 샅샅이 살폈다. 그녀가 구부렸던 허리를 펴며 일어섰을 때 깨끗하게 정리된 그 방에서 한 가지 눈에 거슬리는 것이 있었다. 그것은 벽난로 안쪽의 쇠격자 안에 떨어진 작은 그을음 덩어리였다.

에밀리는 뱀이 먹이를 보듯 그것을 노려보며 시선을 고정한 채 가까이 다가갔다. 그것은 논리적 추론이 아니었고 이성적 판단도 아니었지만, 그 그을음 덩어리는 어떤 가능성을 암시하는 것 같았다. 잠시 뒤 에밀리는 신문지로 대충 싸놓은 꾸러미 하나를 앞에 놓고 믿기지 않는 표정으로 바라보고 있었다. 신문지를 펼치자 그 안에 없어졌다는 장화 한 켤레가 모습을 드러냈다.

"하지만 왜? 왜 여기에 있을까? 왜? 왜? 왜?"

에밀리는 장화를 노려보았다. 그리고 뒤집어보기도 하고 겉면과 안쪽을 살펴보면서 계속해서 '왜?'라는 한마디 말만 거듭했다.

누군가가 대령의 장화를 훔쳐서 벽난로 굴뚝 속에 숨겼다고 하자. 하지만 왜 그랬을까?

"아! 머리가 돌 것 같아!" 에밀리는 절망적으로 소리쳤다.

그녀는 장화를 마룻바닥 한가운데 놓고 의자를 가져다 맞은편에 앉았다. 그리고 모든 것을 처음부터 다시 생각해 보려고 노력했다. 그녀 혼자 알아낸 것과 다른 사람들에게 들은 것들을 상세한 부분까지 다시 훑어보았다. 드라마에서 연기한 배우들과 드라마 밖의 인물들까지 한 사람 한 사람 생각해 나갔다.

그러자 갑자기 의심쩍고 불투명한 생각들이 형체를 갖추기 시작했다. 마룻바닥에 말없이 놓여 있는 장화에 의해서 암시되는 생각들이었다.

"그러나 만일 그렇다면. 만일에 그렇다면……." 그녀는 혼자 중얼거렸다.

그리고 나서 에밀리는 장화를 집어 들고 서둘러 아래층으로 내려가서 식당 문을 밀어젖히고는 구석에 놓인 선반으로 갔다. 그곳에는 트레블리언 대령이 여자 세입자의 손이 닿을까 봐 옮겨온 트로피와 운동용품 등 온갖 잡동사니들이 정리되어 있었다. 스키와 보트의 노, 박제된 코끼리 발, 상아, 낚싯대 등이 보관을 위해 기술적으로 포장해 줄 사람들을 아직 기다리고 있었다.

에밀리는 계속 장화를 손에 든 채 몸을 굽혔다가 잠시 뒤 얼굴에 생기를 띄며 의혹의 눈빛으로 몸을 일으켰다.

"그렇게 된 거야. 그렇게 된 거라고."

그녀는 의자에 앉았다. 아직도 이해가 되지 않는 점이 많았다.

다시 몇 분 뒤에 에밀리는 벌떡 일어나며 큰소리로 외쳤다.

"누가 트레블리언 대령을 죽였는지 이제 알겠어. 그런데 이유가 뭘까? 그걸 모르겠어. 시간을 지체하면 안 돼."

에밀리는 헤이즐무어 저택을 서둘러 나왔다. 시타퍼드로 가는 택시는 쉽게 잡을 수 있었다. 그녀는 운전사에게 듀크 씨의 집으로 가자고 말했다. 그곳에 도착해서 요금을 치르고 현관으로 통하는 길을 올라갔다.

에밀리는 문에 달린 노커를 힘차게 두드렸다. 잠시 뒤 무표정한 얼굴에 몸 집이 커다란 남자가 문을 열었다. 에밀리는 처음으로 듀크 씨와 얼굴을 마주 대하는 것이었다.

"듀크 씨죠?"

"그렇소."

"전 에밀리 트레푸시스예요. 들어가도 될까요?"

그는 잠시 망설이더니 옆으로 비켜서며 그녀를 들어오게 했다. 에밀리는 거실로 곧바로 들어갔다. 그는 문을 닫고 그녀를 따라 들어갔다.

"전 내러콧 경감님을 만나고 싶어요. 이곳에 계시죠?"

듀크 씨는 뭐라 대답해야 할지 모르는 듯 다시 망설이더니 결국 마음을 결정한 듯 미소를 지었다. 그것은 호기심이 어린 미소였다.

"내러콧 경감은 이곳에 있소. 그런데 무슨 일로 그를 만나려고 하시오?"

에밀리는 들고 온 꾸러미를 내놓으며 신문지를 펼쳤다. 그리고 장화를 꺼내 앞에 있는 테이블에 올려놓았다.

"전 이 장화 때문에 그를 만나려는 거예요."

제29장

두 번째 강신술 모임

"안녕하십니까?" 로니 가필드가 인사를 했다.

우체국으로 통하는 가파른 길을 천천히 내려오던 라이크로프트 씨는 로니가 다가올 때까지 기다리며 서 있었다.

"뭘 사러 가실 겁니까?"

"아닐세. 철공소를 지나 산책하고 오는 길일세. 정말 좋은 날씨로군."

로니는 파란 하늘을 올려다보았다.

"그렇군요. 지난주와는 약간 다르지만. 그런데 월렛 가에 가는 길이신가 보죠?"

"그렇네. 자네도?"

"예. 시타퍼드의 빛나는 장소인 월렛 가에 갑니다. 낙담을 해선 안 된다―이게 그들 모녀의 좌우명이죠. 평소와 다름없이 지내고 있더군요. 제 고모님 말씀에 의하면 장례식이 끝난 지 얼마 되지도 않아서 다시 사람들을 초대하는 그들 모녀는 참으로 냉혹한 사람들이라는 겁니다. 하지만 괜히 그러시는 겁니다. 고모님은 페루의 황제 때문에 속이 상해서 그러시니까요."

"페루의 황제라니?" 라이크로프트 씨는 깜짝 놀라 물었다.

"몸이 아픈 고양이 이름입니다. 그놈이 글쎄 이제 보니 황제가 아니고 여왕이지 뭡니까? 그래서 캐롤라인 고모님이 속을 끓이고 계신 겁니다. 그런 성별 문제를 좋아하지 않으시니까요. 그래서 그 문제 대신 월렛 모녀에 대한 험담으로 속을 풀고 계신 거죠. 왜 그들이 사람을 초대할 수 없겠습니까? 죽은 트레블리언이 그들 친척도 뭐도 아닌데 말이에요."

"당연하지."

라이크로프트 씨는 고개를 돌려 날아가는 새를 관찰하면서 희귀한 종(種)이라는 생각을 했다.

"안경을 가져오지 않았더니 얼마나 불편한지 모르겠군."

"트레블리언 대령에 관해선데요, 윌렛 부인은 실제로는 대령을 잘 알고 있었던 걸까요?"

"왜 그렇게 생각하나?"

"그 부인이 변했기 때문이죠. 못 보셨나요? 윌렛 부인은 지난주에 20년은 더 나이 들어 보였어요. 그걸 보셨어야 하는 건데."

"나도 봤네."

"그러셨군요. 트레블리언 대령의 죽음이 그녀에게 무슨 이유인지 모르지만 엄청난 충격이었음이 분명해요. 혹시 그녀는 오래전 대령이 젊었을 때 버렸던 잊힌 아내가 아닐까요?"

"도저히 그렇게 생각되지 않네, 가필드."

"마치 영화 같은 이야기죠? 하지만 현실에서도 그런 일은 일어나니까요. 데일리 와이어 지에서 정말 놀라운 기사를 읽었습니다. 신문에 실리지 않았더라면 도저히 믿지 못할 그런 내용이었죠."

"그들은 아직도 그런 내용이 믿어질 수 있다고 생각하는가보군."

라이크로프트 씨는 신랄하게 말했다.

"엔더비 청년을 미워하십니까?"

"난 상관없는 일에 냄새나 맡고 돌아다니는 버릇없는 작자들은 질색이네."

"그렇지만 그들은 대령의 일과 상관이 있는걸요. 냄새를 맡고 다니는 게 그 가련한 친구의 직업이니까요. 그는 버너비 소령을 완전히 손아귀에 넣은 것 같더군요. 우습게도 소령은 제 꼴이 보이면 참지 못하죠. 황소가 붉은 천을 보듯이 저를 보거든요."

라이크로프트 씨는 아무 대꾸도 없었다.

"사실입니다." 로니는 다시 하늘을 쳐다보았다.

"오늘이 금요일인 걸 아십니까? 바로 지난주 오늘 이 시각쯤에 우린 지금처럼 윌렛 가로 가고 있었죠. 날씨는 약간 달랐지만."

"일주일 전이라. 마치 오래전이었던 것 같군."

"지긋지긋한 한 해를 보낸 것 같지 않습니까? 잘 있었소, 압둘."

그들은 우울한 인도인이 기대어 서 있는 와이엇 대령집의 대문을 지나가고 있었다.

"이보게, 압둘. 자네 주인은 어떠신가?" 라이크로프트가 물었다.

그 원주민은 고개를 저으며 대답했다.

"주인님은 오늘 기분이 좋지 않으세요. 아무도 안 만나요. 오랫동안 아무도 만나지 않았어요."

"저 하인은 와이엇 대령을 손쉽게 해치울 수 있을 겁니다. 그래도 아무도 모를걸요. 몇 주일 동안이라도 저렇게 고개를 저으며 주인님이 아무도 만나지 않는다고 말한다 해도 누구 한 사람 이상하게 여기지 않을 테니까요."

라이크로프트 씨도 그 말을 인정하며, "그러나 시체를 치우는 문제는 어쩔 수 없을 걸세."라고 지적했다.

"예, 항상 그게 문제죠. 인간의 시체는 귀찮은 거예요."

그들은 버너비 소령의 집을 지나가고 있었다. 소령은 정원에서 없어야 할 곳에 자라난 잡초를 바라보고 있었다.

"안녕하시오, 소령." 라이크로프트 씨가 인사를 했다.

"시타퍼드 저택에 가실 겁니까?"

버너비는 코를 문지르며 대답했다.

"글쎄요. 오라는 연락은 받았지만 별로 내키지 않는군요. 이해하시겠지만."

라이크로프트 씨는 알겠다는 듯 고개를 끄덕였다.

"그러나 가시면 좋겠군요. 그럴 이유가 있습니다."

"이유라뇨, 무슨 이유입니까?"

라이크로프트 씨는 로니가 곁에 있어서 망설이는 것 같았지만, 로니는 전혀 눈치 채지 못하고 오히려 호기심 어린 표정으로 듣고 있었다.

"실험을 하고 싶어서죠." 라이크로프트 씨는 할 수 없다는 듯 말했다.

"어떤 실험입니까?" 버너비가 물었다.

라이크로프트 씨는 다시 주저하더니, "미리 말씀드리진 않겠습니다. 그러나 가신다면 내 실험의 대상으로 몇 가지 말씀드리죠."

버너비 소령의 호기심이 발동했다.

"좋습니다. 가지요. 내 모자가 어디 있더라?"

버너비 소령까지 합류한 그들은 시타퍼드 저택의 정문에 도착했다.

"누가 오기로 되어 있지요, 라이크로프트 씨?"

버너비 소령이 허물없이 말했다.

라이크로프트 씨의 얼굴에 놀라는 기색이 스쳐갔다.

"누가 그러던가요?"

"수다스런 커티스 부인이죠. 그녀는 정직하고 순진하지만 입은 잠시도 쉬지 않습니다. 그리고 누가 듣건 개의치 않아요."

"사실입니다. 내 조카딸 더링이 내일 남편과 함께 이곳에 올 겁니다."

그들이 현관에 도착해서 초인종을 누르자 브라이언 피어슨이 문을 열었다.

홀에서 외투를 벗으면서 라이크로프트는 키가 크고 어깨가 벌어진 그 젊은 이를 흥미롭게 바라보았다.

'훌륭한 몸집의 표본이군. 훌륭해. 강한 성격에 단단한 턱하며. 어떤 상황에서도 맹렬한 일격을 가할 사람이야. 사람들이 위험한 인물이라 부를지도 모르지만.'

버너비 소령은 거실로 들어서자 비현실적인 어떤 이상한 느낌이 자신을 덮치는 것 같았다. 윌렛 부인이 그를 반기며 일어났다.

"이렇게 와주시다니 정말 고마워요."

지난주와 똑같은 인사말이었다. 벽난로에서 타는 불꽃도 지난주와 같았고, 잘은 모르지만 윌렛 모녀가 입은 옷도 같아 보였다. 그러자 다시 이상한 기분이 느껴졌다. 마치 지난주 그날인 것처럼, 조 트레블리언이 죽지 않고, 아무 일도, 변화도 일어나지 않은 것만 같았다.

'아니야, 잘못된 느낌이야.' 윌렛 부인은 변해 있었다. 난파선—이것이 그녀를 표현하는 가장 적절한 낱말이었다. 생기도 없고 단호함도 사라진 대신 평소와 다름없이 보이려는 필사적인 노력이 여실히 드러나는 상처받은 신경과민의 여자로 보였다. 소령은 '조의 죽음으로 저 여자가 어떤 충격을 받았다면 내목을 걸고 내기를 하겠다.'라는 생각을 했다.

월렛 모녀를 볼 때마다 도대체 알 수 없는 사람들이란 인상이 느껴지곤 했다. 누군가가 말을 걸어오자 항상 그랬듯이 소령은 자신이 침묵하고 있다는 것을 깨달았다.

"유감스럽게도 이것이 우리의 마지막 모임이군요." 월렛 부인이 말했다.

"무슨 말씀이세요?" 로니가 깜짝 놀라며 물었다.

"그래요." 월렛 부인은 억지 미소를 지으며 머리를 끄덕였다.

"내 개인적으로는 이곳의 눈과 비위신, 그리고 황무지를 무척 사랑해요. 하지만 집안 문제는 어쩔 수가 없군요! 꾸려나가기가 얼마나 어려운지 쓰러지고 말겠어요."

"운전사와 하인을 구하신다고 들었습니다만?" 버너비 소령이 말했다.

월렛 부인은 갑자기 몸을 떨며 말했다.

"아니에요. 전 그 생각을 포기하고 말았어요."

"안됐군요." 라이크로프트 씨가 말했다.

"이건 충격적인 일격입니다. 정말 슬픈 일이에요. 부인이 가고 나면 우린 다시 무미건조한 생활로 돌아가고 말 겁니다. 언제 떠나십니까?"

"월요일이 될 거예요. 내일 출발하지 못할 경우에는요. 하인 없이 생활하기가 정말 힘들군요. 커크우드 씨와 의논을 해봐야죠. 전 이 집을 네 달 동안 빌리기로 했거든요."

"런던으로 가십니까?"

"예, 우선은 그럴 거예요. 그리고 리비에라로 갔으면 해요."

"커다란 상실입니다."

월렛 부인은 희미하게 웃었다.

"고맙군요, 라이크로프트 씨. 자, 차를 마실까요?"

차는 이미 준비되어 있었다. 월렛 부인이 차를 따르고 로니와 브라이언이 잔을 날랐다. 좀 어색한 분위기가 감도는 것 같았다.

"자네는 어떤가?" 버너비 소령이 갑자기 브라이언에게 물었다.

"자네도 떠나는가?"

"예, 저도 런던으로 갑니다. 하지만 이 일이 끝날 때까지는 외국에 가지 않습니다."

"이 일이라니?"

"제 형이 그 터무니없는 혐의를 벗을 때까지 말입니다."

그가 도전적인 태도로 말을 했기 때문에 아무도 무어라 말을 해야 할지 모르고 있었다.

버너비 소령이 그 상황에 대처했다.

"그가 했다고는 결코 믿지 않네. 한 순간이라도 말일세."

"우린 아무도 그렇게 생각하지 않아요."

바이올렛은 소령에게 감사의 시선을 보내며 그렇게 말했다.

이에 뒤따른 침묵을 깨고 초인종이 울렸다.

"듀크 씨일 거예요. 문을 열어드려요, 브라이언."

피어슨은 창가로 가서 내다보더니, "듀크 씨가 아닌데요. 그 망할 신문기자예요."라고 말했다.

"아! 맙소사!" 윌렛 부인이 소리쳤다.

"그러나 어쩔 수 없죠. 들어오게 해요."

브라이언은 고개를 끄덕이고 가더니 조금 있다가 찰스 엔더비와 함께 들어왔다. 엔더비는 평소와 다름없이 만족스런 빛을 띠고서 활달하게 들어왔다. 자신이 환영받지 못하는 존재일지도 모른다는 생각은 전혀 없어 보였다.

"안녕하세요, 윌렛 부인. 어떻게 지내시는지 궁금해서 잠시 들렀을 뿐입니다. 시타퍼드에 사시는 분들이 전부 어디로 사라지셨나 했더니 여기들 계셨군요."

"차를 들겠어요, 엔더비 씨?"

"대단히 고맙습니다. 그렇게 하죠. 그런데 에밀리가 보이지 않는군요. 당신 고모님과 함께 있는 것 같군요, 가필드 씨?"

"모르겠는데요. 익스햄프턴에 간 줄 알았는데."

"아! 그녀는 돌아왔어요. 어떻게 아느냐고요? 작은 새가 말해 주더군요. 커티스라는 정확한 새죠. 자동차가 우체국을 지나 오솔길을 따라 올라갔다가 빈차로 돌아오는 걸 봤다고 하더군요. 에밀리는 5번 방갈로에도 없고 시타퍼드 저택에도 없군요. 도대체 어디 있을까요? 퍼스하우스 양에겐 실망스럽게도 그 젊은 아가씨를 유난히 밝히는 와이엇 대령과 함께 차를 마시고 있을 겁니다."

"석양을 보려고 시타퍼드 고원으로 올라갔는지도 모르오."

라이크로프트 씨가 말했다.

"그렇지는 않을 겝니다. 내가 계속 정원에 있었는데 그녀가 지나갔다면 봤을 게요."

"그건 별로 중요한 문제가 아니라고 생각됩니다." 찰스는 쾌활하게 말했다.

"제 말은 그녀가 납치를 당했거나 살해되지는 않았을 거라는 뜻입니다."

"기자인 당신의 입장에선 참 안된 일이겠구먼, 그렇잖소?"

브라이언이 냉소하며 말했다.

"신문사를 위해서랄 지라도 전 에밀리를 희생시키지는 않을 겁니다. 에밀리는 특별한 사람이니까요."

"무척 매력적이지. 상당히 매력적인 아가씨예요. 우린, 그러니까 그녀와 나는 공동협력자입니다." 라이크로프트 씨의 말이었다.

"이제 차를 전부 드셨나요? 지금부터 브리지 게임을 하면 어떨까요?"

윌렛 부인이 제의했다.

"잠깐만." 라이크로프트 씨가 말했다.

그는 중요한 말을 할 듯 목청을 가다듬었다. 모두 그를 쳐다보았다.

"윌렛 부인, 아시다시피 저는 심령현상에 대단한 관심을 갖고 있습니다. 일주일 전 오늘 바로 이 방에서 우리는 사실 매우 두려운, 그러면서도 재미있는 심령현상을 경험했지요."

바이올렛이 희미한 외마디 소리를 질렀다.

라이크로프트 씨는 그녀 쪽으로 몸을 돌리고 말했다.

"알아요, 윌렛 양. 잘 알아요. 그 경험은 아가씨를 무척 놀라게 했고 심한 충격을 주었겠죠. 그 사실을 부인할 순 없지요. 사건이 일어난 뒤로 경찰은 대령의 살해범을 찾다가 한 사람을 체포했습니다. 그러나 적어도 이 방에 있는 우리들 대부분은 제임스 피어슨이 범인이라고 믿지 않습니다. 내가 지금 제의하려는 것은 지난 금요일처럼 실험을 해보자는 겁니다."

"싫어요." 바이올렛이 소리쳤다.

"이럴 수가!" 로니가 말했다.

"그건 너무 심하군요. 저도 참여하지 않겠어요."

라이크로프트 씨는 로니에게는 눈길도 주지 않았다.

"윌렛 부인, 어떻게 생각하십니까?"

그녀는 망설이고 있었다.

"솔직히 말해서 전 그 제의가 마음에 들지 않아요. 그 일은 제게 무척 끔찍한 인상을 남겼어요. 잊기 어려울 거예요."

"정확히 무엇을 얻으려는 실험입니까?" 엔더비가 흥미에 가득 차서 물었다.

"영혼이 트레블리언 대령의 살해범 이름을 가르쳐 줄 것이라고 기대하십니까? 그건 터무니없는 생각이 아닐까요?"

"당신이 말했듯이 지난주에 트레블리언 대령이 죽었다는 메시지를 받았을 때도 우린 터무니없다고 생각했소."

"그건 사실입니다." 엔더비도 동의했다.

"그러나, 저, 당신의 실험은 미처 고려하지 못한 결과를 초래할 수도 있습니다."

"말하자면?"

"어떤 이름이 나온다고 해보죠. 당신은 이곳에 있는 누군가가 의도적으로 하지 않았다고 확신할 수……"

엔더비가 말을 끝내지 않자 로니 가필드가 뒤를 이어 말했다.

"누군가에게 누명을 씌운다는 뜻이죠."

"이건 심각한 실험이오. 아무도 그런 짓을 하지는 않을 겁니다."

라이크로프트 씨가 온화하게 말했다.

"어떻게 압니까? 그러지 않을 거라고 단정할 수는 없습니다. 물론 저는 그러지 않겠지만, 예, 전 맹세해요. 하지만 모두가 저를 미워하고 제 이름을 대면 어떻게 합니까? 무척이나 재미있겠군요." 로니가 빈정대듯 말했다.

"윌렛 부인, 전 진지하게 말씀드리는 겁니다."

이 작은 노신사는 로니쯤은 거들떠보지도 않았다.

"부탁드립니다. 실험을 하도록 하십시다."

월렛 부인은 계속 주저하고 있었다.

"전 싫습니다. 정말 싫은 일이에요."

그녀는 도망할 길을 찾듯 난처한 기색으로 주위를 돌아보았다.

"버너비 소령님, 소령님은 트레블리언 대령님의 친구셨는데, 어떻게 생각하세요?"

소령은 라이크로프트 씨의 시선과 부딪쳤다. 이것이 라이크로프트 씨가 미리 예상한 우연이라고 생각하며 소령은 무뚝뚝하게 말했다.

"못할 것도 없지요."

결국 반대파는 소수였으므로 실험을 하기로 했다. 로니는 옆방에 가서 지난번에 사용했던 작은 테이블을 가져왔다. 그것을 방 한가운데 놓고 의자를 테이블 주변에 놓았다. 아무도 말을 하지 않았다. 사실 실험은 내키지 않는 일이 분명했다.

"다 된 것 같군요. 우리는 지난주 금요일과 흡사한 조건에서 실험을 하는 겁니다." 라이크로프트 씨가 말했다.

"똑같지 않아요. 듀크 씨가 빠졌어요." 월렛 부인이 말했다.

"그렇군요. 정말 유감스럽습니다. 자, 그렇다면 피어슨 씨가 대신하면 좋겠군요."

"하지 말아요, 브라이언. 부탁이에요. 제발." 바이올렛이 소리쳤다.

"무슨 상관이오? 모두 다 터무니없는 짓인데."

"나쁜 영혼이군." 라이크로프트 씨가 나무라듯 말했다.

브라이언 피어슨은 아무 말도 하지 않고 바이올렛 곁에 앉았다.

"엔더비 씨……."

라이크로프트 씨가 무슨 말을 하려 하자 찰스가 가로채며 말했다.

"전 지난번에 없었던 사람입니다. 전 신문기자이고 당신은 저를 불신하고 계십니다. 저는 어떤 심령현상이 일어나면 속기를 하겠습니다."

일은 이렇듯 진행되었다. 여섯 사람이 테이블 주위에 자리를 잡고 앉았다. 찰스는 불을 끄고 벽난로 가에 앉았다.

"잠깐, 지금 몇 십니까?" 찰스는 손목시계를 난로 불빛에 비춰보았다.

"묘한 일이군요."

"뭐가 묘합니까?"

"지금이 바로 5시 25분입니다."

바이올렛이 낮게 비명을 질렀다.

시간이 흘러갔다. 지난주와는 전혀 다른 분위기였다. 소리를 낮춰 웃지도 않았고 속삭이지도 않았다. 오직 침묵만 있었다. 그러고 있는데 마침내 테이블이 약간 움직이는 소리가 들렸다.

라이크로프트 씨가 목소리를 높였다.

"아무도 없습니까?"

다시 희미하게 테이블의 움직임 소리가 들렸다. 어두운 방에서 그 소리는 섬뜩한 것이었다.

"아무도 없습니까?"

이번에는 테이블이 삐걱거리는 소리가 아니라 귀청이 떨어질 듯이 엄청나게 커다란 소리가 들렸다. 바이올렛이 비명을 질렀고 윌렛 부인도 소리쳤다.

브라이언 피어슨이 그들을 안심시키려고 목소리를 높였다.

"괜찮습니다. 현관문을 두드리는 소리예요. 제가 나가죠."

아무도 입을 열지 않고 있었다.

갑자기 문이 열리고 불이 켜졌다. 문간에는 내러콧 경감이 서 있었고, 그 뒤에는 에밀리 트레푸시스와 듀크 씨가 있었다.

내러콧 경감이 방으로 들어오며 말했다.

"존 버너비, 당신을 14일 금요일에 조셉 트레블리언을 살해한 혐의로 체포하는 바이오. 그리고 지금부터 당신이 하는 말은 전부 기록될 것이며, 증거로 사용될 수도 있다는 점을 경고하는 바입니다."

제30장

에밀리의 설명

에밀리를 에워싸고 모인 사람들은 모두 기절할 듯이 놀라고 있었다. 내러콧 경감은 죄인을 방으로 데리고 나갔다.

찰스 엔더비가 제일 먼저 말했다.

"이럴 수가. 자, 에밀리, 어서 털어놔 봐요. 난 우체국으로 가야 해요. 순간 순간이 내겐 귀중해요."

"트레블리언 대령님을 살해한 사람은 버너비 소령이었어요."

"내러콧 경감이 그를 체포하는 건 나도 봤어요. 경감이 갑자기 머리가 돈 것은 아니겠죠? 그런데 어떻게 버너비가 트레블리언 대령을 죽일 수 있었죠? 어떻게 그것이 가능했느냐 이거예요. 대령이 5시 25분에 죽었다면……."

"그렇지 않아요. 대령은 6시 15분 전에 살해되었어요."

"아무리 그렇더라도……."

"알아요. 당신은 깊이 생각해 보지 않으면 절대로 상상할 수 없을 거예요. 스카―그게 해답이에요. 스키."

"스키?" 사람들 모두가 똑같이 외쳤다.

에밀리는 고개를 끄덕이며 말을 계속했다.

"그래요. 소령은 의도적으로 테이블 터닝을 이용했던 거예요. 그건 우리가 생각했듯이 우연도 아니었고 무의식적인 것도 아니었어요. 찰스 우리가 제외 했던 두 번째, 즉 의도적이었던 거죠. 그는 얼마 뒤에 눈이 내릴 것을 알았어 요. 그것은 그의 모든 행적을 깨끗이 덮어주고 완벽하게 안전을 기해 줄 수 있었죠. 그는 트레블리언 대령이 죽었다는 메시지를 조작해서 사람들을 깜짝 놀라게 한 다음, 매우 걱정스럽다는 표정을 지으면서 익스햄프턴으로 가봐야 겠다고 고집했던 거예요.

그는 우선 자기 집으로 가서 스키를 신고 출발했어요. 그 스키는 다른 여러 가지 장비와 함께 정원 창고에 있었던 거예요. 소령은 스키의 명수였고 익스햄프턴까지는 계속 내리막길이었으니까 신나게 달려갔겠죠. 10분 정도 걸렸을 거예요. 대령의 집에 도착한 소령은 창문으로 가서 문을 두드렸고, 대령은 아무런 의심 없이 그를 맞이했겠죠. 그런데 트레블리언 대령이 등을 보이며 돌아서는 순간 소령은 기회를 포착해서 모래주머니로, 그를 내리쳤어요. 아! 생각만 해도 끔찍해요."

에밀리는 진저리를 치듯 몸을 떨었다.

"모든 게 수월했죠. 시간은 충분했거든요. 소령은 스키를 깨끗이 닦아서 식당 구석 선반에 올려놓았어요. 다른 물건들 사이에 말이죠. 그리고 창문을 부수고 서랍을 온통 헤집어 놓았겠죠. 누군가 밖에서 창문을 부수고 들어온 것처럼 보이게 하려고요. 그다음 8시 바로 전에 그가 할 일은 밖으로 나가는 것이었어요. 그리고 시타퍼드에서 걸어온 것처럼 오르막길을 멀리 돌아 숨을 헐떡이며 다시 익스햄프턴으로 걸어갔던 거예요. 아무도 스키를 의심하지 않는 한 그는 안전했지요. 의사는 트레블리언 대령이 두 시간 전에 죽었다고 말했으니까 스키를 눈여겨보는 사람이 없는 한 그에겐 완벽한 알리바이가 있었죠"

"그들은 친구 사이였는데. 버너비와 트레블리언 말이오. 오랜 친구였는데 도대체 믿어지지 않는군."

라이크로프트 씨가 말했다.

"저도 알아요. 그 점을 생각해 보면 이유를 알 수가 없었죠. 저는 그 점을 해결할 수가 없어서 결국 내러콧 경감과 듀크 씨를 찾아갔어요."

에밀리는 잠시 말을 멈추고 무표정한 얼굴의 듀크 씨를 보았다.

"말해도 될까요?"

듀크 씨는 미소를 지었다.

"원한다면, 트레푸시스 양."

"우리는 그 이유를 밝혀냈어요. 찰스, 당신은 트레블리언 대령이 퀴즈의 정답을 소령의 이름으로 보내곤 했다는 에반스의 말을 들었죠? 대령은 시타퍼드 저택이란 주소가 너무 거창하게 들려서 좋지 않다고 생각했어요. 그래서, 찰스,

당신이 버너비 소령에게 준 5만 파운드 상금의 축구경기 퀴즈의 정답을 소령의 이름으로 보냈던 거예요. 그건 트레블리언 대령이 알아맞힌 정답이었던 거죠. '시타퍼드 1번 방갈로.' 대령은 이 주소가 훨씬 낫다고 생각했나 봐요.

그런데 무슨 일이 일어났겠어요? 금요일 아침에 소령은 그가 5만 파운드의 상금을 받게 되었다는 편지를 받았어요. 그런데 그 점이 우리에겐 의심스러웠어요. 그는 당신에게 편지를 못 받았다고 말했죠. 날씨 때문에 우편배달이 안 되었다고 하면서 말이에요. 그런데 그건 거짓말이었던 거예요. 금요일 아침까지는 우편배달이 가능했거든요. 제가 어디까지 말했죠? 아, 그래요. 버너비 소령은 편지를 받았어요. 그는 사실 5만 파운드가 절실하게 필요한 지경에 놓여 있었죠. 어떤 형편없는 주식에 투자를 했다가 많은 돈을 잃었거든요. 그 생각은 아마 갑자기 떠올랐을 거예요. 그날 저녁에 눈이 오리라는 사실을 알았을 때였겠죠. '만일 트레블리언이 죽는다면' 그는 돈을 자기가 갖고 아무도 그 사실을 모를 거라고 생각했죠."

"놀랍군. 정말 놀라워. 꿈에도 생각할 수 없는 일이야. 그런데 트레푸시스 양은 어떻게 그 사실들을 알게 되었소? 어떻게 정확하게 알아낼 수 있었느냐 그 말이오?"

라이크로프트 씨가 물었다.

에밀리는 그 대답으로 벨링 부인의 편지 이야기를 했다. 그리고 벽난로 굴뚝에서 장화를 찾아낸 것도 말했다.

"그건 스키 장화였어요. 그래서 저도 당연히 스키를 생각하게 되었던 거죠. '만일 그렇다면……' 하는 생각으로 아래층 선반으로 뛰어갔더니 그곳에는 두 벌의 스키가 있더군요. 하나는 약간 더 길었는데, 장화는 그 스키에 맞는 것이었어요. 그러니까 두 벌의 스키는 서로 다른 사람의 것이었지요."

"소령은 스키를 다른 곳에 감추었어야 하는 건데 그랬군."

라이크로프트 씨가 안됐다는 표정으로 말했다.

"아니에요. 그곳이야말로 스키를 숨기기엔 가장 적절한 곳이었죠. 하루 이틀 뒤면 대령의 물건은 전부 모아져 보관될 것이었고, 그동안이라도 경찰은 트레블리언 대령의 스키가 한 벌인지 두 벌인지에는 전혀 관심이 없었을 테니까요."

"그런데 왜 그 장화를 감추었을까요?"

"제 생각에 소령은 저와 마찬가지로 스키 장화가 눈에 띄면 경찰이 스키에 관심을 둘 것이라고 생각했기 때문인 것 같아요. 그래서 장화를 신문지에 싸서 굴뚝에 밀어 넣었던 거죠. 그런데 그게 바로 실수였죠. 왜냐하면 에반스는 장화가 없어진 것을 알게 되었고, 그 사실을 저도 알고 말았으니까요."

"그럼 소령이 의도적으로 짐에게 죄를 뒤집어씌우려 했을까요?"

브라이언 피어슨이 화가 난 목소리로 물었다.

"천만에요. 그건 아니었어요. 짐은 항상 그렇듯 재수가 나쁜 멍청이였을 뿐이지요. 짐은 바보멍청이에다 불쌍한 양이죠."

"지금은 그렇지 않으니 걱정할 것 없어요." 찰스가 말했다.

"에밀리, 이제 전부 말했죠? 난 우체국으로 달려가야겠소. 실례합니다, 여러분."

찰스는 서둘러 방을 나갔다.

"움직이는 전보예요." 에밀리가 말했다.

듀크 씨는 깊은 곳에서 울려나오는 목소리로 말했다.

"아가씨야말로 움직이는 전보로군요, 트레푸시스 양."

"맞습니다." 로니가 존경하는 듯한 목소리로 말했다.

"아! 힘들군요!"

에밀리는 갑자기 의자에 주저앉았다.

"기운을 나게 하는 술이 한잔 필요하겠군요. 칵테일로 할까요?"

로니가 얼른 물었다.

에밀리는 고개를 저었다.

"브랜디를 약간 마셔봐요." 라이크로프트 씨가 걱정하듯 말했다.

"차 한 잔이 좋겠어요." 바이올렛이 말했다.

"콤팩트가 있으면 좋겠어요." 에밀리가 간절하게 말했다.

"콤팩트를 차에 두고 내렸거든요. 흥분했더니 얼굴이 번들거려서 말이죠."

바이올렛은 그녀를 진정시키려고 위층으로 안내했다.

"이젠 됐어요." 에밀리는 콤팩트로 콧잔등을 두드리며 말했다.

"고마워요. 기분이 훨씬 나아졌어요. 립스틱 좀 빌려주겠어요? 이젠 사람다워진 것 같은 얼굴이네요."

"정말 훌륭했어요. 무척 용감했고요." 바이올렛이 말했다.

"그렇지도 않아요. 겉으론 아닌 척하고 있었지만 마음속으로는 너무나 지치고 상심해서 휘청거리고 있었거든요."

"그랬겠죠. 나도 마찬가지였어요. 지난 며칠 동안 무척 겁에 질려 있었어요. 아시겠지만 브라이언 때문이었죠. 경찰은 그를 대령의 살해범으로 교수형에 처할 수는 없었겠지만, 만일 그가 그동안에 어디에 있었는지 말했다면 경찰은 그가 아버지의 탈출을 계획한 범인으로 체포했을 거예요."

"무슨 소리죠?" 에밀리는 화장을 고치던 손을 멈추고 물었다.

"우리 아버지가 바로 그 탈옥수였어요. 어머니와 내가 이곳에 온 이유도 그것 때문이죠. 불쌍한 아버지는 이따금 이상해지시죠. 그러면 무서운 일을 저지르곤 하세요. 우린 오스트레일리아에서 오는 도중에 브라이언을 만났는데, 그와 나는, 저……, 그와 나는……."

"알겠어요." 에밀리가 얼른 말했다.

"당연한 일이죠."

"난 브라이언에게 전부 말했어요. 그래서 아버지의 탈출 계획을 짜기 시작했죠. 브라이언은 굉장한 사람이에요. 다행스럽게도 우린 돈이 많았고, 브라이언은 모든 계획을 실행했어요. 프린스타운에서 탈출하기란 거의 불가능해요. 그래도 브라이언은 해냈어요. 기적과도 같았죠. 탈출한 다음에 아버지는 곧바로 평야를 가로질러 이곳까지 와서 픽시의 동굴에 숨어 계시다가, 아버지와 브라이언이 우리 집 하인으로 가장하고 집으로 들어오는 것이었어요. 우리가 이곳에 온 지 얼마쯤 지났기 때문에 의심의 눈길을 벗어날 수 있을 거라고 생각했죠. 이곳을 말해 준 사람은 브라이언이었고, 트레블리언 대령님께 차용액을 많이 제시하고 이 집을 빌리라고 한 것도 브라이언이었어요."

"정말 안됐군요. 일이 그렇게 되고 말다니."

"어머닌 그 때문에 완전히 상심에 빠지고 말았어요. 난 브라이언이 좋은 사람이라고 생각해요. 죄수의 딸과 결혼하려는 사람은 거의 없으니까요. 그러나 아버지의 잘못이 아니에요. 15년 전에 아버지는 말에서 떨어지면서 머리를 다쳤는데, 그때 이래로 아버지는 약간 이상해지셨어요. 좋은 변호사를 만났더라면 풀려날 수 있었을 거라고 브라이언이 말했지만, 이젠 소용없는 일이에요."

"무슨 방법이 없나요?"

바이올렛은 고개를 저었다.

"아버지는 지금 매우 편찮으세요. 추운 공기에 접했기 때문에 폐렴에 걸렸답니다. 돌아가시면 어떻게 해야 할자―그렇지만, 아버지에겐 오히려 좋은 일인지도 모르죠. 이렇게 말하면 안 되겠지만 당신은 무슨 뜻인지 알겠죠?"

"안됐군요, 바이올렛."

"내겐 브라이언이 있고, 당신에겐……."

바이올렛이 당황하며 말을 그쳤다.

"그래요." 에밀리는 생각에 잠겨 말했다.

"그렇죠."

제31장

운 좋은 남자

10분 뒤, 에밀리느 오솔길을 급히 내려오고 있었다. 문에 기내어 서 있는 와이엇 대령은 그녀의 발길을 멈추게 하려고 애쓰고 있었다.

"이봐요, 트레푸시스 양. 도대체 어떻게 된 거요?"

"전부 사실이에요."

에밀리느 계속 바삐 걸으며 대답했다.

"그렇군요. 잠깐 여길 봐요. 들어와서 술이나 차를 한잔 마셔요. 시간은 충분하니까. 서둘 것 없잖소. 그게 당신네 문명인들의 잘못된 점이오."

"우린 이상한 사람들이죠. 저도 알아요."

에밀리느 계속 걸어갔다. 그녀는 퍼스하우스 양의 집 안으로 폭탄이 터지는 것 같은 힘으로 뛰어 들어갔다.

"전부 말씀드리러 왔어요."

그리고 지체 없이 처음부터 끝까지의 내용을 쏟아놓았다. 퍼스하우스 양의 입에서 튀어나오는, "세상에!" "당연하지." "설마!" 하는 다양한 외마디 감탄사들이 이야기에 박자를 맞추고 있었다.

에밀리의 설명이 끝나자, 퍼스하우스 양은 팔꿈치로 몸을 일으키고는 정색을 하며 손가락을 내저었다.

"내가 뭐라고 했어요. 버너비가 시기심이 많다고 했잖수. 친구라니! 20년 이상 트레블리언은 무엇에서나 버너비보다 앞섰지. 스키도 더 잘 탔고, 등산도 사냥도 더 잘했고, 퀴즈 정답까지도 더 잘 알아맞혔거든. 버너비는 그걸 참을 수 있을 만큼 도량이 넓은 인간이 아니었어요. 게다가 트레블리언은 부유했고 그는 가난했지. 참으로 괴로운 시간들이었을 거예요. 자기보다 뭐든지 잘하는 사람을 진정으로 좋아한다는 게 얼마나 어려운 일인지 아가씨는 아직 모를 거예요. 버너비는 편협하고 쩨쩨한 사람이었어요. 그러니 참을 수 없었겠지."

"그 말씀이 맞는 것 같아요. 어쨌든 전 아주머니께 와서 전부 말씀드려야 한다고 생각했어요. 그런데 아주머니 조카가 제니퍼 이모와 아는 사이라는 걸 아셨나요? 그들 두 사람이 델러스에서 차를 마시고 있더군요."

"그녀는 로니의 대모(代母)라오. 로니가 엑시터에서 만난다는 '친구'가 바로 그녀였구먼. 아마 돈을 빌렸겠지. 로니를 보면 혼을 내야겠어."

"이렇게 즐거운 날에 누굴 혼내시면 안 돼요. 그럼 안녕히 계세요. 전 날아가야 할 정도로 바빠요. 할 일이 많거든요."

"무슨 일이 그렇게 많소? 할 일은 다한 것 같은데."

"아니에요. 런던으로 가서 짐의 보험회사 사람들을 만나서 돈을 유용한 그런 정도의 사소한 일로 그를 기소하지는 말아 달라고 설득해야 하거든요."

"흐음—."

"잘 될 거예요. 짐은 앞으로 잘해 나갈 거고 좋은 교훈을 얻었으니까요."

"그렇겠지. 그들을 설득할 수 있겠수?"

"예." 에밀리는 자신 있게 말했다.

"아마 그럴 테지. 그다음엔?"

"그다음엔 끝나는 거예요. 짐을 위해 할 수 있는 일은 전부 했거든요."

"그리고 또 그다음엔?"

"무슨 말씀이세요?"

"그다음엔 뭐냐고? 좀더 분명히 말하자면 그들 중 누구냐 이거예요."

"아!"

"그래요. 내가 알고 싶은 건 그거예요. 그들 중 누가 불행한 남자가 되는 거죠?"

에밀리는 웃음을 터뜨렸다. 그리고 허리를 굽혀 노부인에게 키스를 했다.

"바보인 척하지 마세요. 누군지 잘 아시면서."

퍼스하우스 양도 웃음을 터뜨렸다.

에밀리는 발걸음 가볍게 그 집을 뛰어나와 대문으로 걸어가는 도중, 거슬러 올라오는 찰스를 만났다. 그는 두 손으로 에밀리를 잡았다.

"아, 에밀리!"

"찰스! 정말 대단하지 않아요?"

"당시에게 키스해야겠소." 찰스는 에밀리에게 키스했다.

"난 이제 성공이 확실하게 결정된 남자예요, 에밀리. 자, 말해 봐요. 어떻게 할까?"

"뭘 어떻게 해요?"

"그러니까, 내 말은, 물론 감옥에 있는 피어슨과의 일이 장난은 아니었겠지만, 어쨌든 그는 이제 무죄가 되었소. 그리고 그도 다른 사람들과 마찬가지로 쓴 약을 마셔야만 하는 거예요."

"무슨 말을 하는 거죠?"

"내가 당신을 미치도록 좋아한다는 걸 알잖소. 그리고 당신도 날 좋아하고 피어슨을 만난 건 실수였소. 내 말은, 저, 당신과 나는 서로를 위해 태어난 사람들이란 뜻이오. 우린 이제까지 함께 일하면서 그걸 알게 되었잖소? 어때요, 신고만 할까요? 아니면 교회가 좋겠어요?"

"당신이 지금 결혼을 제의하는 것이라면 할 일은 아무것도 없어요."

에밀리가 말했다.

"뭐라고요, 그렇지만 나는……."

"아니에요."

"하지만, 에밀리……."

"만일 당신이 꼭 알고 싶다면 말해 주겠어요. 난 짐을 사랑해요. 정열적으로!"

찰스는 혼란에 빠진 듯 할 말을 잃고 에밀리를 응시했다.

"그럴 순 없어."

"그럴 수 있어요! 난 짐을 정말 사랑한다고요! 언제나 그랬어요! 또 앞으로도 항상 그럴 거예요!"

"당신은 나에게……."

"의지할 사람이 있어서 좋다고 한 말을 의미하는 거죠?"

에밀리는 새침하게 말했다.

"그래요. 그래서 나는 생각하기를……."

"당신 생각이야 내가 어쩔 수 없는 거죠."

"당신은 뻔뻔한 악마야, 에밀리."

"알아요, 찰스. 잘 알고 있다고요. 당신이 날 뭐라 불러도 상관없어요. 그러나 당신의 출세를 한번 생각해 봐요. 당신은 이번 사건에서 특종을 잡았단 말이에요! 데일리 와이어 지의 독점기사라고요. 당신의 성공은 벌써 정해진 거예요. 그런데 당신에겐 여자란 어떤 의미죠? 먼지보다 못한 존재예요. 진실로 강한 남자는 여자를 필요로 하지 않아요. 그런 남자에게 여자란 담쟁이덩굴처럼 매달려 방해만 되는 존재예요. 모든 위대한 남자는 여자로부터 독립된 사람들이에요. 경력—남자에겐 이보다 더 좋은 게 없고, 더 만족스러운 게 없어요. 당신은 혼자 설 수 있는 강한 남자예요, 찰스."

"그만두지 못해요, 에밀리! 라디오에서 젊은이들에게 들려주는 교훈처럼 들린단 말이오! 당신은 내게 상처를 주었어. 당신이 내러콧 경감과 함께 그 방에 들어올 때 얼마나 사랑스러워 보였는지 모를 거예요. 개선문을 들어서는 것 같았는데."

이때 발걸음 소리와 함께 듀크 씨가 나타났다.

"아! 오셨군요, 듀크 씨. 찰스, 말할 게 있어요. 이분은 은퇴한 주임경감이신 런던경시청의 듀크 씨세요."

"뭐라고?" 찰스는 그 유명한 이름을 듣고는 소리를 질렀다.

"듀크 경감님이시라고요?"

"그래요. 은퇴하신 뒤에 이곳에 살러 오셨어요. 명성이 알려지길 원치 않으셨다니 얼마나 겸손하고 훌륭하세요? 내가 지난번에 듀크 씨가 과거에 어떤 범죄를 저질렀는지 알고 싶다고 하자 내러콧 경감이 왜 장난스러운 표정으로 웃음을 감추셨는지 이제야 알겠어요."

듀크 씨가 소리 내어 웃었다.

순간 찰스는 주저하고 있었다. 사랑과 직업의식 사이에 짧은 격투가 벌어지고 있었던 것이다. 결국 직업의식이 승리를 거두었다.

"이렇게 만나뵈어서 반갑습니다. 혹시 저희 신문을 위해 이번 사건에 대한

8백자 정도의 짧은 기사를 써주실 수는 없을까요?"

에밀리는 재빨리 오솔길을 따라 올라가서 커티스 부인의 집으로 들어갔다. 위층의 그녀 침실로 뛰어 올라간 에밀리는 가방을 꺼내어 짐을 챙기기 시작했다. 커티스 부인이 그녀를 따라 올라왔다.

"떠나는 건 아니겠죠?"

"떠나는 거예요. 런던에 가서 할 일이 많거든요. 그이도 만나야 하고요."

커티스 부인이 그녀 곁에 바싹 다가오며 물었다.

"내게 말해 봐요. 둘 중 누구죠?"

에밀리는 옷가지를 가방 속에 아무렇게나 집어넣으며 말했다.

"물론 감옥에 있는 사람이죠. 그이 외엔 아무도 없어요."

"아! 그래요? 혹시 잘못 판단하고 있다는 생각은 없어요? 그 사람이 이 사람 정도로 가치 있는 남자라고 확신해요?"

"아니에요. 그는 그렇지 못해요. 이 사람은 성공할 거예요."

에밀리는 찰스가 아직도 전 주임경감과 진지한 교섭을 벌이고 있는 것을 창밖으로 내다보았다.

"저 남자는 성공이 확실한 젊은이예요. 그러나 또 한 남자는 내가 곁에서 도와주지 않으면 어떻게 될지 모르는 약한 남자예요. 내가 없었더라면 지금쯤 어떤 곳에 있게 되었을지 눈에 선해요!"

"정말 훌륭해요, 아가씨."

커티스 부인은 그렇게 말하고는 그녀의 법적 배우자가 허공을 응시하며 앉아 있는 아래층으로 내려갔다.

"저 아가씨는 우리 대고모이신 새러 벨린다의 살아 있는 화신이에요. 고모님은 스리 카우스의 어리석은 조지 플런킷에게 평생을 맡겼었죠. 저당 잡힌 가게와 빚더미까지 떠맡으면서. 그러나 2년 뒤에는 빚을 전부 갚았고 가게는 엄청나게 번창하기 시작했지 뭐예요."

"그랬군!" 커티스 씨는 파이프를 옆으로 약간 옮겨 물었다.

"조지 플런킷, 그는 잘생긴 남자였어요."

커티스 부인이 추억에 잠겨 말했다.

"그랬군!" 커티스 씨가 말했다.

"그렇지만 벨린다 고모와 결혼한 다음부터는 다른 여자에게 눈길도 보내지 않았어요."

"그랬군!" 커티스 씨가 말했다.

"고모님이 결코 그에게 기회를 주지 않았거든요."

커티스 부인이 말했다.

"그랬군!" 커티스 씨가 말했다.

■ 작품 해설 ■

여기 소개하는 《헤이즐무어 살인사건(Murder at Hazelmoor, 1931)》은 애거서 크리스티(Agatha Christie, 영국, 1891~1976)의 14번째 추리소설이며 11번째 장편이다.

이 소설은 본격 추리물에 속하는 것으로 교묘한 트릭을 감추고 있다. 여기에 등장하는 시타퍼드는 영국 데븐 군(郡)의 다트무어 항무지에 있는 지극히 작은 마을이다. 이곳 다트무어는 코넌 도일(Conan Doyle, 영국, 1859~1930)의 소설 《바스커빌 가(家)의 개(The Hound of the Baskervilles, 1902)》에도 등장하는데, 그곳 풍경이 황량하고 괴괴하기 그지없어 영국인들에게는 다트무어라는 이름만으로도 섬뜩한 느낌을 불러일으킨다. 여기에다가 폭설이 내리는 날 심령술 모임까지 동원되었으니 이 소설의 도입부분이 얼마나 공포 분위기(?)였는지 알 만하다. 그러나 이러한 느낌과는 달리 전체적으로는 가볍고 경쾌하게 진행되고 있어 읽는 이들에게 큰 부담감을 주지 않는 것은 역시 크리스티 여사의 뛰어난 필력(筆力)이라고밖에 할 수 없다.

크리스티의 팬은 남자들보다 여자들이 많은데 그 이유를 대개 다음과 같이 들 수 있다. 첫째, 작품 무대와 배경이 대체로 화려하다. 둘째, 전체적으로 작품이 밝다. 셋째, 로맨틱 미스터리풍이다. 즉, 작품 전체에 러브 스토리가 은은하게 깔려 있는 것이다. 이 《헤이즐무어 살인사건》은 이상의 세 가지를 모두 갖춰진 크리스티의 전형적인 소설이다.

이 소설에서는 명탐정은 등장하지 않지만 에밀리 트레푸시스의 활약을 통해 명탐정 이상의 결과가 나온다. 크리스티의 작품 중 에르큘 포와로나 마플 양, 토미—터펜스 부부, 배틀 총경 등의 명탐정이 등장하지 않는 소설을 보면 대개 여자 주인공의 활약이 두드러져 보인다. 이것은 크리스티 여사가 여성이기에 그렇겠지만, 이것 또한 여성 팬이 많은 이유 중 하나인 것 같다.